KB076825

눈물이
푸른 이유

정·경·애·교·단·일·지

2017년 5월 15일 제1판 제1쇄 인쇄
2017년 5월 22일 제1판 제1쇄 발행

지은이   정경애
펴낸이   강봉구

펴낸곳   작은숲출판사
등록번호   제406-2013-0000801호
주소   경기도 파주시 신촌로 21-30(신촌동)
전화   070-4067-8569
팩스   0505-499-5860
홈페이지   http://cafe.daum.net/littlef2010
페이스북   http://www.facebook.com/littlef2010
이메일   littlef2010@daum.net

ⓒ정경애

ISBN 979-11-6035-013-5   03810
값은 뒤표지에 있습니다.

정·경·애·교·단·일·지

어김없이 가슴을 뭉클하게 만드는 내 생애의 아이들

눈물이 푸른이유

작은숲

차례

3부

4부

5부

책머리에

1982년 교단에 첫발을 들인 후
2017년 지금
나는 저물녘 들판 앞에 서 있다.

되돌아보자니
무모한 용기나 실수로 부끄럽고 아픈 기억이 적지 않다.
그럼에도 아이들과의 생활을 나눠 보자는
신학비평사의 권유로
내 하늘을 흐리게도, 빛나게도 한
구름과 바람과 별들을
쓰다듬고 보듬던 순간들을 기록해 보았다.

각각의 주인공 이야기는 한 편의 글로는 끝났으나
실은 끝나지 못하고 있다.

지금 교육현장은

경쟁과 효율이라는 초미세 먼지로

이전보다 더 자욱하고 유독하다.

답답하고 막막한 교육현장에서

자신을 드러내지 않고

간직한 꿈을 피워내며 싸워 나아가는

이 땅의 모든 선생님들께

경의와 감사, 그리고 보잘것없는 나의 작은 애정을 드린다.

일화 중심이다 보니 나누는 기준이 분명하지 않다.

시간 순서도 아니다. 굳이 말하자면,

1부는 지켜보고 기다리는 것을,

2부는 고교 3년 동안 아이들이 겪는 우여곡절을,

3부는 운명적인 여건 때문에 아이가 겪는 일을,

4부는 학급에서 생긴 일을,

그리고 5부는 교사로서의 소박한 바람을 담았다.

글에 나온 이름은 모두 가명이다.

연락이 닿는 친구들보다 닿지 않는 친구들이 더 많다.

어디에서든 무엇을 하든

끝까지 꿈을 꾸며 오늘을 살아가기를.

2017년 5월 스승의 날 즈음에

정경애

1부

01 나도 데리고 가

수업이 끝나고도 냉큼 영어실을 떠나지 않고 내 주위를 맴도는 녀석들이 해마다 한둘이 있다. 올해도 예외가 아니다. 나현이가 그 중 하나이다. 나현이는 영어를 잘 못한다. 아이들이 하루에 외울 단어가 30 - 50개 정도인데, 나현이는 여섯 개가 목표였다가 6개월쯤 지난 후부터 아홉 개가 된 아이다.

수업이 끝나면 이런저런 정리를 하느라 사오 분이 흘러간다. 그러는 동안 아이들은 영어실을 빠져 나간다. 봄 어느 날도 그랬다. 수업이 끝난 후 난 늘 하던 일을 하고 있었다. 나현이가 혼자 남아 머뭇거리고 있어도 그러려니 하면서. 그런데 이 아이가 내 곁으로 다가오더니 다른 때와 달리 아무 말 하지 않고 가만히 서 있다.

"왜, 할 말 있어? 단어 목표치 더 낮추자고?"

"아뇨."

"그럼?"

"…"

"왜, 무슨 일인데?"

"… 샘 …"

"왜에. 말 해. 말을 해야 알지."

일부러 아이를 바라보지 않는다. 그러면 용기를 내는 게 수월할지도 모른다. 늘 하는 일을 계속 하며 조금 더 기다린다. 열일곱 살이라고 하기엔 눈매에 깃든 슬픔이 조금 깊어 보이는구나, 라는 생각을 한 적이 있는 아이다. 그래서 더 재촉하지 않기로 한 건지도 모른다. 몸을 이쪽저쪽으로 꼬면서 눈을 올려 뜨다가 내려뜨다가 하던 나현이가 드디어 입을 연다.

"샘."

"응."

일부러 바쁜 척하며 평소처럼 군다.

"… 죽고 싶어요."

엉? 이건 뭐야? 고단한 학업의 일상에 치어 그냥 해 보는 말이라기에는 좀 무겁다고나 할까, 뭔가 느낌이 좋지 않다. 무슨 일인데? 왜 죽고 싶은데? 하고 물어봐야 하나? 아니지. 힘들 때 진지한 뜻 없이 누구라도 그냥 해 보는 말인 것처럼, 별 일 아닌 것처럼 대응하는 게 나을 지도 몰라. 배고파요, 그러면 곧 점심시간 되잖아, 하고 응대할 때처럼 아무렇지 않게 반응하는 게 오히려 상황을 가볍게 만들어 줄 거야.

짧은 동안 여러 생각이 스쳐간다. 나현이가 그 말을 얼마나 진지하게 하는지 최대한 빨리 제대로 읽어 내야 한다. 그리고 첫 대응을 잘 해야 한다.

"그래? 나도 그런데. 잘 됐네. 나도 데려가 주라."

"… 뭐라고 하셨어요?"

"혼자는 외롭고 무섭잖아. 나도 가끔 그렇거든. 그니까 함께 가자고. 너 갈 때 나도 데려가 줘."

여전히 시선을 들지 않고 하던 일을 하면서 특별할 것 없다는 듯이, 너만 그런 게 아니라는 듯이, 그런 생각하는 사람 또 있다는 듯이 나를 끌어들인다. 다행히 그게 효력이 좀 있는지 의아해하던 나현이가 잠시 후 배시시 웃는다.

"샘, 웃겨요."

"난 진지한데 뭐가 웃겨?"

함께 가자는 말에 놀라던 나현이의 표정이 시나브로 풀리는 듯하여, 정색을 꾸며 반문해 준다.

"그냥 웃겨요."

"난 안 웃기거든요? 약속해. 너 그거 하러 갈 때 나도 데려간다고."

"…"

"약속하라고오. 나 두고 너 혼자 갈 거 아니지?"

"…"

"빨리 약속해."

"알았어요."

"약속한 거다?"

"네."

"혼자 가기 없다? 언제든 그거 하러 갈 거면 나도 데려가는 거다?"

"알았다고요."

"시작종 쳤어. 빨리 교실로 올라가. 뛰어야 돼."

"알았어요."

내 재촉에 교실로 향하는 나현이의 표정과 몸짓에 활기가 조금 돌아온 듯하다.

삼 년 전에도 그런 녀석이 있었다. 일학년 내내 유난히 힘들어 했다. 집에 있어야 하는 주말이 싫다면서, 특히 금요일 영어 수업이 끝나면 교실로 돌아가지 않고 때로 울곤 했다. 격정적인 데가 있던 그 녀석도 이따금 죽고 싶다고 했었다. 그러던 아이가 삼 학년이 되더니 엄격하고 완고한 아버지와 가끔 손찌검을 하시는 할머니를 제 나름으로 이해할 만큼 마음이 크면서, 괜찮아요, 곧 독립할 터이니 조금만 참으면 돼요, 하며 훌쩍 의연해졌다. 나현이도 그럴 것이다. 아니, 그렇길 바란다. 그런 마음으로, 정면 대응이 아니라 일단 에두르는 길을 택한 것이다.

나현이가 내 반 아이가 아니니 자세한 내막이야 알 수 없다. 짐작이 가는 바도 없다. 그렇다고 담임에게 당장 물을 수도 없다. 아이가 담임에게 아무 얘기도 하지 않은 거면 자칫 긁어 부스럼이 될 수도 있다. 그냥 조금 더 지켜보는 수밖에.

며칠 후 수돗가에서 이를 닦는 나현이를 보았다

"나현아, 아직도 그 약속 유효한 거지?"

"… 네."

"혼자 가기 없기야? 밤중에도 괜찮아. 연락만 해. 아무 때나 어디서나. 금방 달려갈 거니까."

왜 죽고 싶으냐고, 무슨 일이냐고 묻는 대신 네 곁에 누군가 있어, 너 혼자가 아냐, 라는 신호를 다시 한 번 에둘러 보낸다. 나현이가 웃음을 지을락 말락 하며 고개를 끄덕끄덕한다.

"말로 해."

"알았어요."

"좋아. 그럼 우리 약속 다진 거다? 배신하기 없기다?"

"네에."

그렇게 한 달쯤이 흘렀다. 금년에 나의 업무는 학생들의 교내외 수상 실적을 정리하는 일이다. 그날도 그 일을 하다 보니 나현이가 무슨 미술대회 공모전에서 상을 탄 게 눈에 띈다. 나현이에게 그림 재능이 있었구나. 그 녀석이 상을 탄 게 내심 반가웠다.

다음 주 월요일 아침, 상장을 받으려고 회의실 앞에 대기하고 서 있는 나현이와 마주쳤다. 지속적인 관심을 보여 줄 또 한 번의 자연스러운 기회다.

"나현아, 나현이는 나보다 나은 거 같아."

"뭐가요?"

"봐, 그림도 잘 그리잖아. 이 대회에 별 아이들이 다 모였을 텐데 뽑혀서 상도 받았잖아. 그럼 그거 하러 가지 않아도 될 이유가 하나쯤은 있는 거 같은데? 아냐?"

"(끄덕끄덕) 그러게요."

"지금도 죽고 싶어?"

"쪼끔 덜 해요."

"그래도 그러고 싶은 생각이 들거든, 어쨌든 혼자 가기 없어! 나 데리고 가야 해?"

"알겠어요."

"그럼 그리는 거 즐거워?"

"네."

"그리고 싶은 거 많이 있어?"

"네."

"그거 못 다 그리고 죽으면 미련 남겠네?"

"하하."

"어쨌거나 나현이는 나보담은 낫다, 야. 그림 재주 하나만 있어도 얼마나 좋아. 푹 빠질 데가 있는 거니까."

"… 네."

내가 누구보다 나은 거도 있구나, 라는 비교의식을 통해 자신감을 확장하는 게 옳은 방법이 아닌 건 안다. 비교란 언제나 상대적 열패감도 만들어내는 거니까. 하지만 즐거이 할 수 있는 일이 있다는 게 얼마나 소중한지 나현이가 깨닫기를 바라는 마음을 그 순간에 어떻게 달리 표현할 수가 없었다. 나를 다시 한 번 끌어들이는 수밖에.

　그 후로도 나현이는 학교 밖의 여러 미술 경시대회나 공모전에서 자주 수상했고 시월, 또 상장을 받으러 왔다. 나의 관심이 여전하다는 걸 확인시켜 줄 기회가 다시 주어진 셈이다.

　"지금도 유효하지? 나 데리고 가는 거 말이야."

　"네."

　즉각 대답을 하는 나현이의 얼굴에 생글 미소가 맺혔다. 그 날은 상을 받으러 온 아이들이 여럿이었다. 우리의 '선문답'을 곁에서 듣던 한 아이가 묻는다.

　"어딜 가는데?"

　나현이와 내 시선이 마주쳤다.

　"그런 게 있어. 샘하고 나 사이의 일이야."

　"뭔데?"

　"암 것도 아냐. 별 거 아니라고."

　갑작스런 상황에 재빠르게 잘 대처하는 나현이를 보며 조금 마음이 놓였다. 그런데 어딜 가기로 한 거냐고 묻던 아이도 나에게 영어를 배우는 학생 중 하나이다. 미안한 마음이 들었다. 의도하지 않았지만 한 아이에게 소외감을 느끼게 만들어버린 것이다. 어쩔 수 없다. 지금은 나현이의 필요를 어루만지는 게 우선이다. 그 아이의 표정이 마음에 걸리지만 차라리 과감하게 나간다.

　"다현아, 미안. 이건 우리끼리 비밀이야. 때론 비밀도 있는 거라서."

　나의 이 말에 나현이가 고개를 끄덕끄덕 한다. 나현이는 내 말을 어떻게 받아들였을까? 내 관심이나 애정을 독차지한 것으로 받아들였을까? 지속적인 응원군이 있다는 느낌에 든든한 기분이 들었을까? 물은 패인 곳을 먼저 메우고 흐르기 때문이란 걸 벌써 알 리는 없겠지?

　나현이가 스스로 그런 상황에 놓인 적이 있었다는 걸 미소 지으며 돌아볼 날이 부디 오기를. 왜 죽고 싶은 거냐고 파고 들 필요가 부디 없기를. '그 일'이 정말 '별 거 아니'게 되기를. 최근에 어떤 선생님에게 우연히 들은 얘기로는, 지난날 뭔가 크게 상처 입은 일이 있고, 그 일의 영향을 계속 받고 있는 것 같다니 더욱 그렇다.

　지금 나현이는 어디서건 날 마주치면, 새앰, 하고 응석어린 어조로 부르며 쪼르르 달려와 곁을 서성거린다. 어리광 소리 그만 좀 내라고요오, 하고 면박을 주면, 아무 샘에게나 다 그런 건 아니란 말이에요오, 하며 몸을 꼰다. 그러니 아직은 괜찮은 거겠지?

02 물 한 모금

"선생님, 그 물 한 모금만 마셔 보면 안 돼요?"

"안 되는데요."

"딱 한 모금만."

"안 된다고 했는데요."

"딱 한 번만요, 네?"

"안 된다고요."

물 한 모금만 먹어 보자고 조르는 가현이의 청을 단호하게 거절한다.

올해 들어 영어실에서 물을 끓여 마신다. 여러 지인들이 만들어 준 차 재료들이 꽤 많다. 집에서 딱히 물을 끓여 마실 일이 거의 없어 냉장고에 보관만 해두었었다. 여기에 저기에 좋다면서 건네준 재료들을 보며 미안한 마음이 없지 않았다. 만들어 준 정성에, 이제라도 학교에서 끓여 마시기로 한 게 올해부터이다.

내가 수업하는 곳인 영어실은 물을 들고 다녀야 한다. 하루에 여

러 번씩 물 컵까지 들고 다니는 게 번거로워 영어실 전용으로 전기
주전자를 하나 준비했다. 수업이 없는 빈 시간에 물을 끓여 두는데
아무래도 향이 남아 감돈다. 아이들이 수업을 하러 들어오며 이따
금 "이게 무슨 냄새예요?" 하고 묻곤 한다. 옥수수, 결명자, 때로 우
엉 등 집에서 흔히 마시는 재료들로 끓인 것이지만 정수기 물에 티
백으로 우려 마시거나 생수를 마시는 아이들에게 내 컵의 물이 색다
르게 느껴질 수 있을 것이다. 미안한 마음이 든다. 평소에 아이들이
하지 못하는 걸 나만 하지는 않으려고 노력하는 편이다. 그것이 물
이라 해도.

지인들의 마음을 생각해서 시작한 일인데 그게 무슨 물이냐고 묻
는 아이들이 더러 있어 마음이 편치만은 않게 되었다. 그런데 뭐든
지 원하는 것은 해 봐야 직성이 풀리는 가현이가 냄새가 좋다고, 그
물 한 모금만 마시자고 조르기 시작한 것이다.

처음 부탁했을 때 그것을 거절하며, 왜 거절하는지 생각해 보기를
기대한 내가 무리였을 것이다. 아니나 다를까 며칠이 지난 후 또 조
른다.

"선생님 딱 한 모금만요."

"안 된다고 했을 텐데요."

"그럼 몰래 마실 거예요."

"그것은 더 안 되는 일인 거 알죠?"

"꼭 하고 말 거야."

이번에는 혼잣말처럼 다짐까지 둔다. 그리고 또 며칠이 지난 영

어 시간, 가현이가 교단 근처로 다가오더니 물 컵 앞에 선다. 금방이라도 물을 마실 태세다.

"안 된다고 했지."

"왜 안 되는데요?"

"왜 안 된다고 하는지 생각해 보면 좋겠는데."

"아, 생각, 생각! 생각하라는 말은 하지 않으시면 안 돼요?"

"왜?"

"국어 샘도 툭하면 생각하라고 그러신단 말이에요."

"하하하, 안 됐다. 그래도 생각해 봐야 돼."

"나중에 생각해 볼 테니까요, 딱 한 모금만, 네?"

"안 돼."

"아, 진짜. 치사해."

"242명에게 다 줄 수 있으면 그때 줄게."

"그게 무슨 말씀이에요?"

"우리 1학년 전원이 242명이잖아. 가현이 너에게 주면 다른 모든 아이들에게도 한 모금씩 줘야지. 근데 그럴 형편이 못되거든. 그니까 가현이 너에게도 줄 수 없다는 거야."

"저만 살짝 주시만 되잖아요."

"그럼 여기 네 앞에 앉아 있는 너희 반 아이들에게 물어봐. 너만이 물 마셔도 되냐고."

그 말이 떨어지자마자 가현이가 아이들에게 묻는다. 가현이는 그 반 실장이다.

"야, 내가 이 물 마시는 데 이의 있는 사람 손들어 봐."

가현이와 나의 대화를 가만히 지켜보던 아이들이 기다리기나 했다는 듯이 "나", "나", 하며 여기저기서 손을 번쩍 치켜든다. 순식간에 가현이 얼굴에 놀라움이 가득 번진다.

"하나, 둘, 셋, 넷, … 열하나네. 서른 명 중에 열하나야, 가현아."

"아이 참. 야, 너네 어떻게 그럴 수 있어?"

"그럴 수 있지이~."

장난스럽고 솔직한 아이들의 반응에 가현이는 할 수 없이 물을 포기하고 자리에 돌아가 수업을 시작하는 걸로 그날 일은 일단락이 났다. 하지만 모든 아이들에게 줄 수 없으니 네게도 줄 수 없다는 말뜻을 생각해 보는 눈치는 아닌 것 같았다. 그 뒤로도 두어 차례 더, 한 모금만, 딱 한 모금, 네? 하고 조르는 걸 포기하지 않은 걸 보면.

한 달쯤 뒤, 동아리 활동시간이었다. 가현이는 내가 맡은 동아리 부서에 속해 있다. 영어로 글을 쓰는 부서인데 그날 활동 주제가 감명 깊게 읽은 책의 줄거리를 요약해서 써 보는 것이었다. 가현이가 웹툰에서 읽은 만화에 대해 써도 되냐고 물었다. 아버지의 장애연금수당으로 살아가는 직업이 없는 한 청년의 사랑 이야기인 것 같았다. 청년은 인터넷 채팅에서 만난 한 여자를 좋아하게 되었단다. 움직이지 못하고 누워 지내는 아버지의 장애수당으로 청년이 여자에게 선물을 사 주는 장면이 있나 보다. 그 대목을 짚으며 가현이는 만화 속 청년을 정신이상자라고, 사람도 아니라고 흥분했다. 난 그 만화를 모른다. 하지만 가현이가 상황을 입체적으로 보는 눈을 기르면 좋겠다는 생각이 들어서, 그리고 '물 한 모금'에 대한 이야기를 자연스럽게 할 기회가 될 것도 같아서 조금 깊게 들어가기로 했다.

"그 청년이 왜 정신이상자라고 생각해?"

"일단 무섭고 징그러워요. 여자를 계속 스토킹하죠, 게다가 누워서 움직이지 못하는 장애인 아버지의 연금을 여자 선물 사는 데다 쓰잖아요. 어떻게 그럴 수 있어요? 제 정신이 박힌 사람이라면 그럴 수는 없는 거죠."

"어머니는 어디 있어?"

"낳아 놓고 도망갔대요."

"그럼 그 청년은 신체장애를 가진 아버지 손에 자란 거겠네?"

"그렇죠."

"부족한 거 없는 넉넉한 환경에서 살아온 건 아니겠고?"

"그렇겠죠?"

"누구에게 따뜻하고 편안하고 지속적인 사랑을 받아왔을 거 같지도 않고?"

"… 아마도요?"

"그 청년은 세상과 어떻게 소통해? 친구는 있어?"

"인터넷 채팅하는 거 말고는 없어요. 혼자 놀아요."

"직업은?"

"취직하려고 이력서를 내긴 하는데, 다 떨어져요."

"이 여자를 어떻게 알았어?"

"채팅방에서요."

"그럼 이 청년의 첫사랑?"

"그럴 걸요?"

"세상으로 나가는 창문을 연 거라고 해야 하나, 하여튼 처음으로 누군가를 좋아하는 거네?"

"… 아마도요."

"난 만화 속 청년에 대해 잘 모르지만 가현이 말을 요약해 보면 부족한 게 많은 환경에서 자랐고, 특히 애정이나 따뜻한 보살핌에 익숙한 사람이 아닌 거 같네. 누워 지내는 아버지 말고는 말 상대조차 없는 거고. 가현이가 비정상적이라고 생각하는 그 청년이 난 왠지 가엾게 느껴지는데?"

"그렇긴 한데요, 불쌍한 아버지 돈을 어떻게 그런 식으로 쓸 수 있어요?"

"그러게. 겉으로 드러나는 대로 보면 분명히 욕먹을 행동처럼 보이긴 하네. 공감 사긴 쉽지 않아 보여. 근데 가현이가 그 청년처럼 자랐고, 현재 그런 처지에 있다면 어떨 거 같아? 그리고 누군가를 처음으로 좋아하게 된 거라면?"

"… 그런 생각은 못해 봤네요."

"그 청년을 비정상이라고 판단하고 비난하기 전에, 아버지를 돌보기에도 부족할 돈을 왜 여자 선물을 사는 데 쓰는지 한 번쯤 생각해 볼 수도 있지 않을까? 내 말은, 다른 사람의 입장이 되어 보자는 거야. 그러면 보이지 않던 게 보일 수도 있더라고."

"… 그러고 보니 그 청년이 좀 불쌍하긴 하네요. 전 부족한 거 없이 자랐다는 생각이 들고요. 원하는 건 뭐든 부모님이 다 해 주신 거같아요. 엄청 부자는 아니어도요."

"무리한다 싶은 일을 할 필요가 없는 여건에서 자랐다는 거지?"

"그렇죠."

"그래서 말인데, 저번에 물 말이야."

"네."

"가현이가 물 한 번 마시는 데 이의 있냐고 물었을 때, 그렇다고 한 아이들이 열 명이 넘었지?"

"네. 아, 짜식들."

"가현이가 그 열 몇 명 가운데 하나였다고 생각해 봐. 넌 못 마시는데 다른 누군가가 그 물을 마셨어. 그걸 보고 있었어. 기분이 어떨 거 같아?"

"… 좋진 않겠죠."

"그 물, 옥수수랑 결명자랑 그런 거 섞어 끓인 거야. 집에서 흔하게들 끓여 마시는. 근데 물맛이 문제인 게 아니야."

"그럼요?"

"가현이가 한 모금 마시는 순간 바라보기만 하는 아이들에게는 그게 크든 작든 상처를 줄 수도 있어. 물론 그 자리에서 손을 안 든 아이들 수가 더 많긴 했지. 하지만 손을 안 들었다고 해서 가현이만 물을 맛보는 게 괜찮다고 생각하는 거라고 받아들이면 안 될 거 같아. 속마음을 잘 드러내지 못하는 사람도 얼마든지 있으니까."

"…"

"그까짓 물이 뭐라고, 뭐 아까운 거라고 안 된다고 했겠어. 가현이 만 마시는 순간 그럴 의도는 아니었다 해도 마시지 못하는 모두에게 상처가 될 수도 있는 일이라서 그런 거지. 상처까지는 아니라 쳐도 적어도 섭섭하게 하는 거지."

"…"

"다른 아이들도 마셔 보고 싶을 거라는 생각은 안 해 봤어?"

"… 그럴 수도 있겠네요."

"그래서 생각해 보라고 한 거야. 그까짓 물 한 모금인데 왜 한사코 주지 않는지. 가현이가 스스로 생각해 보고 이해할 때까지 기다리 려고 했는데 그러려면 시간이 좀 걸릴 거 같아서… 지금도 섭섭해?"

"아뇨. 아니, 예."

"아니라는 거야, 그렇다는 거야."

"아이, 몰라요. 샘 미워요."

"미워해라. 상관 안 해."

그 뒤로도 가현이는 두어 번 더 샘, 한 번만, 딱 한 모금만요, 라고 조르곤 했다. 아, 안 되지, 하고 스스로 금방 포기하긴 했지만. 한 모 금 물일망정 때론 특혜가 될 수 있고, 특혜에 익숙해지다 보면 나도 모르는 사이 특권의식이 뿌리박히기 쉽더라는 말까지 했다면 다시 는 조르지 않았을까?

03 유란이의 50퍼센트

"선생니임, 저요, 두 개 풀었는데 한 개 맞았어요."

유란이가 복도 멀리서 나를 부르며 달려온다.

"그랬어? 그럼 50퍼센트네."

나는 맞장구로 손바닥 하이파이브를 하며 유란이와 함께 뱃속에서 터져 나오는 웃음으로 하하거렸다.

2010년 들어 수준별 이동수업이라는 걸 강화하면서 이 학교에서는 정규수업을 할 때는 두 학급을 흩어 성적을 기준으로 단계별 세 반으로 묶는 방식으로 운영한다. 학급 당 일주일에 두 시간씩인 보충수업시간에는 수준별로 나누지 않고 원래 학급으로 돌아온다. 바로 여기가 어려운 상황이 발생하는 지점이다.

학생에게든 교사에게든 '좋은 수업'이 되려면 서로 간에 교감형성 Rapport이 아주 필수적이다. 그것이 수업의 효율성에 어느 정도 영향을 미치는지 분석해 보지는 않았다. 하지만 한 학생이라도 더 수업에 참여하도록 이끄는 데 그게 얼마나 중요하고 의미 있는 전제인지, 짧지 않은 교직 경험으로 체득은 하고 있다. 학생과 교사가 자주 접촉할수록 그리고 이름을 자주 불러줄수록 서로 교감을 나눌 기회와 가능성이 많아진다. 그런데 정규수업에서 내 담당이 아닌 학생들에 관한 한 일주일에 두 번 정도의 접촉으로는 이름은커녕 얼굴도 익힐 수 없다. 그러니 수준별 이동수업 체제를 본격적으로 가동한 금년은 교사에게 일종의 비상사태이다. 지식만을 전달하는 것이 수업이 아니라고 굳게 믿는 나에게는 더욱 그렇다.

비교적 비슷한 학업능력을 가진 학생끼리 모아 놓으면 학생의 수준에 맞는 수업을 할 수 있으므로, 수준별 이동수업이 더 효율적인 학습형태라는 주장은 맞는 말이긴 하다. 그런데 거기에는 함정이 있다. 하급반으로 배정된 학생들은 자존감이 무너지고 자포자기의 마음이 든다는 것이다. 그것은 시작도 하기 전에 학습활동을 망가뜨리는 바이러스성 중증질환이다. 정신적, 심리적인 배려와 관심과 격려와 보살핌이 앞서지 않으면, 그렇지 않아도 상위권의 들러리에 불과한 하위권 학생들은 안팎에서 생기는 온갖 상처로 만신창이 신세를 면하지 못한다. 하급반일수록 학습내용과 방법을 쉽고 재미있게 해야 하는 것은 기본인데, 그 기본을 잘 해내기가 또 얼마나 어려운가.

정부는 수준별 이동수업을 독려하기 위해, 부족한 교원을 시간제 강사로 충원하게 하고 그 경비를 지원한다. 그리고 대개는 시간제 교사가 하급반을 맡는다. 이것은 시간제 교사의 실력이 부족해서가 아니다. 학생들은 지속적으로 자신들을 지켜볼 수 있는 정규직 교사를 더 선호하는 편인데, 시간제 교사들은 한 학기 또는 일 년 단위로 계약을 하기 때문에 변동이 잦다. 그런저런 이유로 학교 당국 자체가 정규직 교사를 고득점권 학생들에게 배치하기를 좋아한다. 하급반 학생들이, 다음 학기에도 또는 다음 학년에도 나를 계속 지켜봐 줄 가능성이 적은 시간제 교사의 지도를 얼마나 신뢰하고 따르느냐는, 대개 수행평가라는 것을 통해 평소점수를 주는 비율 만큼이다. 시쳇말로 요새 아이들의 '영악지수'에 달려 있다는 말이다. 점수에 아예 관심이 없는 학생들에게는 그나마도 약발이 서지 않지만.

유란이도 하급반 학생 중 하나이다. 유란이가 초등학교와 중학교를 다니는 동안 태권도만 하느라고 교실 공부를 한 적이 거의 없다는 것을, 나는 학년이 끝나가는 11월에야 우연히 알게 되었다. 유란이는 고등학교도 태권도 특기생으로 입학했다. 그런데 일학년 초반에 건강 때문에 태권도를 그만두고 인문계 고등학교인 이 학교로 전학을 온 것이다. 그런 유란이에게 대학수학능력시험 수준의 영어는 말 그대로 외계인을 대하는 것 그 자체다. 금년에는 보충수업을 하러 들어가면 계속 속닥거리거나 처음부터 끝까지 자버리곤 하는 녀석들이 반마다 대여섯은 된다. 유란이도 거기에 포함된다. 이런 현상은 수준별 이동수업의 부작용 중 하나이다. 정규수업 담당교사가 아니면, 수업 태도가 아무리 나빠도 소위 그 학생의 평소점수에 그걸 반영할 권한이 없다. 수준별 수업체제에서는 한 학급의 2/3 학생들이 정규수업시간에 내 담당이 아니다. 나의 '소속'이 아닌 바로 그 녀석들이 보충수업시간에 눈치 볼 것 없이 끊임없이 속닥거리며 수업을 방해하는 거다.

수업이 진행되는 동안 누구든 한 사람이라도 딴 짓을 하거나 속닥거리면 나는 주로 '얼음 요법'을 쓴다. 하던 말과 동작을 멈추고 얼어붙은 듯 가만히 서 있다. 아이들은 한동안 하던 짓을 계속한다. 내가 한참을 그저 기다리고 있으면 그제야 무슨 영문인지 몰라 어리둥절해서 저희끼리 서로 눈짓과 표정을 주고받는다. 그리고 나의 신호의 의미를 알아차리고 저절로 조용해진다. '얼음 요법'을 한두 번 겪은 후엔, 내가 하던 말을 중지하고 입을 벌리고 팔을 쳐든 채 군을 라치면 저희끼리 키득거리면서 자연스레 분위기를 정리하고 집중할 준비를 한다. 한두 주일만 같이 지내면 나의 '요법'이 통하는 데 5초면 충분하다. 그런데 올해는 그게 아무 소용이 없는 것이다. 3분이 채 지나지 않아 다시 속닥거린다. 그걸 제지하려고 큰소리로 야단을 치거나 벌을 줄 수도 있겠지만, 그 효력은 잠시뿐이다. 더구나 그것은 최악의 방법이다. 딱딱하고 살벌한 분위기에서 무얼 기대할 수 있겠는가. 그렇지 않아도 대다수에게 난공불락인 영어가 아닌가. 그런데 수업하러 교실에 들어갈 때마다 부담이 될 만큼 수업분위기가 잘 통제되지 않는 이런 상황은 처음이다.

물론 해마다 한 반에 한두 명씩은 영어에 영 취미가 없는 아이들이 있긴 했다. 하지만 정규수업과 보충수업을 수준별로 나누지 않고 통째로 들어가노라면 한두 달 지나서는 아이들의 이름과 얼굴뿐 아니라 각자의 특성과 성격, 경우에 따라서는 특이한 이력까지 알게 된다. 일주일에 여섯 시간, 하루에 한 번씩 만나는 구조이기 때문이다. 그건 학생들과 교감하는 데 엄청난 프리미엄이다. 일단 교감이 형성되면 그 학생의 수업 참여도도 높아지고, 노력을 끌어 내기도 훨씬 수월해진다. 교감형성에 있어서 교실 밖에서의 한 마디는 교실에서의 백 마디보다 효력이 좋을 때가 많다. 그래서 지나치듯 던지는 한 마디에도 나는 보이지 않는 공을 들인다. 학생에 대한 사전지식이 있으면 교실 안팎에서 때와 장소에 따라 각자에게 해줄 알맞은 말을 찾아내거나, 때로는 당기고 때로는 풀어 주며 학습에 필요한 긴장을 유지하는 데 많은 도움이 된다.

그런데 금년에는 상황이 아주 달라진 것이다. 더 어려운 문제를 더 많이 더 빨리 해내야 하는 공부 올림픽에만 매달린 게 어제오늘 일은 아니었지만, 이제 학교는 아예 드러내 놓고 학원이 되었다. 전국 단위로, 또는 지역 단위로 대놓고 '(신)기록'에 쫓기는 상황에서, 일주일에 두 번뿐인 보충 수업시간에는 아예 경기에 참가할 의사가 없는 녀석들까지 독려할 여지가 없는 것이다. 소위 정규수업 때 내 소속이 아닌 아이들과 교감할 정신적, 실제적 여유를 거의 잃어버리게 된 것이다.

묘수가 없을까 거의 매일 생각을 떨치지 못했지만, 야간특별보충수업까지 해야 하는 스케줄을 변명으로, 그 아이들과 따로 만나 개인적인 이야기를 나누어 볼 엄두도 내지 못한 채 가을이 오고 말았다. 그런데 그때, 우리 팀 세 영어교사 중 한 분이 6주의 병가에 들어

갔다. 그래서 임시로 수준별 수업을 중단하고 두 교사가 한 학급씩 전체를 대상으로 수업을 하게 되었다. 정규수업시간에도 반을 나누지 않게 되었다는 뜻이다. 그런데 한시적인 이 합반수업은 또 다른 문제를 가져왔다.

학생들의 요청으로 우리 학년은 영어수업 시작 전에 항상 그날 공부할 내용에 대한 2~30개 정도의 단어 시험을 먼저 본다. 임시로 합반을 해서도 그것을 그대로 밀고 나가기로 했다. 문제는, 하급반 학생들은 그동안 단어시험을 보지 않았다는 점이다. 담당교사의 말로는, 능력이 모자란다고 우기면서 아예 공부를 하려 들지 않기 때문이라고 했다. 이러든 저러든 자기들은 어짜피 하위 반을 못 면할 테니 할 필요 없다고 고집을 부려서 질 수밖에 없었다는 것이다. 그런 아이들에게 단어시험이라니 반발은 뻔한 일, 예상대로 합반 수업 첫날 유란이를 포함한 하위 반에 속한 예닐곱 학생이 백지를 냈다. 나도 그 녀석들도 이대로 6주를 보낼 수는 없었다. 그래서 수업이 끝난 후에 그 녀석들을 따로 만났다.

"너희는 이대로 단어시험 안 볼 생각이냐?"

"…"

"단어만 알아도 영어는 어찌 해보겠는데, 하면서 매시간 단어시험 보자고 한 건 내가 아니고 너희다. 어떡할래? 너희가 하자는 대로 하겠다. 안 하겠다면 너희는 면제다."

나의 그 말에 녀석들이 어리둥절하는 것 같았다. 야단을 맞거나 벌을 받을 걸로 예상했던 게 빗나갔다는 표정 같았다. 아무 말들이 없어 내가 계속했다.

"너희도 알다시피 상급반과 중급반에서는 단어시험 통과 기준이 80퍼센트이다. 너희는 한 번도 단어를 외워 본 적이 없다면서? 그러면 자신이 할 수 있는 만큼 각자 목표를 정해 보는 건 어떠냐. 통과기준 10퍼센트든 얼마든, 자기 역량에 맞게 정해 보아라. 인문계 고등학교에 합격해서 들어왔으니 너희에게도 단어 정도 외울 잠재력은 있다고 본다. 어떤 결정을 해도 존중하겠다. 도저히 외어지지 않아 포기할 수밖에 없다고 결정하면, 그 선택도 존중하겠다. 그러나 하루에 다섯 개, 아니 두 개만 외운대도 일 년 동안 쌓이면 전혀 하지 않은 것과는 다를 것이다."

나의 제안에 다들 쭈뼛거리는데, 한 녀석이 50퍼센트는 할 수 있다고 먼저 운을 뗐다. 그 말을 듣더니 다른 녀석은 60퍼센트, 또 어떤 녀석은 70퍼센트… 그렇게 각자 목표치를 정했다. 속으로 상당히 놀라고 기뻤다. 워낙 반항심을 감추지 않고 표정과 행동에 드러냈던 녀석들이었기에 별로 기대를 하지 않았던 것이다. 나는 속마음을 감춘 채, "좋아. 일단 정한 대로 해보자. 한두 주일 후에 그것이 너무 벅차다거나 또는 더 잘 할 수 있다고 생각되면 각자의 기준을 높이거나 낮추거나 다시 조정해 보자"고 했다.

마지막으로 유란이 차례였다. "지금까지 영어 철자를 써 보기는커녕 읽어본 적도 없는데 어떻게 하냐"고 한다. "그럼 읽어 주면 알아듣기는 하겠느냐"고 물으니 몇 개는 알아듣는다고 한다.

"그럼 유란이 너는 철자는 말고 뜻만 쓰기로 하자. 어느 정도까지

할 수 있겠느냐?"

"그렇게 한다면 30퍼센트는 할 수 있을 것 같아요."

합반 수업을 하기 얼마 전, 유란이가 태권도를 하다가 전학 왔다는 걸 알게 된 후로 나는 유란이를 특별히 다독거릴 기회를 기다리고 있었다.

"좋아, 유란이는 30퍼센트! 근데 유란아, 너 태권도 했었다면서. 전학 와서 지금까지 학교생활 정말 힘들었겠다."

그 말이 떨어지자마자 유란이가 소리 없이 눈물을 뚝뚝 떨어뜨리기 시작했다. 순간 당황스러웠다. 하지만 계속했다.

"그치만 너에게는 재능이 있다는 거 생각해 봤어? 지금은 모든 것이 공부로만 재어지니까 스스로 열등생으로 느껴지겠지만, 언젠가는 네 태권도가 남이 갖지 못한 특별한 재능이라는 걸 알게 될 날이 올 거야. 그걸 생각하면서 기운을 좀 내 봐. 일등 하는 아이와 비교하지 마. '어제의 나'보다 오늘 얼마나 달라졌고 변화했는지 거기에 초점을 맞춰 봐."

나의 별도의 당부에 눈물콧물 범벅을 했던 유란이는 두어 개씩 단어의 뜻을 쓰기 시작했고, 일주일이 채 안 되어 몇 개쯤은 철자도 쓸 수 있는 데까지 발전했다. 스스로 단어시험 통과기준을 세웠던 다른 아이들도 대다수가 본인들이 정한 기준을 가끔은 초과달성했다. 자기 수준에 맞는 쉬운 책을 소개해 달라고 찾아온 녀석들도 있었다. 무엇보다, 그 녀석들의 눈빛과 표정이 파닥파닥해진 게 더러 눈에 띄기도 했다.

그리고 합반한 지 세 주일쯤 후에 있었던 전국모의고사 다음날, 두 개 풀었는데 하나 맞았다는 유란이의 기쁨의 '비명'을 들은 것이다. 유란이는 지금까지 한 번도 영어 시험문제를 풀어 본 적이 없었다고 한다. 소위 '찍순이'였다. 그런데 제 힘으로 독해 33문항 중 두 문항이나 풀었고 더구나 절반을 맞았으니, 복도 천장이 쪼개질 만큼 행복한 환성을 지르며 달려온 게 충분히 이해된다. 아니, 어디서도 살 수 없는 희열을 맛본 건 오히려 나였다고 해야겠다.

이렇게 즐거운 놀라움이 기적처럼 계속 일어난다면 얼마나 좋겠는가. 공부에 대한 의지가 활활 타오르고 앞날에 대한 계획과 희망이 새록새록 생긴다면 얼마나 좋겠는가. 그들이 단어를 외우기 시작한 건, 말 그대로 시작일 뿐이다. 만만치 않은 영어는 그들에게 쉽게 품을 내주지 않는다. 끝없는 어려운 어휘들, 해독이 안 되는 긴 문장들, 들어도 들어도 모르겠는 까다로운 어법… 초롱거렸던 눈빛은 수업 시작한 지 채 10분도 안 되어 어느 새 흐릿하게 초점이 흐려진다. 더구나 2011학년도 대학수학능력시험에서 영어 과목은 예년에 비해 가장 어려웠다. 그러니 6주의 합반수업이 끝나고 다시 수준별 수업 형태로 돌려보내며 한 나의 당부가 얼마나 효력이 있을까. 그래도 당부는 해야 한다.

"유란아, 정아야, 진수야… 6주간 단어 외워보니까 어땠어?"

"수업시간에 제가 외웠던 단어 나올 때도 가끔 있더라고요. 그럴 때 짜릿하죠."

"자기 잠재력이 이만큼인지 다들 알고 있었어? 학년 초부터 이렇게 했다면, 지금쯤 어떨까?"

그 중 몇은 비식 웃었고 또 몇은 고개를 끄덕끄덕한다.

"이제야 맛을 안 거네. 그럼 각자 자기 반으로 돌아가더라도 지금처럼 계속 해. 일등과 비교하지 마. 군이 비교해야 한다면 오직 '어제의 나'하고만 해. 돌아가서도 잘 하고 있는지 확인해 볼 거니까."

파릇하게 돋으려는 싹이 누렇게 뜨지 않도록 하려면 간간이 물도 주고 햇빛과 바람을 쏘여 주어야 한다. 가끔은 이름을 불러주고 눈빛을 맞추고 이런저런 구실을 끌어 대며 쓰다듬고 안아주고 (내가 아이들과 동성同性이라서 좋은 점 중 하나) 썰렁한 농담도 붙이고… 이 모든 건 자주 만나야 가능한 일! 하지만 나는 안다. 지금처럼 '수준별'로 쪼개 묶는 수업방식으로는, 이 아이들 하나하나가 활짝 잎을 펼치며 자라 꽃을 피울 수 있게 하기가 얼마나 어려운지를. 교사들의 세심한 배려와 관심이 없으면 얼마나 쉽게 시들어 버리는지를.

하지만 그건 교사들 개개인의 성의와 관심만으로 될 수 있는 일이 아니란 것도 모르지 않는다. 전반적인 교육 체제와 방식을 바꾸지 않는 한, 아니 잘 사는 것이 무엇인지에 대한 생각 자체가 바뀌지 않는 한, 날마다 시간마다 교실에서 거리에서 아이들의 오늘과 내일은 으깨져 나갈 것이다. 소중한 아이들을, 우리의 미래를 끊임없이 잃어 가게 될 것이다.

아, 참. 단어시험에서 통과하지 못하면 어떻게 하느냐고? 재시험을 본다. 자기 과목 점수만 높이려고 아이들을 들볶는 거 아니냐는 무언의 눈총을 헤치고 굳이 점심시간이나 청소시간을 쪼개는 데는 나름의 변명이 있다. 재시험을 보러 오는 녀석들은 대부분 하위권일 때가 많아 한 번 더 공부하게 한다는 뜻도 있지만, 따로 접촉할 기회를 가질 수 있다는 데 더 큰 의미가 있다. 이때는 이 아이들한테만 집중할 수 있기 때문이다. 조금만 노력한 흔적이 보여도 마음 놓고 격려하고 칭찬을 해 준다. 벅찬 하루 일과에 바쁘고 힘들고 성가셔도, 이때가 바로 그 녀석들과 간격을 좁힐 수 있는 절호의 기회인 것이다.

"또 재시 보러 와서 죄송해요." 하는 녀석들에게 "여기서 두 번 다시 만나지 말자 그랬잖아." 하며 퉁박을 주면 "그러게요. 이제 안 올 거예요." 해 놓고 다음날 또 만나 낄낄거리는 동안, 서로에게 뭔가가 뭉클 피어나는 것이다.

04 공중옆차기

교사가 되어 처음 만났던 아이들을 떠올릴 일이 어쩌다가 생긴다. 특히 스승의 날 무렵, 그 시절의 아이들로부터 배달꽃 선물이라도 받으면 '아이스크림 소년'과 '너 누구야 녀석'이 떠오른다. 교실에서 수업으로 만난 사이가 아니었기에 나는 그 '아이스크림 소년'의 이름을 모른다. 그리고 지금은 그 얼굴도 기억이 나지 않는다. 그리고 '너 누구야 녀석'도 수업으로 인연이 없었던지라 이름도 얼굴도 기억나지 않는다. 그렇지만 풋풋하고 서투르던 교사 초년 시절, '사람이 어떻게 그럴 수 있는지'에 대해 유난히 민감하여, 발끈했다가 죽을 뻔한 일에 연관된 그 두 소년을 잊지 못한다. 한 소년은 나를 구해 주었고, 한 녀석은 사춘기가 덜 끝나 좌충우돌하던 객기에 나를 죽일 뻔한 녀석이다.

내가 처음 교단에 섰던 학교는 면 단위에 있던 남자고등학교였다. 가자마자 1학년 담임을 하게 되었는데, 여교사에게 담임을 맡긴 것은 그 학교에서 처음이라고 했다. 엄밀히 말하면 두 번째였다. 내가 부임하기 2, 3년쯤 전에 담임을 맡았던 여교사가 있었는데, 드세기 이를 데 없는 아이들 등쌀에 여러 번 울다가 3월을 못 넘기고 담임을 그만두었다는 말을 들었으니까. 그 학교는 사는 형편이 어렵거나 공부가 시원찮아서 인근 도시에 있는 고등학교로 진학할 수 없는 아이들이 주로 다니는 데였다. 방과 후에 보리 베고 모 심고 나락 거두는 일을 해야 하는 처지인 녀석들도 꽤 많았다. 그래서인지 그 아이들에게는 공부를 왜 해야 하는지, 영어에 왜 공을 들여야 하는지 같은, 기본적인 동기를 부여하는 데 자주 시간을 할애해야 했다. 그 뿐만 아니라, 방과 후에 무슨무슨 이유로 싸움질을 하고는 그 뒤 끝으로 살점이 뚝 떨어져 나가거나, 칼이 지나간 자국이 선명한 손이나 팔에 붕대를 감고 나타나 정학이나 근신 처분을 받는 녀석들도 더러 있었으니, 수업 분위기가 그다지 좋았다고 할 수는 없다.

초보 교사가, 그것도 여선생이 사내꼭지 녀석들의 담임을 맡았다니, 좀 부풀리자면 선배 남자 교사들의 조언이 줄을 이었다. 남자 녀석들을 다루려면 무엇보다 사나워야 한다, 매를 들겠다고 했으면 반드시 그래야 하고, 일단 들었으면 '작살'을 내줘야 한다는 등 살벌한 말들이 귀에 딱지가 앉을 지경이었다. 그러다보니 슬며시 '정말 그래야 하는 건가?'라는 생각까지 들었다.

하여튼 '같은 경고 세 번째면 너네 죽는다!' 같은 협박도 하며 두어 달 지내다가, 나도 빈말 날리지 않는다는 본때를 보여줄 때가 되었다고 생각한 게 5월 무렵이었을 것이다. 선배 교사들의 그런 '정성 어린 조언에 힘을 받아' 내 손바닥의 살점이 떨어져 나가 다시 살이 차오르는 데 석 달이나 걸릴 만큼, 60명이나 되는 반 아이들을 작정하고 '죽게' 패 주는 '본때'를 보여 준 게. 그런데도 콧수염 자리가 거뭇해지기 시작한 녀석들이, 덩치가 나보다 더 큰 녀석들도 있었는데, 달려들어 손목을 비틀거나 욕설을 퍼붓거나 하지도 않고 털 깎이는 양처럼 다소곳하니 맞고 있었으니, 게다가 찾아와 항의하는 학부모 한 분 없었으니, 교사라는 이름으로 무모와 무지와 폭력의 잠수함을 타고 날라리를 떨던 요순시절이었구나 싶다.

그렇게 날마다 지지고 볶으면서 야들 살벌하고 쌉쌀 달콤하게 1학년 담임을 '무사히' 마쳤다. 그리고 교사로서의 두 번째 해 그 아이들이 2학년이 되자, 머리 굵어 가는 녀석들을 풋내 나는 여선생에게 더 맡기는 게 위험하다고 생각해서였는지 나에게 담임을 주지 않았다.

봄이 무르익을 무렵 내가 맡은 2학년 아이들이 3박 4일 수학여행을 떠나고, 나는 수업으로 만난 적이 없어 낯이 선 3학년 아이들의 인솔교사 중 하나가 되어 학교 근처 저수지를 낀 숲으로 봄 소풍을 가게 되었다. 지금이나 그때나, 담임하는 반 없이 인솔교사가 되어 행사에 참여하는 건 심심한 일이기도 하지만 한편으로는 여유를 좀 더 누릴 수 있어 좋기도 하다. 게다가, 때는 바야흐로 나도 저도 봄이 아니던가.

뭐니 해도, 웅크리고 있던 움이 몽실한 망울로 부풀다가 여린 새순을 틔우고, 젖먹이 손가락 펼치듯 나날이 앙증맞은 잎으로 자라날 무렵의 산과 들녘처럼 아름다운 게 어디 또 있으랴. 햇살은 따가웠지만 반짝이는 저수지 물빛이 거둘 때가 된 보리의 누런 물결과 어우러진 배부르고 등 따스한 풍경에 한가하게 마음을 팔면서 걷는 맛이 괜찮았다. 적어도 소풍 목적지에 도착할 때까진.

목적지에 도착하여 점심을 먹은 후 저수지 가장자리를 따라 산책하며 아마 잠시 혼자 행복해 하던 순간이었을 것이다. 갑자기 시커먼 녀석 하나가 내 앞을 가로막고 떡 버티고 서는 것이다. 교복이 검어서였는지, 그 녀석이 나보다 덩치가 훨씬 커서였는지, 그림자마저 무겁고 커 보였다. 교복으로 보아 우리 학교 학생인 건 분명했다. 차츰 내게 다가오는데 녀석이 약간 비틀거리는 게, 무슨 상황인지 뻔했다. 어떻게 하나 잠깐 망설였지만, 우선 피하는 게 나을 것 같아 그 아이를 비껴가려고 옆으로 걸음을 옮겼다. 그런데 나를 가로막고 바짝 다가서며 대뜸 한 마디 던진다.

"야, 너 누구야?"

'아니, 너 누구냐고? 내가 지 학교 선생인 거 뻔히 알 텐데, 이 녀석 취해도 단단히 취한 거 아냐?' 하는 생각이 스쳤지만, 겁이 좀 나기도 하고 취한 녀석을 상대해 봐야 될 일이 아무것도 없을 것 같아 일단 조용히 빠른 걸음으로 자리를 피했다. 뒤쫓아 오지 않는 것을 다행이다 여기며 다시 '안전하게' 혼자가 되고 나니, 취해서 부린 학생 녀석의 난데없는 행패가 어이가 없었다. 화가 나거나 모욕감을 느낄 일일 수도 있었지만.

저 녀석을 어떻게 해야 하나, 모른 척하고 말까, 추적을 해서라도 짚고 넘어가야 할까 이런저런 생각으로 물가를 어슬렁거리며 남은 점심시간을 보냈다. 그리고 전체 학생이 모여 오락시간을 가지게 되었다. 그때만 해도 소풍 가면 점심 먹은 후 반 대항 장기자랑을 하거나 개인 노래자랑을 하며 소위 오락시간을 가지는 게 정해진 순서였다. 그러는 중에 간간이 선생님을 불러내어 노래도 시키고 춤도 추게 하는지라, 여선생이라곤 나 혼자인데다 무대 체질이 전혀 못 되는 자신을 잘 알기에, 아이들이 노는 곳에서 적당히 떨어진 곳에, 마침 담처럼 꽤 길고 높게 쌓아놓은 볏짚더미가 있어 그 뒤로 몸을 숨기고 아이들 노는 양을 몰래 구경하고 있었다.

오락이 중간쯤이나 진행되었을 때였다. 아까 나에게 '너 누구야?' 하던 녀석이 무대로 나오더니 노래를 부르며 춤을 추었다. 그런데 비틀거리기는커녕 아주 멀쩡해 보이는 것이었다. 그 정도 몸놀림이면 분명 취한 사람의 행동거지가 아니다. 앉아 열광하는 아이들 뒤로 살그머니 가서 저 아이가 몇 반이냐고 물은 후 조용히 담임을 찾아갔다. 순서가 끝나면 볏짚더미 뒤로 저 아이를 잠시 보내 달라고 부탁하니, 놀란 담임이 무슨 일이냐고 묻는다. 개인적으로 뭐 좀 물을 게 있어 그런다고만 했다.

아이를 불러 달라고 해 놓고도 내가 가르친 적이 없어 순전 '남'인데다, 어깨가 떡 벌어지고 키가 내 머리 하나만큼은 더 솟은 '덩치'인 녀석을 어떻게 대해야 할지 가닥이 서질 않아 심란스러운데, 마침내 그 녀석이 와서 내 앞에 버티고 선다. 겁먹은 거 표내면 안 되지, 안 되고말고.

"너, 내가 누군지 알지?"

"너 누군데?"

이런, X 자식 보았나. 멀쩡한 얼굴로 너 누구냐다! 열 제대로 뻗게 하는구나, 니가. 근데 칼칼해진 내 목소리가 오히려 내리깔린다.

"야, 니 학교에 여교사가 몇이야? 열이야, 스물이야? 딱 둘이잖아. 내가 아무리 너네를 가르치진 않아도 전교에 둘 있는 여선생을 모른다는 게 말이 돼?"

"그래서, 뭐 어쩌라고?"

뭐라? 그래서 뭐 어쩌라고? 그 순간 나도 모르게 내 손이 그 녀석 뺨을 향했고, 쫙 하며 파란 하늘이 두 쪽으로 갈라지는 소리가 났다. 나마저도 미처 상상하지 못한 그림이 순식간에 한 획에 완성되고 만 것이다. 그리고 그때 보았다. 우리로부터 4, 50미터쯤 떨어진 곳의 허물어져가는 오두막 뒤뜰에 둥지를 튼 서너 쌍의 눈길이 번쩍이며 온통 우리 쪽을 향하고 있는 것을. 그 녀석 똘마니들 몇이 우리를 지켜보고 있었던 것이다. 이 녀석은 처음부터 그걸 알고 있었나 보다. 졸개들이 두 눈 부릅뜨고 지켜보는 데서 체면을 그렇게 구겼으니… 녀석의 얼굴이 시뻘게졌다. 그리고 맞아서만은 아닌 게 분명한 핏대를 세우며 나에게 욕설을 퍼부었다.

"이런 씨발 X이."

이런 식의 욕설도, 이런 상황도 상상조차 해 본 적이 없는 나는 요샛말로 쓰나미급 충격에 휩쓸렸다.

"뭐라고? 이 새끼, 너 술 마셨다는 핑계로 아주 뵈는 게 없구나. 넌

술 마시면 하늘이 땅 되고 땅이 하늘 되냐?"

"이런 씨발 X이, 니가 뭔데 상관이야? 우리 애비 에미도 난 안 건드려어. 근데 니가 날 때려? 나를?"

'우리 애비 에미도 난 안 건드린다'는 그 말에, 나도 모르게 또 한 번 쫙 소리가 울렸다. 뭐 이런 사람 같지도 않은 게 다 있나 싶었던 것이다. 80년 그 시절, 눈 하나 꿈쩍 않고 짐승 같은 만행을 해치우던 '사람 같지 않은 놈들' 때문에 학습하게 된 '사람 같지 않은 것들'에 대한 분통과 원통이 그 녀석에게 겹쳐 보였는지도 모른다. 녀석과 이 일이 있었던 게 1980년에서 몇 해 지나지 않은 때였으니까. 하여튼 그렇다 치고.

내게 두 번째 뺨을 얻어맞았는데 뜻밖에도 녀석이 욕설은커녕 아무 말 없이 가만히 서 있었다. 그렇게 잠시 나를 정면으로 노려보더니 슬금슬금 여남은 걸음이 더 되게 뒤로 물러나는가 싶었다. 그러더니 갑자기 공중으로 휙 몸을 날려 살짝 틀더니 옆차기로 나를 향해 날아오는 게 아닌가.

찰나에 드는 생각은 하나였다. 아, 이제 나는 죽었구나… 그런데 미처 그 찰나가 지나기도 전, 갑자기 내 뒤쪽인지 옆쪽인지에서 뭔가 휙 날아오더니 퍽 하는 소리와 함께 바로 내 코앞에 두 사람이 철퍼덕 떨어져내려 나뒹그러졌다. '아이스크림 소년'이 거의 동시에 날아오른 것이었다.

나는 온몸이 굳어 옴짝달싹도 할 수 없었다. 무릎이 거의 부딪칠 정도로 다리가 떨리고 머릿속이 하얘질 뿐 아무 생각도 나질 않는데, 그 녀석이 비실비실 일어섰다. 다시 공격을 하겠구나 생각하며 공포에 질려 꼼짝 못하고 서 있는데, 우리가 있던 볏짚더미 뒤에서 그 아이 담임이 나타났다. 그 아이를 불러 달라는 내 말에 아무래도 미심쩍었는지 볏짚더미 뒤에 서 있다가 상황이 심상치 않다고 판단하고 들이닥친 것이다.

파들파들 떨고 있는 나를 두고 담임이 그 아이의 뒷덜미를 붙잡아 끌고 저수지 가로 내려가는 것 같았다. 내 눈 앞 공중에서 무슨 일이 벌어졌는지 제대로 정리가 다 되지 않은 채 두리번거려 보니, '너 누구야'를 향해 몸을 날려 나를 막아준 '아이스크림 소년'은 그 사이 일어나 가 버리고 보이지 않았다.

아까 산으로 들어오면서 학생들 행렬 맨 뒤로 처졌을 때 아이스크림 수레를 끌고 오던 그 '소년'을 만났었다. 이런저런 이야기를 하다 보니 그 아이는 내가 가르치는 2학년 아이들과 같은 또래였다. 이 소년은 그 애들과 같은 중학교를 다녔는데 형편이 어려워 고등학교에 진학하지 못했다고 했다. 닥치는 대로 돈벌이를 하다가 그날은 아이스크림 수레를 대여해서 소풍에 따라 나선 것이다. 중학교 때 학교에서 키우는 태권도부에 들어 활동했다는 이야기, 1학년 때 내 반이었다가 여러 번의 폭력사건에 연루되어 결국 퇴학당하고 말았던 아무개와도 같이 태권도를 했었다는 이야기, 앞으로 장사는 물론 뭐든 해서 돈을 많이 벌고 싶고, 돈을 벌면 그 저수지를 유원지로 만들어 오리배도 띄우고 고향을 더 활기차게 만들고 싶다는 이야기

뭐 그런 이야기들을 들었던 것 같다. 물론 농업용 저수지를 유원지로 만들 수 있는 건지는 따질 일이 아니었다. 그 아이가 아이스크림을 파는 사이사이로 나도 이런저런 말대꾸를 하며 주거니 받거니 함께 걸어왔다.

"참 대견하네. 어린 나이에 몸 써서 고생하며 일하고 돈 벌러 다니면서도 그렇게 명랑하고. 더구나 자기 친구들이 다니는 학교 소풍 길에 따라와서 아이스크림 팔 생각을 하다니, 정말 대단해. 그렇게 당당하게 살다 보면 꼭 꿈을 이루게 되는 날이 올 거야. 나도 학교 순탄하게 다닌 건 아니거든. 근데 하려고 하니 어떻게든 돼지더라고. 힘 내, 기대하고 있을게!"

그 '소년'이 나와 그 녀석 사이에 벌어지는 일을 다 지켜보고 있었나 보다. 그 아이는 태권도부에서 활동했기에 같은 태권도부 선배였던 '너 누구야'가 어떤 녀석인지 잘 알고 있었다. 그래서 '너 누구야'가 뒷걸음질 할 때 이미 그 동작의 의미를 파악했던 것이다. 그 '소년'이 우리를 볼 수 있는 위치에서 아이스크림을 팔고 있던 건 나에겐 글자 그대로 행운이었다.

그 '소년'은 아이스크림 수레로 돌아가 있었다. 나는 거기까지 걸어 갈 힘이 없었다. 정신도 수습이 되지 않아 그 자리에 그대로 주저앉아 있는데, '너 누구야' 녀석 담임이 그 녀석을 데리고 다시 내 앞에 나타났다.

빨리 빌라는 담임의 명령에 마지못한 듯 녀석이 무릎을 꿇고 "잘못했습니다."고 했다. 그러는 녀석의 머리꼭지에 "정말이야? 진심으로 잘못했다고 생각해?'하고 되물었다. 억지로 하는 사과인 걸 알기에 일부러 못을 친 것이다. 그런데 "네, 그렇습니다." 하고 나온다. 찜찜하긴 했지만 "잘못한 줄 알았으면 됐다. 다시는 그러지 마라. 이제 가." 하고 녀석을 보냈다. 뭘 잘못했느냐, 너 술 마신 거지, 진짜로 내가 누군지 모른 거냐는 등등 따지고 들어야 할 게 많았지만 그럴 정신도 기운도 없었다.

아이가 가고 담임이 나를 위로인지 안심인지 시키며 미안하다고 하는데, 갑자기 배가 끊어질 듯 아파왔다. 주저앉아 배를 움켜쥐고 몸을 비트적거리는 나를 그 녀석 담임과, 언제 거기 와 있었는지 '아이스크림 소년'이 어찌어찌 부축해서 저수지 둑길까지 내려왔다. 너무 아파 더는 걸을 수가 없었다. 거기는 마을도 없고 차가 다니는 길도 아니어서 난감했다. 그런데 누가 부리 구하러 갔었는지 아니면 지나가는 길이었는지 경운기 한 대가 왔고, 나는 거기 실려 읍내 병원으로 옮겨졌다. 의사의 말이 장이 꼬였다는 것이다. 너무 놀라거나 화가 나면 그런 일이 생기기도 한다는 것을 그때 처음 들었다.

수액이 들어가는 동안 담임에게 들으니 그 녀석은 3학년이 되기 전에 이미 여러 학교로 전학을 다녔다고 한다. 이전 학교들에서 번번이 패싸움 같은 '폭력 사건'으로 퇴학 처분을 받거나 전학 권고를 받았었다는 것이다. 녀석의 고향이 여기이고, 이 고등학교와 같은 재단의 중학교에 다녔기 때문에 이미 녀석의 이력은 유명짜해서, 받아들이지 말아야 한다는 선생님들의 거센 반대가 있었지만, 어디 갈 데가 더 있겠느냐고 사정하는 부모를 보아 이 학교에서 받아준 것이라고 했다. 그러니 여기에서 잘리면 더는 갈 데가 없을 것이라고.

그해 3월 말경 3학년 학생 일부가 의자와 책상을 들고 운동장으로 뛰어나오면서 학생주임 나오라고, 죽여 버리겠다고 난동을 피운 일이 있었다. 부모 가슴에 피눈물로 범벅질을 하고서도 이 녀석의 혈기 방자함은 아직 진행 중이었는지 그 주동자가 바로 그 애였단다. 근신 처분 받고 학생부실에서 반성하고 있을 때, 학생부장(그때는 학생주임)이 자신을 가혹하게 대했다는 이유였다. 녀석이 워낙 제멋대로인 건 물론이고 거칠기 이를 데 없는 것이, 때로 칼(주머니용)까지 들이댈 정도여서 동급생은 물론 선생님들도 웬만해선 아예 상대를 안 하거나 무슨 짓을 하건 모른 척하고 넘어간다는 것이다. 세상에, 도대체 내가 뭘 건드린 거야.

근데 말이지, 그 애가 어떤 녀석인지 알고 있었더라면, 아까 산에서 내가 그냥 넘어갔을까? 어쩌면, 그렇다면 더욱 그냥 넘어가서는 안 되는 일이라고 생각했을 듯도 싶다. 담임 말을 듣고 등골이 오싹하면서도 속이 부글부글 끓었던 기억이 나는 걸 보면. 그러니 그 녀석을 아까 그렇게 보내서는 안 되는 일이었다. 겁에 질려 넋이 빠져 가지고는, 도대체 일을 어떻게 만든 거야. 이제 어쩌냐고. 그 놈은 어쨌든 잘못했다고 빌었고 나는 다시는 그러지 말라고 사면해 주었으니 다시 불러 따질 수도 없고… 아냐, 잘 한 거야. 그런 애를 건드려서 뭐 어쩌자는 건데. 남자 선생님들도 손발 다 든 애를 니가 어떻게 할 수 있는데. 보복이나 안 당하면 다행인 줄 알아라, 이 철딱서

니야. 두 마음이 이리저리 나를 끌고 다녀 수액이 다 들어갈 때까지 영 편치 않았다. 하지만 그냥 넘어갈 밖에. 여기에서 잘리면 더는 갈 데도 없다잖아. 그래서 그날 그 녀석이 벌인 일은 담임만 알고 조용히 넘어가는 게 좋겠다는 말까지 결국 하고 말았다.

병원에서 숙소인 여교사 기숙사로 돌아오니 이미 저녁이었다.(거기는 여교사가 부임하면 하숙할 곳이든 뭐든 거처가 마땅치 않은 시골이라 재단에서 여교사만을 위한 기숙사를 지어주었다.) 그런데 밖이 조금 소란하더니, 옆 방 선생님이 나를 부르러 왔다. 남학생 몇이 나를 만나러 왔다는 것이다. 가슴이 철렁했다. 그놈 패거리들일 것이다. 보내 버리라고 할 수도 없었다. 나 말고는 모두 여자고등학교 선생님들이 살고 있었으니까.

나가 보니 아니나 다를까 그 패거리였다. 아니, 이 저녁에 여길 왜 온 거야. 담임 없는 데서 기어이 한 방 때려눕히고 말겠다는 건가? 이 천하에 망나니를 그냥 두면 안 되는 거였다고 후회하던 아까 병원에서의 내 기백은 움츠러들고, 겨우 진정되었던 심장이 다시 두근거린다. 그래도 주눅 든 거 표내면 안 되지.

"왜 왔어?"

"저, 아까 사과를 제대로 못해서요, 조용한 데서 정식으로 사과 드리려고 왔습니다."

엥? 사과를 하러 왔다고? 어쨌거나 말투는 이제 제대로고만. 그런데 네 놈들 눈동자는 왜 그렇게 빙글빙글 굴리는 거냐? 무슨 탐색전을 하는 거야?

"아까 다 했는데 뭘 또 해?"

"선생님이 병원에 가셨다고 들었습니다. 괜찮으신가 걱정도 되고 그래서요."

"지금은 괜찮아. 그리고 아까 잘못했다고 했잖아. 그걸로 충분해."

"아닙니다. 제대로 다시 사과 드리겠습니다."

고개를 좀 조아리는 듯 말하는 동안에도 계속 눈알을 빙글거리는 게, 오라, 이 녀석들, 염불이 아니라 젯밥이구나.

"그래? 그래야 마음이 편해지겠단 말이지? 음, 근데 니네들 모두가 사과할 짓을 한 건 아니잖아. 너만 들어와."

사과를 핑계로 금남의 집인 여교사 숙소를 들여다보고야 말겠다는 속셈이었다. 그걸 알아차렸기에 나는 졸개들을 문간에 떼어 놓고 '너 누구야'만 식당으로 데리고 들어왔다.

"앉아. 여긴 조용해. 이제 하겠다는 거 해 봐."

저 실망한 표정이라니, 하하. 어림도 없어, 녀석아.

속셈은 무너졌거니 그런데도 녀석은 식당 바닥에 무릎을 꿇더니 선생님이신 거 알았었다고, 잘못했다고, 학교에 이르지 않겠다는 말 들었다고, 고맙다고, 앞으로 학교 잘 다니다가 졸업장 받겠다고 공손하게 말했다. 으엉? 사과하러 왔다는 말, 완전 거짓말은 아닌가보네? 그래도 미심쩍은 마음이 다 풀리지는 않았다. 하여간 그 녀석의 '반성문'을 들은 후 내가 무슨 말을 했었는지는 잘 기억이 안 난다.

오래 끌진 않았던 것 같다. 그리고 저렇게 말할 정도면, 이제 저 녀석을 더는 무서워하지 않아도 되나 보다 하고 한시름 놓았던 기억은 남아 있다.

그 일이 있고 난 첫 주말, 집에서 숙소로 돌아오는 일요일 저녁 무렵이었다. 버스에서 내렸는데 녀석들 패거리가 정류장에 죽 늘어서 있는 게 아닌가. 또 한 번 철렁했다. 뭐야, 숙소까지 와서 어쩌고저쩌고 했던 거, 다 쇼였어? 기어이 복수혈전을 할 생각이야? 에이, 아닐 거야. 믿어야지. 그리고 사람들이 웅성거리는 덴데, 설마 달려들기야 하겠어? 고개 들어! 당당하게 걸어가!

"선생님, 안녕하십니까? 집에 다녀오세요?"

"어, 너네구나. 잘 지냈어? 근데 여긴 웬일이야?"

"선생님 오시는 거 기다렸습니다. 기숙사까지 모셔다 드리려고요."

"어, 그랬어? 근데 기숙사까지 멀지도 않고 짐도 무겁지 않으니까 나 혼자 갈 수 있어. 하여튼 고맙네."

"그래도 모셔다 드리겠습니다. 이 동네 거칠잖아요. 가방 이리 주세요."

"괜찮아. 혼자 가도 돼. 다 아는 길인데, 뭐. 내일 학교에서 보자."

몇 걸음 나를 따라 걸어오던 애들이 신통하게도 그 자리에 섰다. 나는 계속 걸어갔다. 하지만 뒤통수 어디로 뭐가 날아오거나 갑자기 달려들어 팔을 비틀거나 할지도 모른다는 상상을 지울 수 없었고, 다리가 뻣뻣해지면서 걸음이 잘 떼어지지 않았다. 정신 차려, 태연해야 돼! 그리고는 그 아이들의 시선이 안 닿는 골목에 들어서자마자, 가방에 다리가 채여 넘어질듯 비틀거리면서도 내쳐 달렸다. 기숙사 대문까지. 숨이 턱에 차도록.

그해 여름이 지나고 2학기가 되기 전 그 학교를 떠나와서, 그 아이가 제대로 졸업을 했는지는 모르겠다. 돌아다보면, 그 애의 "너 누구야?"라던 그 말은 공연히 시비를 붙여 보려던 올가미였던 건 분명하다. 그렇지만 그게 반드시 나를 공격하겠다는 뜻은 아니었을 수도 있다. 그건, 시골의 남자고등학교에 부임해 온 '희귀종'인 여교사에 대한, 그 나이에 그럴 수 있는 호기심이 술기운을 빌어 그렇게 발동한 것이었을 것이다. 이런 기회에 저 '희귀종'에게 '야성 넘치는 남자다운 남자'로 근사하게 말을 붙여보려던 게 그리 삐져나온 것이었을 수도 있고. 또는 탁 트인 들에 술렁대는 저수지 물, 그리고 막무가내로 파릇파릇 물오르는 산이 뿜어 내던 어지러운 숨결 탓이었을 수도.

하여튼 여교사 숙소를 엿보려던 꿍꿍이가 있건 말건 다시 사과하러 밤길에 찾아온 것이나, 버스 정류장에서 기다렸다가 나를 숙소까지 데려다 주려 했던 것이나 모두 그 아이의 진심어린 사과의 표현이었을지도 모른다. 그런데 그 아이의 겉으로 드러난 거친 표현과 행동에 겁먹고 분개할 줄은 알았지만, 얼마든지 보드라울 수도 있었을 그 안을 들여다볼 줄은 몰랐었다. 십대를 나는 동안 내내 무엇이 그 아이를 언제나 때리고 부수고 공격하게 하는지에 대해서는 생각해 볼 줄 몰랐다. "너 누구야?"라는 공격성 짙은 시비는 "나 할 말 많아요."나 "내 말 좀 들어주세요."라는 간절함의 다른 표현일 수 있다는 것을 그 때는 몰랐다는 말이다. 나도 같이 물었어야 했다. 너는 누구야? 라고, 평온하게, 일상의 말투로. 그건, 소위 선생이라는 자리에서 마땅히 답하려 애써야 할 아픈 '물음'이었던 것이다. 사람이면 마땅히 어때야 한다는 '내 기준'에 맞지 않은 언행을 보고 앞뒤 살필 겨를 없이, 맞불 놓듯 나 역시 같이 확 타올랐던 그때는 미처 그런 생각을 하지 못했었지만.

그러고 보면 그 아이의 공중옆차기는 빗나간 것만은 아닌 것도 같다. 어쩌다 그 일을, 아니 그 '물음'을 떠올릴 때 조금쯤은 아팠으니까.

그나저나, 내 생명의 은인 '아이스크림 소년'은 꿈을 이루었을까? 그 때 그 학교에서 인연을 맺은 아이들 중 하나가 몇 해 전 불쑥 나타나, "선생님, 저수지 보러 함께 가실래요?" 하기에 따라나서 진눈깨비 사이로 휘휘 둘러본 그 저수지에 오리배는 없었다. 물론 저수지는 유원지가 될 수도 없지만. 교실 안, 학교 안만이 배움이 오가는 곳이 아니란 걸 햇병아리였던 내게 가르쳐줬던 그 소년, 지금도 어디선가 늘 선량하고 씩씩한 한 수를 펼치며 살아가고 있을까?

05 어찌할꼬!

06 고3 나기

07 가연이와 탈학교

08 황금열쇠

2부

05 어찌할꼬!

결국 일이 터지고 말았다. 가영이가 수학 시간 내내 엎드려 엉엉 울기만 하더라는 말을 수학 선생님에게서 전해 듣고, 교실로 가영이를 보러 가려는 참인데 실장 아이가 쫓아왔다.

"선생님, 가영이 가방 싸들고 집에 가 버렸어요. 이렇게 가면 사고조퇴로 기록에 남을 거라고 막아도 보고, 따라가며 달래 보았는데 울면서 그냥 갔어요."

얼마 전부터 가영이가 수상쩍었다. 등교하자마자 모여 떠들거나 엎드려 자거나 숙제 베끼느라고 부산을 떨던 아이였다. 그런데 거의 한 달 전부터 반 아이들 하고 말도 안 하고 웃지도 않고 하다못해 엎드려 잠도 안 잔다. 교실 바닥만 내려다보며 입을 다물고 그냥 멍하니 앉아 있다. 끊이지 않고 책상 위에 널려 있던 주전부리들도 보이지 않은 지 꽤 되었다. 마침 나온 2학기 1차 고사 시험 결과를 보니 뒤로부터 세어 열 손가락 안이다. 입학할 때 성적은 중간은 되었는데. 유일하게 열심을 내던 영어마저 바닥이고, 수학은 0점이다. 소위 찍는다 해도 그리 되기 어렵다는 0점을 맞은 것이다.

도대체 무슨 일이 있는 건지, 저 머릿속 가슴속에 뭐가 들어갔기에 저런 건지 조금씩 불안해지기 시작한 참이었다. 그러면서도 가영이를 불러 이야기를 건네 볼 엄두를 아직 못 내고 있었다. 그동안, 그러니까 거의 일 년 동안, 가영이와 여러 가지 일들을 겪으면서 그 아이와 형성된 관계를 떠올리면 가영이와 마주하고 앉아 조곤조곤 이야기를 풀어 갈 자신이 없었다.

이번에는 성적표를 집으로 우송하는 대신, 교무실에 일 보러 다녀가는 반 아이들을 볼 때마다 순서 없이 직접 주기로 했다. 과목별 공부 방법이나 학습 태도, 내신 성적의 중요성이나 관리 방법 등에 대해 간단하게나마 개별적으로 한두 마디씩 건네면서 얼마 남지 않은 1학년 마지막 시험을 잘 준비하게 의욕을 좀 불어넣으려는 생각이었다. 먼저 받은 녀석들로부터 소문을 듣고 쉬는 시간, 점심시간 할 것 없이 다들 와서 성적표를 받아갔고 몇 마디씩 이야기를 주고받았다. 시험 결과가 좋든 나쁘든 다들 먼저 받아가려고 티격태격하는 분위기라 삼사일 동안은 내 책상 주변이 한가할 새가 없었는데, 마지막 서너 명이 끝까지 찾아오질 않았다. 가영이도 그중 하나였다.

그 녀석들을 며칠 더 기다리다 나타나지 않아 하나씩 불러들여 성적표를 주었고, 가영이만 남았다. 그 아이는 부르지 않고 성적표 통신란에 쪽지를 썼다.

'가영아, 도대체 요새 무슨 생각을 하면서 지내는 거야? 별일은 없는 거겠지? 웃지도 않고, 말도 안 하고, 잠도 안 자고… 그런데 영어마저 아예 손 놔버렸어? 밝게 떠들고 재잘거리며 깔깔대던 처음 네 모습, 언제쯤 다시 볼 수 있어?

그런데 아무래도 이렇게 쪽지로 넘어갈 일이 아니라는 생각이 들었다. 썩 내키지는 않았지만 '어쨌거나 한 번 더 해 봐야지.' 하는 마음으로 결국 교무실로 가영이를 불렀다.

'이야기하다가 어떤 상황에 부딪쳐도 이번에는 가영이에게 화를 내지 않아야 할 텐데.' 하는 준비와 각오를 새로 다졌다. 그동안 크고 작은 일로 가영이와 따로 만날 일이 많았는데, 그때마다 어느새 화가 나서 목소리가 높아지는 나를 발견하곤 했었다. 화를 내면서 '상담'을 하다니, 이런 일은 내게 처음이다. 물론 그게 무슨 상담이겠는가. 한 마디로, 가영이와 나의 관계는 꼬여 있었고 나는 좌절감이 컸다. 두어 달 전, 수학여행 일로 나는 가영이에게 또 화를 냈었다. 그 후로도 여러 선생님들 눈 밖에 나는 일이 더러 생겼고, 학생부로부터도 가영이에 대한 별도의 지시까지 받았지만, 내가 달라지기 전에는 아무 소용이 없는 '잔소리'에 지나지 않을 줄 알기에 아예 이야기를 꺼내지 않고 있었다. 그런데 이제 더는 피하거나 미룰 수가 없었다. 나 말고도 몇몇 선생님이 알아차리고 염려하기 시작할 정도로 가영이의 변화는 뚜렷했기 때문이다.

가영이가 극도로 우울해진 이유가 무엇일지 그동안 이리저리 짚어 보았던 것들을 나는 직접 물어보았다. 주말부부로 지낸지 오래된다는 가영이 부모님 사이에 무슨 일이 있는 건가, 가정이 갑자기

경제적으로 어려워졌나, 부모와 심한 의견 충돌이 있나, 혹시 남자 친구를 사귀다가 잘못 되었나, 친한 친구와 심각하게 다투었나… 모두 아니라고 했다. 그런데 왜 요즘 들어 항상 기운이 없고 말도 안 하고 우울해 보이냐고 물으니, 스마트폰을 두 대나 다 나한테 뺏겨서라고 한다! 아무런 사는 재미가 없어서 그렇다는 것이다.

아이들 대부분이 스마트폰의 마력에서 스스로 빠져나오지 못하기 때문에, 아침에 수업 시작하기 전에 담임에게 내고 돌아갈 때 찾아가기로 우리는 학년 초에 아이들과 합의를 했었다. 사실 합의라기보다 통보에 가까웠지만 말이다. 인터넷 강의나 영어 듣기, 사전 검색 등 공부하는 데 사용할 일이 있으면 담임에게 말하고 사용한 후 다시 내는 것을 원칙으로 정했다. 공부 이외의 목적으로 사용하다가 발각되면 한 달 동안 '사용금지 처분'의 벌을 받는다. 그런데 가영이를 비롯한 서너 명이 스마트폰 중독 증세를 보이면서 몰래 사용하다가 '사용금지 처분'을 받은 적이 있었고, 가영이를 포함하여 지금도 몇 명의 휴대폰은 내가 보관 중이다. 가영이는 이번이 네 번째였다. 한 달쯤 전에 새 스마트폰을 또 샀는데 그걸 교실에서 사용하다가 내 눈에 또 띤 것이다.

"원칙대로 해야지, 가영아?"

"절대 안 돼요, 선생님. 이거 새로 사고 오늘이 첫 날이란 말이에요. 다시는 안 할 테니까 이번만 봐주세요."

"너 봐주면 딴 애들은 어떻게 되는데?"

"쓰기 시작한 지 1분도 안 돼서 선생님한테 걸렸단 말이에요."

"나영이는 5초도 안 썼는데 뺏겼고, 다영이도 10초도 안 썼는데 뺏긴 거 너도 봤잖아. 1분이든 1초든 공부 용도로 쓴 건 아니잖아. 너 봐주면 다른 애들도 다 봐줘야 하고, 그럼 스마트폰 난리 나는 거 시간문제인 줄 너도 알지?"

"이번 한 번만요, 선생니임."

"안 된다고요오!"

그랬는데 가영이는 며칠이 지나도록 휴대폰을 나한테 안 가져오고 계속 슬쩍슬쩍 사용하고 있었다. 일주일쯤 지나 빨리 '계산하자.' 고 재촉했더니 다음날 가져왔는데, 보니까 새 전화기가 아니라 사용 중지된 예전 거였다. 새로 산 전화기에 대한 애착이 어떨지 모르는 바가 아니기에 속는 척 그대로 두었다. 그러던 차에 자율학습 시간에 내가 가까이 가도 모를 만큼 가영이는 스마트폰 삼매경에 또 빠져 있다가 어깨를 톡톡 치는 나와 눈이 딱 마주쳤다. 나는 아무 말도 하지 않았다. 사나흘이 지난 후 한 번 더 스마트폰 사건이 생겼고, 이번에는 나도 다그쳤다. 가영이는 완강하게 안 내겠다고 고집을 피웠고, 왜 내야 하는지 원론적인 이야기를 하다가 나는 또 화를 내고 말았다.

"이놈아, 저번에 헌 전화기 낸 거 내가 모르고 있는 줄 알아? 니 전화기 내 서랍에 있었던 게 몇 번이었는데. 잔말 말아. 더는 못 참아. 요번에는 꼼수 쓸 생각 아예 말고!"

그렇게 해서 가영이 스마트폰 두 대가 내 책상 안에 있었던 것이다. 몇몇 아이들에게 스마트폰은 '물'보다 더 중요해 보인다. 그걸 모르지 않기에 스마트폰이 없어서 우울하고 '사는 낙이 없다'는 가영이의 말에, 그건 그렇겠다고 농담까지 하면서 나는 가영이와 같이 웃고 말았다. 내가 다시 화를 내게 될까 봐, 그리고 가영이가 아예 셔터 내리고 마음 문을 다시는 열지 않을까봐 긴장하면서 조심조심 했었는데, 의외로 가영이는 나랑 함께 웃기까지 한 것이다. 그렇게 '화기애애하게' 꽤 긴 시간 이야기를 나눈 후 가영이는 공부를 다시 시작해 보겠다고, 밝고 명랑하고 잘 웃던 처음 모습을 되찾아 보겠다고 '다짐'을 보였고, 기말고사 대비 계획을 세워서 내일 다시 만나자고 하니 알았다며 교실로 돌아갔다. 가영이와 이야기를 하면서 내가 화를 내지 않고 끝난 건 이게 처음인 것 같았다.

'정말 저 녀석이 좀 나아지려나? 마음이 놓이는 건 아니지만 어쨌든 다시 웃기라도 하니 그나마 다행'이라고 여기며 교실로 돌려보낸 지 채 한 시간도 지나지 않은 때였다.

"야 이 자식아. 도대체 이게 몇 번째야? 엉?"

갑자기 내 등 뒤쪽에서 학생부장 선생님의 고함소리가 나고 몹시 소란스럽기에 흘끗 돌아보니 끌려온 주인공이 가영이가 아닌가! 아이고, 이를 어째. 학생부장님, 때 한 번 기가 막히게 잘 맞추시네요. '하느님, 도와 달라고는 안 할 테니 방해만 하지 말아주세요.'라고 앞자리 선생님이 아까 「포세이돈 어드벤쳐」인가 뭔가 하는 영화 대사를 읊조리더니, 정말 그 꼴 아닌가. 이제 이 일을 어쩌면 좋아. 그렇다고 개입할 수도 없는 노릇이라 속을 끓이며 상황이 빨리 끝나기만을 기다릴 뿐이었다. 가영이가 교복 치마를 너무 짧게 줄여 입어 셀 수 없이 경고를 받았던 참인데, 다시 학생부장 눈에 띠었나 보다. '복장불량' 아이들이 한 둘이 아니고 아무리해도 해결이 안 나니, 이 래저래 학생부장이 열이 받쳐 있는 게 여러 날 되었다. 그동안 짧게 줄인 치마 일로 지적받은 수많은 '전과' 때문에 가영이는 학생부장 눈에 가시였다. 짤막해도 너무 짤막하게 위로 올라가 있는 가영이 의 치마를 보고, 우리의 '다혈질 부장님'의 부글부글 끓던 용암이 드 디어 터진 것이다. 야단법석이 벌어지는 가운데 퍽퍽 하는 소리를 들은 것도 같다. 학생부장의 퍼런 서슬에 '그게 아니라요'라는 변명 조차 못 꺼내고 훌쩍거리기만 하는 내 등 뒤의 가영이를 향해 속으 로만 '어쩌면 좋을꼬' 탄식하던 그 몇 분이 나한테는 몇 시간 같았다.

그 다음 시간이 수학이었다. 한 시간을 내내 울며 버틴 게 오히려 이상한 일이었는지 모른다. 마지막 수업을 받지 않고 가방 싸들고 집으로 가 버렸다는 말을 들으니 암담했다. 그러면서도 하룻밤 지 나고 나면 괜찮을 것이라고 생각한 내가, 아니 그렇기를 바랐던 내 가 너무 안이했다.

다음날 아침, 평소처럼 교실에 들렀더니 가영이가 안 보였다. 나 한테 눈물이 뚝뚝 떨어지게 몇 번 야단을 맞았을 때에도, 그리고 최 근 우울 증세를 보인 동안에도 신통하게도 결석은커녕 지각 한 번 안 했었다. 불길했다. 아니나 다를까 교무실에 돌아오자마자 전화 가 걸려 왔다. 서울에 있는 가영이 아버지였다. 가영이가 복도에서 부터 귀를 잡혀 교무실로 끌려왔고 목덜미를 몇 대 얻어맞았었나 보다. 내 등 뒤에서 벌어진 일은 생각보다 심각했던 것이다. 그러면서도 어머니가 아니라 아버지의 전화여서 내심 반가웠다. 어버지와 가영이의 관계를 걱정할 일은 없구나, 부모끼리의 사이도 별 탈은 없는 모양이구나 하는 상식적인 안도감이 들었던 것이다.

가영이 아버지는 격분을 억제하느라 목소리가 떨리고 있었다. 야단맞은 것에 대해서가 아니라 그 방식에 대한 분개였다. 그렇게 모욕적으로 해야만 교육이 되느냐는 것이 핵심이었다. 죄송하다는 말밖에 할 말이 없었다. 내가 가영이와 전화로라도 이야기를 나누어 본 후 아버지와 다시 통화를 하기로 했다. 그리고 첫 시간 수업을 끝냈는데 교무실에서 학부형이 기다린다는 전갈이 왔다. 가영이 어머니일 것이다. 교무실로 올라가기 전에 학생부장을 만나러 갔다. 무슨 일이 있었는지 사실을 아는 것이 먼저라는 생각이 들어서였다.

가영이 아버지는 학생부장에게 전화를 했었다고 했다. '사건'의 내막을 알아보려고 전화를 한 것인데 학생부장이 대뜸, 그런 일로 전화할 거면 아이 데려가서 검정고시를 치르게 하는 게 나을 것이라는 말만 한 채 전화를 끊어 버렸다는 것이다. 그 때문에 아버지는 더욱 화가 나 있었다. 학생부장에게 그런 일이 있었느냐고 물으니 시인했다. 아이를 때린 것도, 귀를 잡아 끈 것도. 나도 학생부장에게 화가 났다. 하지만 이미 사태는 벌어지고 말았다.

'제발, 불끈하는 성미대로 좀 하지 마세요. 그동안 아이들 생활지도 하다가 쌓인 것, 가영이한테 다 폭발시킨 셈이잖아요. 어머니가 오셨대요. 그래서 사실을 알아야 할 거 같아서 부장선생님한테 먼

저 왔어요.'

　교무실로 들어가니 눈두덩이 솔방울만 해진 가영이와, 화를 누르고 평정과 예의를 잃지 않으려 애쓰는 모습이 역력한 가영이 어머니가 기다리고 있었다. 조용한 곳으로 자리를 옮기고 이야기를 시작하려는 나에게 어머니는 학생부장을 먼저 만나야겠다고 했다. 물어볼 말이 있다는 것이다. 아마 따질 말이 있다는 뜻일 것이다. 가영이 어머니가 분노한 핵심도 아버지와 같았다. 많은 아이들이 보는 앞에서 귀를 잡혀 끌려 온데다 학과 담당 선생님이 즐비하게 앉아 있는 교무실에서 뒤통수를 얻어맞으며 욕을 들었고, 게다가 맞으면서 우연히 가영이가 '좋아하는' 선생님과 시선을 딱 마주치고 말았는데, 그 모욕감과 수치스러움을 절대로 잊을 수가 없어 아이가 더는 학교를 다니지 못하겠다고 한다는 것이다. 거기까지 듣고 나는 자리를 피했다. 사과를 하든, 변명을 하든, 우선 학생부장이 먼저 해야 할 일이었다.

　상담 장소에서 나오다가 마주친 교감 선생님에게 '사건'의 자초지종을 대충 보고하고 화장실에 다녀 나오는데, 씩씩거리며 학생부장이 걸어오고 있었다. 예감이 나빴다. 대화하던 곳으로 가 보니 가영이 어머니 얼굴이 하얗게 질린 채 말이 떨리고 있었다. 아이한테 공개 사과해 달라고 했더니, 꾸지람 방법이 나빴던 것은 인정하고 미안하게 생각하지만 공개 사과는 할 수 없다고 하며 나가 버렸다는 것이다. 내가 사과하는 것으로는 가영이와 가영이 어머니의 분개와 상처가 보듬어질 일이 아니었다. 학생부장으로부터 교육청에 고발을 하든지 인터넷에 호소를 하든지 마음대로 하라는 '폭언'을 들은 분노까지 더해져서 사태는 걷잡을 수 없어 보였다. 아이 일로, 그것도 이렇게 나쁜 일로 학교에 와 본 적이 한 번도 없어서 어떻게 대처해야 하는 건지 모르겠다는 가영이 어머니에게 할 말이 없었다.

폭력은 금지되어 있는 일이니 이제 부모님의 뜻대로 하실 수밖에 없겠다고, 어떻게 하셔도 유감을 품지는 않겠다고 했다. 격분할 만한 일이 벌어졌고, 나는 아무 도움이 될 수 없는 상황이었다. 가영이 어머니는 법적 대응을 하겠다는 것이 아니라 내 아이가 그 정도로 나쁜 아이인지, 그리고 그렇다 해도 그렇게 모욕적이고 상처를 주는 방법으로 밖에 할 수 없는 건지 정말로 이해가 되지 않는다는 것이었다. 그리고 아이가 학교를 못 다니겠다고 하니 어떻게 해야 할지 모르겠다고.

거듭 사과를 한 후, 우선 교감 선생님과 대책을 의논해 보겠다고 하고, 나는 가영이 없는 데서 어머니를 따로 만나고 싶다고 했다. 가영이가 극도로 불안해하며 혼자 있기 싫다고 고집을 부렸다. 그 전에 두어 번 가영이에게 어머니를 한 번 만나고 싶다고 했었는데, 어머니를 만나 무슨 이야기를 하려는 것이냐고 격하게 반발했었다. 어머니와 이야기를 하다 보면 너를 좀 더 잘 이해할 수 있을 것 같아서 그런다고 했더니, 무엇을 이해하지 못하는데 그러는 것이냐고 화를 내면서 자기 일인데 본인 모르게 어머니와 이야기한다는 게 있을 수 있느냐고 따지고 들었다. 말이야 옳은지라 내 쪽에서 이야기를 계속할 기력이 없어 접고 말았었다. 어머니를 꼭 만나 봐야겠다고 마음만 먹었을 뿐 전화조차 못하고 있던 차에 이렇게라도 만났으니 나로서는 할 말을 해야 했다. 그래서 어른들끼리 할 이야기가 있어 그런다고, 너에 대해 나쁜 말 하려는 게 아니라고 해도 안절부절하는 가영이를 떼어 놓고 어머니와 마주 앉았다. 일 년 동안 지켜본 가영이의 모습에 대한 나의 '가영이 보고서'는 어머니를 충격과 혼란에 빠뜨렸다.

가영이는 3월 둘째 주부터 눈에 띄었다. 쉬는 시간이면 책상 두 개를 붙여 놓고 벌러덩 누워 있기를 여러 번, 치마가 떠들려 속이 보이건 말건 개의치 않았다. 그 다음에는 의자를 붙여 놓고 벌러덩 벌러덩. 그런 일이 단체 생활에서 친구를 불편하게 하고 불쾌감을 주는 행동일 수 있다는 데 동의하기에, 그걸로 끝나나 보다 했다. 그런데 책상과 의자에 눕는 생활을 청산한 지 며칠 지나지 않아 아예 비닐 자리를 가져와 교실 뒤편에 깔고 누워 지내는 게 아닌가. 피곤해서 그런단다. 물론 피곤하고말고. 아침 일곱 시 반부터 저녁 아홉 시 반까지 딱딱한 의자에 앉아 총성 없는 전투 자세를 누그러뜨리지 못하는 생활이 어떻게 안 피곤하겠나. 그런데 깔개 깔고 누워 있는 가영이를 피해 드나들어야 하는 다른 녀석들 불편은 어쩌라고. 교실이 뭐 유원지냐고.

가영이에 관한 한, 선생님들마다 그 반 어디쯤 앉은 녀석 이름이 뭐냐고 묻는 일은 새삼스러울 것도 없는 일이 되어 버렸다. 그렇게

3월이 가고, 가영이 뒷감당을 하는 데 내 남는 진을 빼면서 4월이 가고 5월이 갔다. 그리고 6월이 되었다. 교실에 들어가니, 난 지 2~3주도 안 되어 보이는 아기 고양이가 교실 뒤 구석에서 야옹거리고 있었다. 가영이였다. 과학실에서 분양해 준 고양이를 받아 교실에 둔 것이다. 수업 분위기를 산만하게 하는 것도 문제려니와 아이들의 위생은 물론, 고양이가 너무 어려 감염될 수도 있었다. 그리고 곧 장마철이 닥칠 것이다. 라면 상자로 울타리를 쳐서 내 눈에 안 띄게 하려고 했다는 작전을 이실직고 하는 데에는 아예 어이가 없어 웃고 말았다. 교실에 들어가는 선생님들마다 직접 간접으로 한마디씩 했다는데도 가영이는 말로만 '집으로 데려갈게요.'를 반복할 뿐, 고양이는 일주일 넘게 교실에 그대로 있었다. 그리고 며칠 안 보이기에 이제 데려간 게로구나 했더니 고양이가 교실로 다시 돌아와 있었다. 반 친구 집에 맡겼다가 거기에서도 쫓겨났다는 것이다. 어머니에게 전화해서 데려가게 하겠다는 나의 최후통첩이 있고부터 며칠후 고양이가 눈에 안 띄었다. 정말 데려갔구나, 했는데 알고 보니 그 어린 녀석이 '길양이'가 되었다고 한다. 달아나 버린 것이다.

몇몇 교사들 사이에서 가영이는 '그게 아니라요'로 통했다. 가영이의 '그게 아니라요'의 목록은 기억이 다 안 날만큼 끝이 없다.

"가영아, 고양이를 교실에서 키우는 게 말이 돼?"

"그게 아니라요."

"집으로 데려갈 거야?"

"그게 아니라요."

"너 치마 길이 줄인 거지?"

"아니에요."

"원래 그렇게 짧은 옷을 샀단 말이야?"

"그게 아니라요."

"줄였다는 거야, 원래 짧았다는 거야?"

"그게 아니라요."

"왜 아무 때나 스마트폰 삼매경인데? 공부하는 데 사용한 거 아니잖아."

"그게 아니라요."

"수련활동 가는데 하늘하늘 숙녀용 블라우스라니, 웬 일이야?"

"그게 아니라요."

"나중까지 좋은 피부 갖고 싶다며? 그렇게 짙은 화장은 나쁘잖아?"

"그게 아니라요."

"살 뺀다면서 책상 위에 무슨 먹을거리가 이렇게 많아?"

"그게 아니라요."

"이 창틀에 있는 책이랑 체육복 전부 다 니 거 아냐?"

"그게 아니라요."

가영이는 경제적인 이유가 아닌데 수학여행에 참여하지 않았다. 자기를 싫어하는 다른 반 아이들이 너무 많아 가기 싫다고 했다가,

사박오일이나 집을 떠나기 싫어서라고 했다가, 5일 동안 꼭 준비해야 할 일이 있다고 했다가(나중에 들으니 살을 뺄 생각이었단다.) 그 이유를 종잡을 수 없었다. 다른 반 아이들이 왜 싫어하느냐고 물으니, 수학여행 첫날과 마지막 날 교복을 입기로 돼 있는데 그게 자기 때문이라고 모두 다 자기를 미워해서 가기 싫다는 것이다. 4월에 단체 수련활동 갈 때 적절하지 않은 복장을 하고 왔던 가영이 때문에 수학여행에서 교복을 입히는 것이라는 소문이 났다는 것이다. 사실은 여행 5일 동안 날마다 옷을 바꿔 입으려고 하는 아이들이 더러 있어서, 옷 사 주느라 수학여행 경비보다 돈이 더 드는 부모가 생길까 싶어 첫날과 마지막 날 교복을 입히려던 것이었다.

이번 여행은 경륜 있는 선생님이 경기, 서울, 강원 일대를 더듬어 알차게 짠 일정이라 배울 게 많다고, 학교 여행은 그냥 놀러 가는 게 아니라 학습의 연장이라고, 사이가 나빴던 친구가 있더라도 가서 어울리다 보면 좋은 점도 보게 되고 오해도 풀릴 기회가 있지 않겠느냐고, 설령 정말 널 싫어하는 아이들이 많이 있다 쳐도 그 때문에 안 간다면 그건 문제를 해결하는 게 아니라 문제에서 도망치는 거라고, 피해서는 해결이 안 나는 거라고… 뭐라뭐라 이야기를 이어가다가 번번이 '그게 아니라요'를 덧붙이는 가영이에게 결국 나는 화를 내고 말았던 게 지난 9월의 일이었다.

집으로 가져가라고, 기한까지 안 가져가면 내 손으로 정리하겠다고 '협박'했어도 끝내 안 가져가고 깔고 눕곤 했던 가영이의 비닐 깔개도, 한여름까지 교실 창틀 아래 방치해 둔 가영이의 겨울 털옷도 지금 내 사물함에 있고, 이러저러해서 가영이 휴대폰 두 대가 내 서랍에 있다는 등등, 대략 추린 그간의 '가영이 보고서'에 가영이 어머니는 할 말을 잃었다. 그리고 최근 한 달 동안 가영이가 보인 우울 증세에 대한 이야기에 이르러서는 한꺼번에 십 년쯤 나이를 먹어 버린 얼굴이 되었다. 사실 요즈음 가영이는 치마 길이 따위가 문제가 아니었다.

엄마는 가영이가 전만큼 공부를 잘하지 못하는 줄은 알았지만 기초 질서를 지키는 데서부터 문제가 있는 줄은 꿈에도 몰랐다고 한다. 초등학교 때는 '천재'였던 가영이가 중학교 2학년이 되면서부터 공부를 안 하더라고 했다. 미술 교사였던 어머니는 가영이 교육을 위해서 학교를 그만두고 집에서 개인 지도교사를 하고 있고, 남편과 주말부부로 지내는 것도 아이에게 환경의 변화를 겪지 않게 하려다 그리되었다고 했다. 지금 아빠에게 가영이는 여전히 '뛰어난' 사랑스런 딸이란다. 담임이 어머니를 만나려는 걸 가영이가 몹시 싫어했다고 했더니, 자신의 학교에서의 모습을 부모가 모르기를 바랐기 때문일 수도 있을 것이라고 했다. 공부를 안 하는 아이를 받아들이고 '그래, 니 능력만큼 하는 거지' 하면서 잔소리 안 하려고 애써 왔는데, 요즘 들어서는 왜 살아야 하는지 학교는 왜 가야 하는지 공부는 뭣 때문에 하는 것인지 모르겠다는 말만 자꾸 하더라는 것이다. 일부러 하나만 낳아 모자라지 않게 뒷바라지 했는데 무엇이 문제인지 모르겠다는 것이다.

가영이 어머니에게 내가 너무 냉정했는지도 모르겠다. 아이에 대한 부모의 관리와 영향력이 아무리 엄하고 막강해도 사실 중학교 2학년 무렵이면 '약발'이 떨어지는 때이다, 그리고 닦달과 암기로 성적을 만들어 낼 수 있는 한계도 그 무렵까지이다, 가영이 어머니도 가영이를 '어머니 힘'으로 만들었던 것 같다고 쓴 소리를 하고 말았다. 가영이 어머니는 그런 면이 없지 않았다고 수긍을 했다. 가영이는 성적이 떨어지면서 집중적으로 받던 선생님들의 관심을 서서히 잃어 갔고, 동시에 학업에 대한 흥미도 잃어 갔던 것 같다고 했다. 그렇더라도 이토록 나빠진 줄은 상상도 못했다는 것이다. 주말에도 공부는커녕 아무데도 나가지 않고 방에 틀어박혀 스마트폰만 들여다보고 있다고 했다. 아무래도 지금 가영이 문제의 핵심은 아무 것도 하고 싶은 게 없다는 데 있는 것 같았다. 무력증과 외부에 대한 무감각 또는 극도의 자포자기 늪에 빠져있는 것으로 보였다.

나는 차라리 휴학을 시켜 보면 어떻겠느냐고 제안했다. 전학을 가는 것이 근본적인 해결책은 아닐 것이다. 왜 살아야 하는지, 무엇을 하고 싶은지, 왜 공부해야 하는지 모르는데 학교를 옮긴다고 달라지지는 않을 것이다. 학교 대신 세상에서 일 년만 살아보게 하자. 일단 제 힘으로 돈을 벌어 보게 하는 것도 좋을 것 같다. 오천 원, 만 원을 벌어 쓰는 게 얼마나 힘이 드는지 알게 되면 공부에 대해서 다시 생각하게 될지도 모른다. 세상에 부딪치다 보면 하고 싶은 걸 찾게 될지도 모르고, 그것을 위해 학교로 돌아오고 싶어질지도 모른다. 만에 하나, 그대로 세상에서 사는 게 즐겁다고 하면, 본인이 행복해 하는 무언가를 찾은 것이니 그대로 받아들여 주는 데까지 부모가 먼저 마음을 열어두고 있을 수만 있다면 더 좋겠다는 내 말에, 그것도 생각해 볼 일이라고 가영이 어머니는 수긍하였다.

일단 오늘은 가영이를 집으로 데려가서 먹이고 재운 다음, 가영이가 마음 속 생각을 꺼내 보이도록 이야기를 나눠 보라고 했다. 가영이 어머니도 가영이와 이야기를 하다 보면 가영이의 '자기 합리화' 버릇에 모르는 사이 화를 내기 때문에 사실 진지한 이야기를 나눈 지가 오래되었다면서, 한번 해 보겠다고 했다. 가영이에게 돌아오니 무슨 이야기가 오갔을지 불안하게 쳐다본다. 아이를 안고 토닥여 주며 마음 고생한 것을 위로했다. 그리고 양 엉덩이를 한 대씩 가볍게 때려 주며 이건 나 고생시킨 벌이라고 한마디 덧붙였다.

아이를 데리고 돌아가는 어머니의 뒷모습을 보면서 참 미안했다. 이런 일이 벌어지기 전에 만났어야 했다. 학생부장을 옹호하려던 것은 결코 아니었는데, 가영이의 학교생활 모습을 들은 후 '학생부장의 공개사과' 문제는 더 이상 중요한 일이 아니게 되고 만 것 같아 많이 미안했다. 그런데 그날 밤 늦게 가영이와 통화한 후, 아버지, 어머니와도 차례로 통화해야 했는데 그분들이 오히려 미안하다고 하는 게 아닌가.

가영이는 실업계 학교로 전학하고 싶어 했다. 나는 순서를 바꾸라고 했다. 네 마음과 자세가 달라지지 않으면 어디를 간다 해도 마찬가지일 것이니, 하고 싶은 게 무언지, 무언가 하고 싶기는 한 건지 그것부터 생각해야 할 것이라고 했다. 그리고 학교를 쉬면서 세상 구경을 한번 해 보는 건 어떠냐고 제안했다. 그건 싫다고 한다. 다른 아이들과 다르게 살고 싶지 않다는 게 이유였다. 부모와 미리 의논한 대로, 가족이 합칠 겸 아예 서울로 전학하는 건 어떠냐고 고민하고 따져 보느라 또 사나흘이 흐른 후였는데, 뜻밖에도 가영이가 여기 남아 끝까지 해 보겠다고 그런다. 왜 그렇게 결정했냐고 물으니 '그게 아니라요.'란다!

학생부장은 끝내 공개사과를 안 했고, 대신 학년부장이 사과하는 것으로 사건은 어물쩍 매듭이 지어졌다. 부모는 대차게 사과를 밀어붙이지 못했다. 일부러 그런 건 아니었으나, 그렇게 만든 게 나라는 생각이 들어 또 미안했다.

지금 가영이 책상 위에는 다시 주전부리가 흩어져 있다. '선생님, ♡해요. 오늘도 행복하게 보내세요.'라는 쪽지를 붙인 음료를 내 책상에 가져다 놓기도 한다. 다른 선생님들의 관찰도 나쁘지는 않다.

'가영이, 숙제도 잘 해 오고, 수업시간에 듣고 필기도 하고, 다시 생글거리면서 말도 잘 하던데요? 무슨 일 있었던 아이 같지 않아 보여요. 차라리 이렇게 일 터진 게 잘 된 건가 싶기도 하네요.'

하여간 다행이긴 하다. 그런데 이게 얼마나 갈까. 내가 너무 비관적인가? 글쎄, 이제 되었다라고 믿고 잊어버리자니, 무엇을 하고 싶은지, 왜 공부하는지 그런 걸 찾는 게, 집 짓듯 며칠 만에 뚝딱 하고 뼈대가 잡히는 일이어야 말이지. 그래서 한편의 나는 여전히 막막하다. 모자랄 게 아무것도 없는데 살고 싶지도 않고 하고 싶은 것도 없는 '가영이들'을 과연 누가 어찌할꼬!

06 고3 나기

　이번 가을도, 깊다 못해 이제 저물고 있다. 짙을 대로 짙어진 가로수 잎들이 엷은 바람에도 우수수 흩날린다. 입학하던 날의 앳된 긴장이 하루, 한 달, 한 해, 또 한 해가 가고 어느 덧 3학년을 향하는 동안 우리 아이들의 모습은 때로, 바람에 날려 아스팔트 위 여기저기로 몰리며 밟히고 으깨지는 잎새들만큼이나 스산할 때가 있다. 이 무렵이면, 나뭇잎도 아이들도 파릇하던 날을 기억할 수 없는 모습이 되어 버려 그럴 것이다.

　하루 네다섯 시간도 차마 편히 잠들지 못하는 일상을 견디고 버텨야 하는 것은, 대한민국 고등학교 아이들이라면 누구도 예외가 아닐 것이다. 하루하루 계획한 공부 양에 못 미친 자신의 '게으름'과 '불성실'을 '반성'하고, 주말조차 학원으로 과외로 도서관으로 또는 공부방으로 자신을 몰아넣어 모자라는 공부를 채우려고 닦달하지만, 따지고 보면 이 '미친 짓'이 데려다 주는 곳이라 해 봤자 '빈민'이 되는 걸 면해 보려는, '서민'만이라도 제대로 되어 보려는 몸부림이라는 걸 알기나 하는 건지.

하여튼 이렇게 서글프게 또는 처절하게 매일 쫓기고 시달리며 고
등학교 3년을 나다보면 누구에게나 한두 개쯤 이야깃거리가 생긴
다. 때론 멍하게, 때론 두근거리며, 때론 막무가내로, 그리고 때로는
심장이 철렁하게 고3을 나는 아이들, 그 안을 들여다보면 만화경이
다. 그것이 어디 여기 내 아이들만의 일일 뿐이랴마는.

멍하고 귀엽게

여느 날처럼, 수업을 시작하기 전에 단어 쪽지시험을 보고 있었
다. 나영이가 무릎 위에 쪽지를 놓고 보고 쓰는 게 보인다. 영어 공
부에서 어휘력이 기초라는 걸 너무도 잘 알고 있는 아이들인지라 이
런 일은 거의 없다. 하물며 아이들이 먼저 단어시험을 보자고 제안
하는 형편이니까. 아마 나영이가 무슨 일이 있어 오늘 시험 볼 분량
을 준비하지 못했을 것이다.

그래도 못 본 척할 수는 없다. 단어를 서너 개쯤 더 받아쓰게 한
다음 주의를 준다.

"무릎 위에 쪽지 올려놓고 보고 쓰기 있기, 없기?"

아이들이 나지막하게 합창한다.

"없기!"

"내가 왼쪽 보고 말하면, 보고 쓰는 사람이 오른쪽에 있다는 거,

알지?"

여기저기서 킥킥거린다. 저희들끼리는 그게 누군지 대강 눈치 채고 있다는 뜻이다. 단어를 몇 개 더 읽어준 후 한 번 더 확인한다.

"아까 쪽지 보고 쓰던 사람! 이제 그 쪽지 치운 거지?"

"네에!"

나영이가 자기도 모르게 대답을 해 버린다. 교실은 순식간에 웃음바다가 되었다. 나도 배를 잡고 함께 웃었다. 그런데 정작 나영이는 우리가 왜 웃는지 어리둥절하고 있다.

나영이가 습관적으로 또는 몇 번씩 그러던 것도 아니고, 자신에게 좋을 게 없는 일인 줄 스스로 알 만한 아이라는 걸 알고 있기에 굳이 들춰 내어 꾸지람을 하거나 반 아이들이 모두 알게 할 생각은 아니었다. 그런데 나영이 스스로 자기가 '범인'인 걸 무심결에 실토해 버린 것이다. 자기가 무슨 짓을 한 지조차 자각하지 못한 채 흐물 하고 멍한 표정으로.

고3 수업 어느 날의 모습이다.

두근거리며

가영이(앞의 글 「어찌할꼬!」의 주인공)가 금년에 다시 나의 반이 된 게 반갑지만은 않았었다. 올해는 "그게 아니라요"를 몇 번이나 들어야 할까 하는 심란함도 없지 않았다. 작년 학년 말 때 일어난 '사건'으로 가영이는 전학까지 심각하게 고민했었다. 그러다가 그대로 눌러앉았는데, "절대로" 이 학교에 계속 다닐 수 없겠다던 아이가 왜 남았는지, 이유가 좀 궁금하긴 했었다.

지난 봄, 교실 환경정리를 하려고 대청소를 하는 날이었다. 청소를 마쳤다는데, 쓰레기통 주변이 좀 지저분했다. 그날은 구석구석 청소한다고 법석을 떤 날이라 '쓰레기통 담당아, 여기 정리 좀 더 해야겠어.'라는 말을 하기가 영 거북하게 느껴졌다. 그래서 내가 비를 꺼내와 쓸고 있었다. 그런데 가영이가 나타나 "선생님, 제가 할게요." 그런다! 많이 놀랐지만 내색하지 않고 말을 건넸다.

"가영아, 그런 걸 어디서 배웠어?"

"어떤 선생님이 그랬어요. 어른이 뭘 하고 있으면 '제가 할게요.' 하는 거래요."

"그랬어? 그럼 같이 하자."

고등학교 2학년씩이나 되는 처지에 할 수 있는 말이냐고, 그런 수준에 대고 감탄하느냐고 한심해 할 상황이 아니다. 자기와 직접 관련이 없는 모든 일에, 아니 자신에게 중요한 일에조차 무관심하기 일쑤이던 가영이가 "제가 할게요." 하고 나선 것이니까.

그렇게 같이 쓸어 모은 쓰레기를 담으려고 쓰레받기를 꺼냈다. 그런데 여러 개가 다 묵은 때로 하나같이 아주 더러웠다.

"가영아, 아무래도 여기 청소 담당 아무개를 찾아와야겠다."

"왜요?"

"쓰레받기들을 씻어 놔야 할 거 같아."

"그럼 그냥 제가 할게요."

"그래? 그래도 담당이 알긴 해야지. 다음에도 또 해야 할 테니까."

교실 뒤쪽에 굴러다니는 쓰레기 좀 줍자고 하면 "제가 안 그랬는데요." 하고, 복도에 뒹구는 음료수 캔 좀 줍자 그래도 "제가 안 그랬는데요." 하는 게 요즈음 대부분 아이들의 특징이다. 그런데 가영이가 먼저 나서서 "제가 할게요." 그런 것이다. 가영이를 이렇게 '키우고' 있는 그 선생님이 누굴까.

뿐만이 아니다. 주변 눈치 볼 것 없이 넓은 데서 마음껏 뛰고 소리 지르고 즐겁게 운동하라고 야외 시립운동장을 빌려 교내 체육대회 행사를 치르던 때였다. 빌린 시설이라 행사 후에 청소와 쓰레기 정리에 신경을 써야 했다. 뒷정리가 왜 중요한지 확실하게 강조만 하고 아무에게도 남아서 청소하라고 지명하지 않았다. 일부러 그런 것이었는데, 행사가 끝난 후 쓰레기를 정리하여 나르는 녀석들 중에 가영이도 있었다. 그 전 해에는 학급 경기가 다 끝나기도 전에 어디론가 사라져 버렸던 녀석인데.

봄 소풍 때였다. 헐어 먹기가 아까울 만큼 예쁜 도시락에 앙증스레 장식하여 싸 온 가영이의 김밥을 선생님들과 나눠 먹으려 내놓았는데, 똑같은 게 또 하나가 있었다. '가영이의 선생님'이 내놓은 거였다. 그때 알았다. 가영이의 '온리 유Only You' 선생님이 누군지.

그 선생님은 교무실에서 바로 내 옆자리에 앉는다. 지난여름 그 선생님이 좀 앓고 난 후로, 가영이는 아침마다 '나의 선생님'의 몸과 마음의 건강을 위할 무엇인가를 만들어다 책상 위에 올려놓는다.

딸기, 멜론, 사과, 배, 감, 귤 등 과일 한 두개씩은 물론 여러 가지 과일을 섞은 샐러드, 톡 쏘는 고추김밥, 손수 그린 그림을 넣은 한지 부채, 가을꽃을 다듬어 꽂은 자그만 꽃바구니 등 다 셀 수가 없다. 무엇을 만들든 솜씨도 제법이다. 거의 매일 아침, 그 선생님 책상 위엔 가영이가 만들거나 사서 가져다 놓은 무엇인가가 있다.

어느 날, 살그머니 교무실 문을 열고 틈으로 엿보다가 내가 있는 걸 보고 후다닥 발길을 돌린 게 가영이란 걸 눈치 채게 되었다. 그 후로 가영이가 교무실에 들를 시간쯤이면 나는 슬쩍 자리를 뜬다. 누가 볼세라 아직 아무도 오지 않았기를 기대하며 이른 아침시간을 골라 '나의 선생님'께 올리는 가영이의 두근거림, 그 마음 자락을 가만히 지켜 주고 싶어서.

공부할 시간, 엉뚱한 데 허송하고 있다고? 사실 어느 땐 나도 그게 좀 걱정이긴 하다. 저럴 시간에 한 자라도 들여다 볼 일이지. 하지만, 첨단의 기기들에 익숙하고 더 잘 어울리는 세대에 속한 어느 누가 '구시대적' 애틋함과 풋풋함을 아직도 간직하고 있다는 게, 그 사랑스러움을 고전적으로 표현하고 있다는 게, 귀하고 흐뭇하고 안도스럽다. 공부야 뒤에서 세어 첫 번째면 어떠랴. '나의 선생님'을 향한 그 마음 디딤돌 삼아, 고단한 길 잘 걸어가 닿아야 할 곳까지 닿을 수 있다면.

막무가내로

한 학급 정원이 60여 명이 다 되던 때의 일이다.

야간 자율학습을 시작할 때 분명히 교실에 앉아 공부하던 다영이가 둘째 시간에 안 보인다. 오늘은 야간 공부를 빠질 핑계를 만들어 와 집에 갈 허락을 받아 간 적이 없으니, 아이들 말로 또 '튄' 것이다. 다영이가 야간 자율학습을 진득하니 버텨 내지 못한 건 한두 번이 아니다. 그때마다 다짐을 받아도 보고, 각서도 쓰게 하고, 벌 청소도 시켜 봤지만 하루 이틀이면 다 소용없는 일이 되고 말았다. 그렇게 하기 싫은 공부인데 대학은 왜 가려고 하느냐 물으면 "아빠 엄마가 '너 이력서 최종학력 칸에 고졸이라 쓰고 싶으냐.'고 들볶아서요."라고 대답한다. 너는 어떤데 하고 물으면 "아무래도 상관없다."는 아이다.

아이들도 다영이의 행방을 아무도 모른다고 한다. 아니, 알더라도 나에게 말하지 않을 것이다. 더 캐묻지 않고 교무실로 돌아와 앉아 있는데 갑자기 복도가 소란하다.

"아무개 나와~ 야, 니가 선생이냐? 내가 공부 좀 못한다고 그렇게 개 무시해? 아무개 빨리 나오라고오~."

다영이다. 순식간에 아수라장이 된 복도의 아이들을 가르고 뛰어가 다영이를 교무실로 끌고 오는데, 와, 냄새. 어디선가 '한 잔 걸치시고' 등장한 것이다. 내 또 이런 일은 처음이다.

"아, 왜 이렇게 사람을 끌고 가고 지랄이야. 아아! 아파, 아프다고.

가만 있어 봐. 내가 알아서 갈 거야. 알아서 간다니까?"

버둥대며 빠져 나가려는 다영이를 교무실로 끌고 오는데, 얘가 쌓아 둔 게 이렇게 많았나 하는 생각이 스쳤다. 다영이는 평소에 조잘조잘 뭐든 잘 말했고, 마음에 안 들거나 자기 판단에 그릇된 일이 있으면 조목조목 따져 하고 싶은 말 다 하는 데다, 야간 자율학습도 하기 싫을 땐 어떻게 해서든 빠지고 마는 아이였다. 그것도 자주 빠지는 축에 들었다.

"야, 다영아. 나 누구야? 내가 누군지 알겠어?"

"어, 정경애 샘이네. 울 담임 샘이잖아. 히잉."

"엉기지 마, 인마. 나 알아보는 거 보니, 말짱하네. 근데 아무개 샘은 왜 찾아?"

"할 말 있어요."

"웬만하면 낼 만나지?"

"오늘 꼭 할 말 있다니까요?"

"이 밤에 그렇게 고래고래 소리 질러 불러내서 해야 할 말이 뭔데? 꼭 오늘 안 하면 안 되는 얘기야? 그렇게 급한 일이냐고?"

"그렇다고요오. 몇 번을 말해요."

"야 인마, 여기가 어딘지는 알아? 다른 애들 공부하고 있는 거 보여, 안 보여?"

"아, 죄송!"

"지금 니가 학교 발칵 뒤집어 놓은 거 아냐고."

"어, 그것도 죄송!"

"하여튼 오늘은 일단 집에 가. 내일 얘기하게."

"아무개 샘 만나야 한다니까요."

"거참, 잔말하고는! 어떻게 갈래. 니네 집에 전화할까?"

"에이, 농담도 잘 하셔, 우리 샘."

"너 혀 제대로 안 구부릴래?"

"아, 어게인 죄송!"

"혀 제대로 놀리랬지!"

"알겠습다!"

밤이라서 더 쩌렁거리는 법석을 한바탕 부린 다영이는 반성문은 물론 근신 처분을 받고 온갖 벌 청소를 했다. 벌 받는 일주일 내내 히죽히죽 웃어대는 다영이를 보고 몇몇 선생님들은 저게 제정신이네 아니네 했지만, 내가 보기에 그것은 말로 못할 만큼 멋쩍고 창피하다는 표현이다.

"야, 인마, 나 여기 왔다. 나한테 할 말 있다든서. 해 봐."

그 '아무개' 샘이 다영이 머리를 쥐어박으며 낄낄 웃는다. 사실, 그 아무개 샘과 다영이 아버지가 친구 사이라는 걸 다영이도 알고 있다.

"죄송합니다. 죽을죄를 지었습니다. 그건 아는데요, 샘. 아빠한테 말했어요?"

"그래. 요번 주말에 만나서 다 이를 생각이다."

"샘, 이번 한 번 만요. 네? 다시는 안 그래요. 정말이에요."

그렇게 막무가내 판 '전설'을 정점으로 다영이의 고딩 나기는 더 큰 탈 없이 마무리되었다.

다영이도, 그 애의 '귀여운 난동'도 잊을 무렵, 그러니까 다영이가 대학을 졸업하고도 몇 년쯤 더 지났을 무렵 그 아이가 학교에 찾아왔다. 보석을 가공하는 곳에서 일하고 있다면서 수줍고 멋쩍게 또 히죽 웃으며 '아무개' 선생님과 나에게 조그만 상자를 내밀고 갔다. 맑은 수정으로 깍은 도장이었다.

철렁하게

늦가을, 일교차가 큰 때였다. 소수의 '학업 우수생들'에게 일과 후에, 그러니까 밤에 추가 수업을 하고 있었다. 급하게 누군가 교실 문을 열고 들어왔다. 어머니가 쓰러져 병원으로 이송 중이라는 소식이었다. 휴대폰이라는 게 없던 시절이라 내막을 알 수도 없거니와, 당시의 나에게는 뇌졸중에 대한 기본 상식이 없던 터라 '쓰러졌다'는 게 무슨 뜻인지를 그때는 몰랐었다.

그때 50대 후반, 어머니는 잔병치레는 더러 하셨지만 건강한 분이었다. 그런 분이 '쓰러졌다'니… 어머니를 모셔갔다는 읍내 병원을 향해 택시로 달려가다 짚이는 게 있어 시내에 있는 대학병원 응급실로 방향을 돌렸다. 아니나 다를까 어머니는 그곳에 계셨고, 이미 나를 알아보지 못하는 상태였다.

CT니 MRI니 하는 사진들을 찍고, 무슨 검사들을 하러 이리저리 다니고, 무슨 동의서에 보호자 서명을 하고 … 그러는 동안 어머니는 어디를 헤매시는지 더 멀리 가 버리신 채 응급실의 첫 밤이 갔다. 교통사고 환자를 포함한 온갖 환자들과, 그 환자를 부르고 또 부르는, 또는 의사들, 간호사들을 찾는 보호자들의 애타는 부르짖음과, 뛰거나 종종걸음 치는 의료진들… 그 생지옥 같은 응급실에서 사나흘을 보내고서야 겨우 병실을 배당 받아 어머니를 옮길 수 있었는데, 그때쯤 나는 거의 탈진 상태였다.

어머니가 깨어나지 못하고 있어 발걸음이 떨어지지 않았지만, 고3을 맡고 있었고 학력고사 보는 날까지 한 달도 채 남지 않은 때라 뒤를 자꾸 돌아보며 며칠 만에 학교로 돌아왔다. 교무실 의자에 앉은 지 몇 분도 지나지 않았는데 자영이가 헐레벌떡 뛰어왔다.

"선생님, 아영이가 약 먹었어요."

"그게 무슨 말이야? 무슨 약을 먹어?"

"아까 한 주먹 먹었어요. 수면제 같아요."

수면제라고? 아영이가? 응급실에서 제대로 앉아 보지도 못해 끊어질 듯 아픈 허리를 두 손으로 짚고 4층 교실로 올라가 보니, 아영이가 멀쩡하니 앉아 있다.

"너 약 먹었어?"

"예."

"자영이 말이 무슨 소리야? 수면제를 먹었다고?"

"아니에요. 감기약 먹었어요. 체육인데 그래서 운동장에 못나간 거예요."

"정말이야?"

"예."

"무슨 감기약을 한 주먹이나 먹어?"

"한 주먹이라니요. 자영이가 뻥치는 거예요."

아영이의 말투는 별로 이상할 게 없었고, 허도 전혀 꼬이지 않았다. 평소에 아주 활발하고 낙천적인데다 뭐든지 적극적으로 나서서 해 보려는 성격인지라, 다른 누구도 아닌 아영이가 자신의 삶을 '비관한다'든가 하는 짓을 할 리가 없다, 그건 정말 터무니없는 일이라고 생각하면서 교실 문을 나서는데, 자영이가 뒤따라오면서 반복했다. 그거 감기약 아니라고, 내가 분명히 봤다고.

내 몸이 천근만근이어서 그랬을까. 자기 말을 믿어 주지 않아 속이 터져 어쩔 줄 몰라 하는 자영이 기색을 읽었으면서, 그리고 아영이가 감정기복이 좀 큰 편인 아이란 걸 알기에 마음 한 구석에서 삐익 경고음이 울리는데도 그냥 다 무시해 버리고, 아영이 잘 좀 지켜보라는 말 정도로 상황을 정리해 버렸다. 그런데 그 시간이 채 끝나기 전에 자영이가 하얗게 질린 채 다시 달려왔다. 진짜라고, 아영이 지금 이상하다고.

그랬다. 다시 교실로 올라가보니 아영이의 몸은 이미 옆으로 기울기 시작했다. 감기약 먹었다고, 여기 약봉지 있다고 계속 우기는 말소리도 이미 꼬이고 있었다.

나온 지 몇 시간도 되지 않은 그 응급실로 아이를 싣고 다시 갔다.

아영이의 집에서는 아무도 전화를 받지 않았다. 아영이 아버지의 교수 연구실을 알아 내 연락했지만 아버지도 연락이 닿지 않았다. 위세척을 한 후 어느 정도 정신이 들자 소리 없이 눈물을 흘리며 수액을 맞는 아영이의 모습을 지켜보는데, 아득하고 기가 막혔다.

그럭저럭 안정이 된 아이를 데리고 집으로 갔더니 아영이 어머니가 문을 열어 준다. 난데없이 딸아이가 담임과 들이닥치니, 허리디스크라서 전화를 받지 못했다고, 무슨 일이냐고 화들짝 놀란다. 부모에게 말하지 말아 달라던 아영이의 애원을 모른 척할 수 없었다. 그러니 내 입으로 차마 못한 말을 아영이가 술술 불었을 리 없을 것이다.

며칠이 지난 후 왜 그랬냐고 물었다.

"대학에 못 갈 것 같아서, 엄마 아빠가 실망하는 걸 도저히 못 볼 것 같아서" 그랬단다. 너 정도 실력이면 네가 원하는 시각디자인학과에 넉넉하게 합격할 수 있다고, 자신을 믿고 지금처럼 하면 된다고 평소에 격려할 때 그 말을 잘 받아들이고 흔들림 없이 자기 궤도를 따라가는 것처럼 보이던 아이가, 시험을 한 달 정도 앞두고 덮쳐 오는 불안에 무너져 버린 것이다. "알아요. 분명히 합격할 수 있어요. 실기 선생님도 그랬어요. 실기 능력도 괜찮다고, 큰 실수만 하지 않으면 잘 될 거라고요."라며 '안정적인 전망'과 격려에 늘 자신 있고 활발해 보였던 아이가, 마지막 어느 순간 모든 것이 잘못될 것 같은 공포에 짓눌린 것이다.

다시 떠올려도 가슴 철렁한 기억을 남기고, 아영이는 바라던 대학, 원하던 학과에 합격했다. 그리고 여러 해가 지났다. 뉴욕 근교에 단기 어학연수를 하러 가게 되었다. 어느 주말, 연수생 교사들끼리 나이아가라 폭포로 여행을 가는 버스 안이었다. 고3 아이들을 어떻게 돌봐야 하는지 등등의 이야기들이 오갈 때였다. 아무리 명랑하고 긍정적이고 낙천적으로 보여도, 또 별 탈 없이 공부 잘 하고 있는 것으로 보여도, 고3이 되면 모든 아이들이 불안과 공포에 짓눌린다고, 그래서 무슨 짓을 저지를지 모른다고, 아이들의 겉모습만 보면 안 된다고, 공부를 잘 하든 못 하든, 가정환경이 좋든 안 좋든, 어떤 아이도 '안전지대'가 아니라고, 어떤 순간에도 마음을 놓을 수 없다고, 그러니 잘 보살피지 않으면 일 당할 수도 있다고, 등등의 말을 하다가 아영이의 경우를 예로 들었다. 그런데 일행 가운데 한 선생님이 다가오더니 조용히 물었다. 그 아이 이름이 혹시 아무개 아니냐고.

　　그 선생님은 아영이의 사촌오빠였다. 오빠 말로는, 그 아영이가 캐나다 토론토에 살고 있단다. 그리고 고3 시절 아영이의 '낙담과 절망의 비행'을 부모는 그때까지도 모르고 있다 했다. 아영이와 나 사이의 특별한 인연에 놀란 그 오빠는 달리는 버스 안에서 아영이에게 전화를 했다. 우리 일행은 캐나다 쪽 나이아가라 폭포에서 30여 분 정도 머물 예정이었다. 그 말을 듣고 아영이가 우리에게 달려왔음은 물론이다. 나이아가라는 캐나다 사람들에게도 '워너비' 휴양지라서, 주말이면 차량 정체가 심하단다. 바로 미국 쪽으로 건너와야 하는 우리의 일정 탓에 단 10여 분밖에 만날 수 없는 줄 알면서도 아영이는 몇 시간에 걸쳐 밤길을 달려왔다.

대학에 가서야 알게 된 공부 맛에 취해 계속 공부하다가, 대학에서 아이들을 가르치는 일을 하는 데까지 갔고, 그곳에서의 무슨 인연으로 주한 캐나다 대사관에 근무하게 되었고, 어찌어찌하다가 캐나다로 아예 이민을 했고, 그리고 지금은 캐나다 어느 주 정부 관청에 웹디자이너로 일하고 있다나 뭐라나.

어제 만났다 오늘 다시 보는 사람들처럼 아영이도 나도, 꽃처럼 피었다가 하르르하르르 스러지며 쏟아져 내리는 불꽃에 지난 세월을 다 맡기고 마음껏 깔깔댔다. 잠깐이나마 우리의 즐거움이 떨어져 내리는 폭포수의 굉음보다 더 우렁찼다고 우긴들 누가 비웃겠나. 그 순간만큼은, 나이아가라 어두운 밤하늘을 수놓는 화려한 불꽃들보다 근사하고 멋진 게 사람살이 아니겠나 하는 게 나 혼자만의 생각은 아니었을 것이다.

캐나다 사람과 결혼을 하고 그곳에서 살고 있으니, 아영이는 제 아이를 키워 내는 동안 제가 겪은 철렁한 기억을 떠올릴 필요가 없을지도 모른다. 하지만 지금 우리의 '고3 나기'는 아영이 이후 더욱더 숨이 차도록 버겁고 살벌해졌다. 두근거리는 '나의 선생님'을 바라보는 은근한 서정 같은 건 이제 박물관 감이 되었고, 막무가내 한바탕 '야료'를 '귀엽게' 봐 줄 여유도 더 이상은 기대하기 어려운 듯하다. 그리하여 대학수학능력시험이 다가오면 좌절과 절망과 두려움과 공포에 짓눌려 기어이 큰일을 저지르고 마는 '아영이들'을 어김없이 마주치게 된다.

그런데 고등학교를 잘 나기만 하면 우리 아이들에게도 봄이 오는 걸까? 겨울나기가 끝나면 봄이 오듯 그렇게?

07 가연이와 탈脫학교

2012년 들어 신입생 담임으로 배정되었다. 꽤 오랜 교직생활 동안, 10여 년 전에 한 번 한 후로 신입생 담임은 이번이 두 번째이다. 이런저런 이유로 담임을 여섯 해 동안 안 한 터라 달라진 대학입시 전형 방법을 비롯해 여러 가지로 담임 감각이 둔해진 것이 좀 염려가 되긴 했다. 하기야 계속 담임을 맡아도 입시 정책이 너무 자주 바뀌어 지도하기가 벅차다고들 하니, 오랜만에 하는 담임 노릇을 제대로 해내려나 하는 나의 염려는 군살일 것이다. 그보다는 담임을 하면 서너 배나 많아지는 업무가 문제라면 더 문제이다. 밤늦게까지 남아 있어야 하고, 무엇보다 공식, 비공식적으로 끊임없이 학생들과 면담해야 하는 일 등이 좀 더 부담스러운 일이다. 그러다가 5~6월쯤이 되어 이유 없이 병원 신세를 두어 번 진 적이 있다 보니, 될 수 있으면 담임을 피하고 싶었다.

그러나 담임을 하면서 아이들과 부딪쳐야 마음이라는 것이 오고 갈 기회가 많아진다. 담임을 하다 보면 아이들의 속사정을 듣게 되고 그러면 아이들을 더 잘 알게 된다. 알면 이해하게 되고 이해하게 되면 그 못된 정이 생긴다고들 하니까 말이다. 더구나 앞으로 아이들과 그렇게 직접 부딪치고 부대끼며 생활할 기회가 그리 많이 남은 것도 아니구나 하는 생각이 문득 들면서 이번 '내 아이들'과의 만남을 기꺼운 마음으로 기다렸다.

학교폭력 문제로 새삼스레 시끌벅적하면서 나온 대책 중 하나가, 담임이 의무적으로 아이들과 한두 차례 면담을 하고 그 내용을 기록으로 남기라는 것이다. 그런 지시가 없더라도 담임을 맡으면 당연히 상담 또는 면담을 몇 차례씩 하게 된다. 그런데 그 상담이라는 게, 아이들이 마음을 열어야 의미 있는 일이지 않은가. 그렇기에 기록상으로는 한두 마디면 끝나 버릴 거리일지라도, 속 이야기를 꺼내 보이게 하려면 온 마음을 기울여 꽤 긴 시간 공을 들여야 한다. 그렇게 해도 의미 있는 '성과'를 얻지 못할 때가 많다.

다시 말하지만, 상담을 의무화하고 그것을 기록하라는 지시가 없어도, 새로 학생을 맡으면 아이들과 차례로 만나 이야기할 시간을 할애하는 것은 담임이 기본적으로 할 일이다. 그것이 아이에 대해 알 수 있는 가장 기초적인 형태이기 때문이다. 교사에게 학년 초가 가장 힘들고 바쁜 이유는 그래서이다. 그런 '공식적인 상담' 말고도, 아이들에게 크고 작은 일이 생길 때, 모의고사나 내신 성적이 나올 때, 아이가 아플 때 등 아이들과의 '상담'은 일일이 기록할 수 없을 만큼, 국가가 정해 준 소위 한두 번을 훨씬 웃돌게 된다. 그리고 학교에 적응을 잘 못하는 녀석이 마음을 열게 될 때까지 여러 궁리를

하면서 기다리는 초조와 기대 등을 어떻게 다 기록화 할 수 있겠는
가. 그렇기에, 학교폭력을 예방하는 대책 중 하나로 '상담의 의무화',
'상담의 기록화'를 고안해 낸 정부의 방침을 보면서 다시 한 번 맥이
쫙 풀리고 말았다.

　어쨌든 신입생을 맡으면 3월은 아이들을 파악하고 끝없이 쏟아
지는 행정 업무에 떠밀려 정신없이 지나가는 달이다. 올해 3월 2일
은 금요일이었다. 입학식을 하고 나머지 시간은 수업을 진행하기가
어정쩡해서 대개 과목별 오리엔테이션 정도로 보냈다. 그리고 5일
월요일부터 제대로 된 수업이 시작되었고, 담임들은 그날부터 야간
자율학습시간에 차례대로 일대일 면담 작업을 시작했다. 우리 반은
번호순이 아니라 제비를 뽑아 면담 차례를 정했다. 항상 마지막에
차례가 돌아가는 'ㅎ'으로 시작하는 성을 가진 녀석들을 위한 사소
한 배려이기도 하고, 학급생활의 잔재미를 위한 것이기도 하다.
　셋째 날인 수요일 점심시간인데, 가연이가 일그러진 표정으로 허
둥지둥 교무실로 들어왔다.
　"선생님, 저는 언제 면담해요?"
　"면담 차례 몇 번 뽑았어?"
　"20번째요."
　"20번이면 빨라도 금요일쯤 되겠는데?"
　"오늘밤 저 먼저 면담해 주시면 안 돼요?"
　"무슨 일인데? 급한 일이야?"

"네. 정말 급한 일이에요."

"그럼 오늘 밤 저녁식사 좀 일찍 하고 와. 야간 자율학습 시작하기 전에 먼저 너랑 얘기할 시간 만들어 볼게."

9교시 후 서둘러 저녁을 먹고 이도 채 닦지 못했는데 가연이가 왔다. 앉으라는 말이 떨어지기도 전에 내 앞에 털썩 주저앉더니 그야말로 통곡을 하며 울기 시작한다. 어안이 벙벙한 채 한참을 기다렸다.

"왜 그래, 가연아? 무슨 일이야."

"선생님, 흐억 흐억, 엄마 좀 설득해 주세요. 흐억 흐억."

"엉? 뭘 설득해?"

"저 자퇴하려고 해요."

"그게 무슨 말이야? 고등학교 공부 시작한 지 며칠도 안 됐는데?"

"입학식 하던 날부터 생각한 거예요. 그날부터 엄마한테 자퇴하게 해 달라고 했는데 절대 안 된대요."

고등학교 생활 시작한지 채 일주일도 안 돼서 자퇴 선언을 하다니, 이쯤이면 핵폭탄 급이다.

"왜 자퇴하려고 하는데?"

"고등학교가 제가 기대했던 그런 데가 전혀 아니에요."

"뭐가 아니라는 거야?"

"과목 선생님들마다 수능시험 잘 보려면 이렇게 공부해라, 저렇게 해야 한다는 식으로 온통 시험에 관한 말씀밖에 안 하세요. 그런 말을 들을 때마다 가슴이 답답하고 숨이 막혀요. 저는 고등학교에 와서 배울 것들에 대해 기대가 많았어요. 중학교 때 학교 공부가 재미없었기 때문에 고등학교 오기만 기다렸어요. 고등학교에서는 괜찮을 줄 알았어요. 그런데 제 기대와 완전히 달라요. 게다가 저는 한국사 되게 좋아하는데 국사는 배우지도 않더라고요."

"집중 이수제라는 말 들어 봤어? 한 학기에 8과목까지만 하라는 제도야. 시험공부 해야 하는 과목 수를 줄여서 학생들 부담 줄여 주라고. 그래서 우리 반은 1학기 때는 과학 교과만 배우고 사회 교과는 2학기에 배워. 국사는 2학기에 하게 될 거니까 기다리면 돼. 그건 그렇고, 과목 선생님들마다 수능시험 보는 방법에만 초점을 맞춰 말씀하신다고 하는데, 첫 시간이니까 그런 거 아닌가? 과목별 오리엔테이션 같은 거지. 여기는 인문계 학교니까, 너희들이나 학교나 대학에 진학하는 걸 가장 중요한 일로 여기잖아. 그러니 과목별로 한 학기 동안 어떤 공부를 어떻게 시킬 건지 계획을 알려 주시는 거고, 그걸 알아야 너희도 어떻게 공부해 나갈지 방향을 맞출 수가 있잖아. 나부터도 첫 시간에 들어가면 영어 공부 어떻게 해야 하는지, 과제는 무엇을 언제 어떻게 해야 하는지 그 말부터 하는데 뭐.(영어는 수준별로 분반 수업을 하는데, 가연이는 나의 반 학생이 아니다.)"

"그래서 학교를 그만두려는 거예요. 저는 제 마음대로 인터넷 강의도 듣고 궁금한 걸 이 책 저 책에서 찾아 가면서 혼자 공부하는 게 좋아요. 그런데 가만히 보니까 여기는 과목마다 숙제를 포함해서 온통 요구하고 지시하는 것들뿐이더라고요. 지시하는 대로 따라가면 제 스스로 찾는 재미를 느끼면서 공부할 수 없을 거 같아요. 거기다 밤마다 늦게까지 남아서 공부해야 하잖아요. 저는 혼자서 공부

해야 정리가 잘 돼요. 교실에서 밤까지 공부하는 건, 아무래도 저한 테는 안 맞는 거 같아요."

이런, 그렇다면 매일 단위로 숙제를 내는 영어과가 가연이의 숨통을 조이는 원흉 중 하나 아닌가? 가연이의 말을 들어 볼수록 긴장되기 시작한다.

"가연이 자기소개서에 지금까지 한 번도 학원에 다닌 적이 없다고 썼던데? 인상 깊은 대목이어서 확실하게 기억하거든. 정말 학원 다닌 적 없어?"

"예. 초등학교 때 엄마가 보내서 한 번 갔었는데, 저랑 안 맞아서 다시는 안 갔어요. 궁금한 것이 생기면 인터넷이나 책 찾아보면서 혼자 공부했어요."

"대단하다. 너도 알다시피 요즘은 학원이나 과외 안 다니고 혼자 공부할 줄 아는 사람이 거의 없잖아. '자기 주도학습'이라는 말 많이 들 하던데, 가연이가 지금까지 해온 공부가 바로 그거야. 그런 공부가 진짜 센 건데. 지난 주말에 네 자기소개서 읽으면서 나는 누구보다 네 잠재력이 기대되었어. 그리고 너랑 빨리 만나 이야기해 보고 싶었어. 근데 자퇴를 한다고?"

"네. 아무리 생각해도 선생님들 주문대로 공부하는 학교 방식으로는 제가 못 살 거 같아요. 그리고 선생님들마다 공부만 강조하시던데, 학교가 공부만 시키는 그런 곳이라면 차라리 저 혼자서 좋아하는 거 찾아 공부하면서 검정고시 보는 게 시간도 단축하고 공부도 재미있게 할 수 있을 것 같거든요."

"그니까 대학에 진학을 안 하는 건 아니란 얘기네?"

"네. 저는 대학에 가서 하고 싶은 일이 있어요."

"뭔데?"

"저는 공학 계열에 관심이 있어요. 컴퓨터에 관련된 것도 재미있고요."

"그래… 내가 보기에 가연이가 지금까지 혼자 공부해 온 걸로 봐서는 고등학교 과정도 혼자 잘 해낼 수 있을 것 같긴 한데… 근데 중학교랑 고등학교 공부는 질적으로나 양으로나 많이 다르다는 거 알고 있지?"

"그렇다고 하대요. 그래도 저는 잘 할 수 있을 거 같아요. 그니까 엄마 좀 설득해 주세요. 며칠씩 말했는데 엄마가 어림없다고만 하세요."

"나한테 지금 한 얘기들 엄마한테도 전부 다 했어?"

"네."

"근데도 엄마가 안 된다고 하셔?"

"네. 답답해 죽겠어요. 엄마랑 말이 통하지를 않아요. 선생님이 좀 설득해 주실 수 없어요?"

"가연아, 내가 엄마랑 만나서 이야기를 해 볼 수는 있어. 근데 엄마를 설득할 수는 없을 것 같아. 생각해 봐. 내가 너를 가르쳐 보길 했어, 네가 학교생활 하는 걸 지켜보길 했어. 도대체 내가 널 모르잖아. 그런데 무슨 근거로 엄마를 설득? 자기소개서랑 네 말만 들었을 뿐이고 네가 어떤 사람인지, 공부습관이나 특징이 어떤지 아는 게 없잖아."

"선생님이 보시기에 제가 고등학교 과정 혼자서 잘 못해 낼 거 같아요?"

"그걸 알 수 없다니까. 내가 너를 겪어 보질 못해서. 그럴 겨를이 없었잖아?"

"하여튼 저는 도저히 학교 못 다닐 것 같아요."

"그럼 우선 야간 자율학습 하지 말고 집에 가서 공부하는 건 어때? 그리고 숙제 안 해도 되게 학과 선생님들께 말씀 드려 보자."

"그건 싫어요. 그만두기로 결정 난 건 아직 아니잖아요. 그럼 다른 애들과 똑같이 해야죠."

아니, 이 녀석 봐라. 시키는 공부는 숨이 막혀 못 하겠다더니, 그리고 내일이고 모레고 금방 학교 그만두려고 작정한 녀석이, 지구가 내일 망해도 사과나무를 심겠다는 거 아냐? 이 녀석 일시적인 기분으로 학교를 그만두려는 게 아니네. 공부가 싫어서 피하려는 것도 아니고. 이거 어떻게 해야 하나.

"어머니, 아버지가 네 문제에 대해 의견이 서로 다르시니? 누구 의견이 더 중요해?"

"두 분이 서로 다르지는 않아요."

"어머니나 아버지 한 분 하고만 이야기해도 돼? 한 분이 결정하셨는데 다른 분이 반대하시는 일은 없을 거란 말이지?"

"네."

"그러면 내일 시간 되시는 분이 학교에 나오시라고 말씀드려."

다음날 오후, 가연이 어머니가 오셨다.

"선생님, 죄송해요. 가연이가 어젯밤 내내 울면서 오늘 선생님 만나거든 선생님 좀 설득해 달라네요."

"예? 저한테는 엄마 좀 설득해 달라던데요. 가연이 학원 안 다니고 혼자 공부했다던데 정말 그랬어요?"

"맞아요. 학원 다닌 적 없어요. 초등학교 땐가 한 번 보냈더니, 학원 싫다고 절대 안 간다고 하더라고요. 그 뒤로 가라고 한 적 없어요. 중학교 때까지 혼자 알아서 공부했어요."

"가연이에게는 아직 말 안 했는데요, 학교를 그만두겠다는 그 애 말이 구구절절 옳은 데다, 그동안 해온 걸로 봐서는 검정고시도 해낼 수 있겠다는 생각이 들긴 들어요."

"그래서 제 마음도 반반이에요. 제 생각에도 가연이라면 잘 해낼 것도 같거든요."

"그럼, 가연이 생각대로 자퇴하게 할까요?"

"그건 아니에요. 검정고시를 못 해낼까 그게 문제가 아니죠. 학교 다니면서 또래끼리 사귀는 과정을 잃어버릴 텐데 그것도 걱정이고, 무엇보다 우리나라는 학력, 학벌에 대해 아직도 엄청 집착하잖아요. 가연이가 사회에 발 딛고 살아가려면 취직해야 할 거고 그러면 이력서를 내게 될 텐데, 거기에 검정고시 했다고 써야 하잖아요. 그러면 알게 모르게 분명히 어떤 불이익이나 편견 섞인 시선을 받을 거고 그걸 견뎌야 할 텐데, 부모인 저는 그게 더 걱정이죠."

"그러실 거예요. 저도 그 점이 걱정 돼요. 가연이하고 그런 이야기도 물론 하셨죠?"

"그런 거 다 중요하지 않대요. 잘 극복해 갈 수 있다나요?"

"지금은 학년 초라 공부에 대한 것만 강조하지만 학교는 학원과
는 분명히 달라요. 3월만 지나면 단체 수련활동, 현장 체험학습, 체
육대회 등등, 여러 가지 활동들을 많이 하게 될 거예요. 그런 활동이
대수롭지 않은 거 같아도 공부 이외의 활동을 하면서 아이들은 생각
도, 정서도, 함께 사는 법도 알게 모르게 배우고 그러면서 자라가더
라고요. 조금만 지나면 학교가 그렇게 숨 막히는 곳만은 아닌 걸 알
게 될 것 같은데요. 그러면서 마음이나 생각이 맞은 친구도 사귀게
되고. 그런 건 혼자 공부하면서는 누릴 수 없는 것들이잖아요."

"저도 같은 생각이에요. 아무리 똑똑해도 세상을 혼자 살 수는 없
는 거니까요."

"하여튼 어머니는 가연이가 자퇴하는 데 반대하신다는 거죠?"

"물론 반대해요. 가연이한테 그 말 들은 날부터 심장이 두근거려
잠도 잘 안 오고 밥도 안 넘어가요. 그런데 아무리 말려도 고집을 꺾
을 기미가 안 보이네요."

"대개 자퇴하려고 마음먹으면 학교에 안 나와 버리거나 오고 싶
을 때 오고 가고 싶으면 가고 그렇거든요. 근데 가연이는 학교 그만
두겠다는 애가 야간 자율학습은 물론이고 지각도 안 해요. 숙제도
꼬박꼬박 다 하나 보더라고요. 가연이 말이 틀린 데가 하나도 없는
데다 행동까지 흠 잡을 데가 없으니, 저도 할 말이 딸리네요. 하여튼
지금 가연이 강당에서 강연 듣고 있는데, 데려올게요."

강당에서 나온 가연이는 어둡고 굳은 표정으로 물었다.

"엄마가 뭐라고 하세요? 잘 될 것 같아요?"

"가서 엄마 계신 데서 함께 이야기 하자."

강당에서 교무실로 돌아가는 그 1~2분 동안 가연이를 붙들어 둘 말을 찾느라 아무리 더듬어도 길은 안 보이고 내 머릿속을 덮은 안개가 걷히지 않았다. 교무실에서 기다리던 가연이 어머니는 딸을 보자 눈이 붉어진다.

"저 얼굴 부은 거 좀 봐. 운다고 해결될 일이 아니라고 했잖아."

"가연아, 여기 앉아. 얼굴 좀 펴고."

"…"

"엄마랑 나랑 무슨 얘기 했을 거 같아?"

"학교 계속 다니라고요."

"맞아. 혼자서 검정고시 해서 대학 갈 준비 하는 것보다 다른 애들처럼 그냥 고등학교 과정 거쳐서 대학 가는 게 왜 더 나은지 엄마랑 이미 다 얘기 했었다면서?"

"네."

"결론부터 말하면, 나도 엄마랑 생각이 비슷해."

가연이 얼굴의 먹구름이 더 짙어지고 미간 주름의 골이 깊어진다. 예상했던 일이다.

"근데 내가 너를 붙잡는 데는 이유가 좀 더 있어."

"뭔데요?"

"어제 말한 대로 고등학교 과정은 중학교 과정과 달라서 그렇게 호락호락 하지 않아. 네 생각대로 일이 잘 풀릴 수도 있지만 잘 안 될 수도 있어. 지금은 그럴 일 절대 없다고 생각하겠지만, 공부가 계획했던 대로 안 되거나 원하는 수준만큼 잘 안 될 수도 있는 거잖아. 그러면 좀 더 적극적으로 말리지 않은 부모님을 원망하거나 '그때 담임이 나 좀 말려주지.' 하는 생각이 들 수도 있을 거 같아."

"그런 걱정 안 하셔도 돼요. 혼자 잘 안 되는구나 싶으면 검정고시 학원 다닐 거예요."

"그래? 그것도 좋은 방법이네. 그렇다 치고, 그럼 친구를 못 사귀게 되는 건 아무렇지도 않아?"

"지금은 온라인에 별별 카페가 다 있잖아요. 친구는 거기서도 충분히 사귈 수 있어요."

"고등학교 시절 친구는 평생토록 아무 계산 없이 편하게 만나고 의지할 수 있는, 재산 같은 거라고들 하잖아. 내가 구식이라 그런지 내 생각에는 온라인에서 사귀는 친구는 한계가 있을 거 같아. 같은 또래끼리 비슷한 인생의 한 시기를 얼굴 맞대고 이런저런 일 함께 겪으면서 자연스럽게 익어가는 그런 친구는 아니잖아."

"저한테 그런 건 별 문제 아니에요. 어디서 무얼 하든 사귈 친구는 있는 거라고 생각해요."

예상했던 대로 오히려 반박할 말이 나에게 모자란다. 그래도 계속 밀고 나갈 수밖에 없다. 나의 마지막 무기를 꺼낸다. 가연이가 자기 때문에 부모 말고 다른 사람이 크든 작든 고통을 겪을 수도 있다는 걸 알고 마음이 불편해지게 하는 거다.

"하나 더 있어. 지난날을 더듬어 보면 잊으려고 해도 잊히지 않는 학생이 몇 있거든. 그때 이랬으면 그렇게 안 됐을까? 저랬으면 나았을까? 하면서 자책하게 하는 학생들이 있단 말이야. 그래서 말인데, 일주일도 학교 안 다니고 자퇴하겠다고 하는 너를 네 생각대로 하게 내버려 두면 나중에 내가 자책하게 될 거 같아. 나중에 네가 잘 되면 몰라도, 혹시라도 어려움을 겪고 있다는 소문이라도 듣게 돼 봐. 엉킨 거 같고 되새길 때마다 여한으로 남는 학생 하나 더 생기는 일이 잖아. 너 내 마음에 멍으로 남고 싶어?"

"…"

"어제 말했지만, 나에게 너를 알 시간이 전혀 없었잖아. 그니까 나한테 기회를 좀 달라는 말이야. 내가 네 공부습관, 행동특성, 사고방식, 그런 거를 겪어 보고 나서, 자퇴를 하든 학교를 다니든 네가 선택하는 것을 도울 수 있게 시간을 좀 줘."

음, 마지막 무기가 조금 효력 발휘를 하나 보다. 셋이서 함께 이야기하기 시작할 때부터 찌푸린 채 계속 숙이고 있던 고개를 그제야 들고 나를 보더니 가연이 심각하게 묻는다.

"얼마나요?"

"4월 말, 중간고사 볼 때까지."

"너무 길어요. 3월 한 달만 다닐게요."

"3월이 가장 팍팍하고 힘들어. 근데 4월은 금방 지나가. 2박 3일 해양 수련활동도 가고 다른 행사들도 있어서. 그러면 곧 중간고사 볼 날 닥치거든."

"왜 꼭 중간고사 볼 때까지 다녀야 해요?"

"첫째, 3월에 그만두어서 금년에 검정고시 볼 수 있다면 당장 정리하라고 하겠는데 그건 아니잖아. 자퇴하고 6개월이 넘어야 검정고시 응시 자격 되는데, 검정고시는 8월에 있다고 하니까 지금 그만두나 5월 초에 그만두나 네 검정고시 일정이 앞당겨지지는 않잖아."

"네. 알고 있어요."

"중간고사 시험을 한 번 보고 나야 고등학교 공부가 어떤 건지 좀 알게 되지. 그러면 검정고시 시작하는 데도 도움이 될 거 같거든. 그 정도 기간은 돼야 나도 너에 대해서 조금은 알 수 있을 거 같고."

가연이 미간을 좁히고 곰곰 생각하기에, 이 제안을 받아들이려 하는가보다 기대하는 순간, 그 기대를 와장창 깨 버린다.

"그래도 3월까지만 하고 싶어요."

"왜 꼭 3월에 그만 둬야 하는데? 혹시 친구들한테 자퇴할 거라고 이미 다 말해 버려서 그래?"

"아뇨. 아무에게도 아직 말 안했어요. 확실하게 정해지지도 않았는데 어떻게 말해요."

그럼 체면을 지키려고 고집을 부리는 건 아니다.

"숨 막히는 생활, 하루라도 덜 하고 싶어서?"

"네. 한 달이면 고등학교 생활이 어떤 건지 대충 알 수 있을 것 같아요."

"아까도 말했지만 시험을 한 번 치러 봐야 고등학교 공부가 어떤 건지 알 수 있을 거야. 그리고 그러는 동안에 학교가 좋은 점도 있구나, 라고 느끼게 될지 어떻게 알아? 그 점도 네가 두어 달은 겪어 봐야 판단할 수 있는 거잖아. 학교는 학원하고는 분명히 달라. 그래서 중간고사 때까지 다녀 보라고 권하는 거야."

가연이의 미간 주름이 살짝 펴지고 어둠의 장막이 한 꺼풀쯤 걷힌다.

"그럼 그때까지 해 보고 제가 그만둔다고 하면 그때는 분명히 반대 안 하실 거죠?"

"응."

"엄마랑 아빠가 반대하면요?"

"그때는 내가 부모님 설득할게. 엄마한테 지금 약속 받자. 그때는 반대 안 하시겠다고."

그동안 옆에서 우리의 대화를 다 듣고 있던 가연이 어머니도 그렇게 하겠다고 약속할 수밖에 없었다. 아빠가 반대하면 엄마가 책임지라는 약속까지 단단히 못 박은 후 가연이는 얼굴을 덮었던 몇 겹의 어둠을 다 걷고 교실로 돌아갔다. 그러자 어머니가 한숨을 쉬며 말했다.

"정말 골치 덩어리네요. 평소에 생각이 분명하고 똘똘해서 대견하게 여겼는데, 이렇게 속을 썩이게 될 똑똑이인 걸 몰라 봤어요."

"그런데 제 생각은 좀 달라요. 우리끼리니 하는 말이지만, 사실 제 눈엔 가연이가 제대로 된 사람 같아요. 지금은 스스로 생각하고 알아서 공부할 줄 아는 아이들이 거의 없어요. 학원에서건 학교에서건 지시 받는 데만 익숙하고 시키는 것만 해요. 공부만 몰아 부치는 학교는 정상이 아니라고 생각할 줄 아는 아이가 없어요. 학교가 수

능 준비만 시키는 데여서는 안 되잖아요. 그걸 알면서도 점수 잘 맞아야 좋은 대학 갈 수 있으니까, 경쟁에서 뒤처지지 않아야 하니까, 이게 현실이니까 하면서 공부나 하라고, 공부만 하라고 몰아 대는 게 대부분의 학교가 하는 일이에요. 부모들도 그걸 바라고요. 그런데 그걸 비정상이라고 생각하는 아이들이 어디 있나요. 그렇게 생각하는 아이가 있다 해도 교사나 어른들은 오히려 그런 아이를 위험하게 생각해요. 남들 하는 대로 하라고, 눈에 띠지 말라고요. 그런데 가연이는 그게 아니잖아요. 학교가 비정상인 걸 느끼고 알잖아요. 그래서 숨 막혀 죽겠다고 비명 지르는 거잖아요. 가연이가 왜 자퇴하려고 하는지 말하러 와서 30분도 넘게 그야말로 통곡을 했어요. 가연이 말 듣고, 저는 학교가 뭐하는 덴지 다시 돌아볼 수밖에 없었어요. 제가 다 감당이 안 돼서 옆에 선생님께 가연이 얘기 했는데, 그 선생님도 그러더라구요. 가연이라도 있어서 마구 돌아가는 엔진, 이거 제대로 작동하고 있는 건지 우리가 점검하게 되었다고요. 그래서 가연이 돌려보내면서 생각했죠. 너는 제대로 뭔가를 느끼는 사람이구나, 하고요. 가연이 땜에 우리도 우릴 다시 한 번 돌아보게 되었어요."

  학교생활을 좀 더 해 보겠다던 가연이는 다음날 나를 다시 찾아왔다. 답답함을 견디려 해도 도저히 참을 수가 없다는 것이다. 숙제를 줄이거나 면제받는 건 어떠냐는 제안을 다시 해 봤지만 여전히 그건 싫다고 했다. 그럼 야간 자율학습이라도 하지 말라고 했더니, 그건 받아들였다.

"중간고사 다닐 때까지 해보겠다고 말은 했지만 자퇴하는 걸로 이미 정해 놓고 그만둘 날만 세고 있는 거 아냐? 그래서 날마다 더 힘들게 느껴지는 거 아니냐고?"

"그건 그래요."

자퇴 안 할 수도 있다는 생각을 해보는 건 어떠냐고, 학교가 괜찮게 생각될지 그건 너도 모르는 일이니까 결정을 유보할 수는 없겠느냐고 여러 가지의 '만일'을 들이미는 나의 이야기에 더러 수긍하기도 했지만, 가연이는 거의 날마다 찾아와 3월까지만 하게 해 달라고 반복했다. 그때마다 나는 말했다.

"가연아, 내가 더 이상 해 줄 수 있는 게 아무 것도 없어. 내 생각이 뭔지는 알지? 아무리 네가 아니라고 해도 검정고시하게 되면 나중에 성가셔져. 무슨 일을 하게 되든 사회에 발을 디디려면 사람들은 물어볼 거야. 왜 검정고시 했냐고. 무슨 고등학교 졸업, 이렇게 쓰면 그냥 넘어갈 일을. 그때마다 설명이든 변명이든 덧붙여야 하잖아. 개인적인 관계에서는 살아가다 보면 네가 어떤 사람인지 알게 될 테니까 뭐 별 문제가 아닐 수도 있어. 하지만 취직하려면 얘기가 달라질 거야. 검정고시 출신에 대한 편견이 없다고 장담할 수 없잖아. 그리고 온라인 친구랑 살 냄새 나는 친구랑 어떻게 같겠냐? 저번에도 말했지만 친구들이랑 그 나이에 맞는 크고 작은 정서들을 나누는 것도 시기가 있는 거잖아. 흘러가면 다시는 돌이킬 수 없으니, 네가 그걸 놓치는 것이 안타깝게 여겨져. 그러니 네가 아무리 여러 번 찾아와도 내 생각은 달라질 것 같지 않아."

가연이는 거의 날마다 찾아와 완강하게 자기주장을 펴서, 가연이 어머니와 몇 번씩 긴급 통화를 주고받아야 했다. 그러다가 3월이 다 가기 전 어느 날, 이렇게 다니게 하는 것은 아무런 의미가 없겠다, 자퇴 시기를 늦추어 아이를 고생만 더 시키는 것일 뿐 결과는 달라지지 않겠구나, 라는 생각이 들었다. 가연이 어머니에게 아이 생각은 바뀔 것 같지 않으니 그만 고생시키는 게 어떻겠냐고 내 생각을 말했다. 처음 대면했을 때 느꼈는데, 이번에도 가연이 어머니는 만만치 않았다.

"그런데 선생님, 아이가 약속을 지킬 줄 아는 것도 배워야 한다고 생각해요. 자기 생각과 다르다고 해서 약속이고 뭐고 팽개쳐 버리면 약속의 중한 것을 모르게 될 것 같아요."

옳으신 말씀! 나는 가연이를 붙잡아 둘 구실을 하나 더 댈 수 있게 되어 다행스러웠다. 그만큼 나는 궁색했다. 가연이 말이 구구절절 옳았기에, 그리고 자기의 선택과 행동에 책임질 줄 아는 보기 드문 모습을 보았기에.

그동안 가연이는 중학교 때 선생님을 찾아가 자신의 생각을 말했고, 그 선생님으로부터 학교를 그만둔 후 무엇을 어떻게 할 계획인지 확실한 로드맵만 가지고 오면 멘토를 해 주시겠다는 약속까지 받아 두었다. 검정고시로 고등학교 과정을 공부한, 중학교 때 만났던 교생 선생님과 지금도 연락하고 지내는데, 그분과 여러 차례 만나 실질적인 조언을 받기도 했다. 검정고시를 혼자 준비하는 방법, 검정고시 학원 등에 관한 정보 수집도 거의 했고, 컴퓨터 관련 자격증을 딸 준비도 하고 있었다. 그래서 나는 가연이 찾아올 때마다 만류하면서도 자퇴를 막을 수는 없겠구나 하고 거의 포기하고 있었다.

그런데 4월 하순으로 접어들 무렵, 2박 3일 해양 수련활동을 가기 전날 가연이가 또 찾아왔다. 그 전날도 찾아와 워낙 강경하게 자퇴 의사를 밝히고 간 터라 같은 이야기를 하겠거니 했다. 그런데 이게 무슨 일인가?

"선생님, 저 학교 계속 다니기로 정했어요."

"엉? 정말? 갑자기 왜 마음이 바뀌었어? 아니, 지금 그건 안 중요해. 확실한 거야?"

"네. 확실해요."

"정말 고마워. 나 모른 척 안 해줘서."

"그런데요, 수련활동 안 가고 그동안 집에서 생각이랑 공부랑 정리하면 안 될까요?"

"친구들한테 자퇴 얘기는 아직도 안 했어?"

"안 했어요."

"이랬다저랬다 하지는 않는 거겠지?"

"네."

"그럼 우리 수련활동 다녀오는 동안 너는 집에서 정리할 거 다 정리해. 그러고 나서는 제대로 학교생활 하는 거다?"

"네."

가연이 어머니는 딸의 일생이 걸린 일을 두고 얼마나 노심초사 고민하고 걱정이 깊었는지, 딸이 자퇴를 철회하던 그날부터 며칠을 아주 호되게 앓았다. 나는 가연이가 왜 갑자기 마음이 바뀌었는지 물을 수가 없었다. 가연이 말이나 행동에서 그 나이 치고는 진중하다는 걸 알게 되었으면서도 그걸 묻고 대답하는 과정에서 가연이가 결정을 번복하지나 않을까 하는 조바심이 들었기 때문이다. 그래서 그냥 지켜보기만 했다. 그런데 그 뒤로 가연이는 야간 자율학습만 하지 않을 뿐, 밝은 표정으로 아이들과 어울리고 스스럼없이 교무실에 들락거리기도 하면서 학교에 잘 다니고 있다. 중간고사 결과도 상위권으로, 내가 기대한 것보다 훨씬 좋았다.

스승의 날이 다가왔다. 정말 고마운 마음이 드는 선생님이 있거든, 그래서 선물이 하고 싶거든, 너희가 돈 벌게 될 때 그때 하라고, 그게 진짜 고마움의 표시인 거라고, 그러니까 부모님 돈으로 절대 선물 사지 말라고 했는데 가연이가 조그만 선물을 가져왔다. 물론 편지가 들어 있었다.

'선생님, 저 때문에 학년 초부터 고생 많이 하셨어요. 그런데 선생님, 제가 마음 바뀔까 혹시 걱정하셨어요? 안심하셔도 돼요. 그런 일은 없어요.'

요 맹랑한 녀석 같으니라고. 내 마음속까지 들여다보고 있었잖아. 들켜서 모양새 확 빠졌지만 뭐, 어때. 이제 확실히 안심이 된 나는 그때서야 가연이에게 진작부터 묻고 싶은 걸 물었다, 왜 탈(脫)학교 하려던 마음이 바뀐 거냐고.

"첫째는 엄마 때문이에요. 엄마가 노심초사하는 걸 더 이상 못 보겠어요. 그리고 친구들을 못 보게 되는 것 때문에요. 학교 친구는 어디 가서 다시 만들기 어렵고 또 다 못 친해진 상태로 헤어지는 아쉬움이 꽤 크더라고요. 그리고 무엇보다…"

"응, 무엇보다?"

"생각해 보니까 학교 그만두어봤자 결국 대학에 갈 준비를 하는 것이더라구요. 제가 앞으로 하려고 하는 일이 대학에 갈 필요가 없는 분야이거나 고등학교를 다니면서는 할 수 없는 분야라거나 그런 건 아니잖아요. 환경운동이나 평화운동 뭐, 소신 있는 애들이 하는 그런 것 같이 학교 아닌 데서 배워야 할 게 더 많은 분야를 생각하고 있다면 자퇴를 꼭 해야 하지만, 공학이나 컴퓨터 관련 분야는 학교를 벗어나야만 할 수 있는 건 아니잖아요. 그리고 … 학교에 공부 말고 다른 재미도 더러 있긴 있다는 것도 좀 알았고요"

나는 더 보탤 말이 없었다. 교육방식에 이의가 있어 학교를 그만두려는 이 녀석을 제도권 안에 붙들어 앉히는 게 과연 잘하는 짓인지, 자퇴를 말리면서도 끊임없이 흔들리고 확신이 서질 않았었다. 정말 살고 싶은 삶을 사는 데는 자유를 감당할 용기가 필요하다는 걸 알지만, 나는 간이 작다. 그런데 내 간 크기 억지로 키우지 않아도 되게 만들어 준 이 녀석, 고맙다. 오랜만에 꽤 확실한 물건 하나 본 것 같다.

08 황금 열쇠

"정 선생님, 긴장하셔야겠어요."

"왜요?"

"이번 학년 꼴통들, 그 반에 총집합했네요."

"그래요?"

3학년 학급 편성을 마치고 처음 교실에 들어갈 준비를 하는데 1, 2학년 연달아 담임을 맡아 왔던 한 선생님이 친절하게 정보를 준다. 누가 그 주인공들이냐고 물어보기를 기대하고 던진 말일지도 모르지만 나는 더 이상 묻지 않은 채 교실로 향했다.

첫 시간이니 간단히 자기소개를 하고 난 후 실장을 비롯한 학급 임원들을 뽑자고 하니까, 자기들끼리는 이미 다 아는 사이니 그냥 임원선출로 가도 된다고 한다. 실장 후보 추천을 받고 추천 이유를 듣고 후보들의 '정견 발표'를 듣는 진행 순서에 따라 실장을 뽑았다. 그리고 부실장을 뽑을 차례가 되어 같은 순서를 밟았다. 그런데 두 사람이 동점을 얻었다. 아이들은 재투표를 하는 대신, 어짜피 부실장은 할 일이 많은 직책이 아니니 둘 다 부실장을 하게 하자는 새로운 제안을 했고, 그 제안에 다 같이 합의를 보았다. 그 과정에서 지연이가 부실장 입후보 소견을 밝히는 데 반 아이들 대부분이 책상을 치고 발을 구르면서 박수를 쳐대며 낄낄대는 게, 느낌이 좀 묘했다.

실장, 부실장 명단을 교무실 칠판에 적고 있는데 지연이가 부실장이라는 걸 보더니 몇몇 담임들이 "그 반 일 났네." 하면서 혀를 찬다. 왜 혀를 찼는지 알게 되기까지는 며칠이 채 걸리지 않았다.

학생부에서 호출이 와서 내려가 보니 서너 명이 학생부장 앞에 서 있다. 모두 우리 반 녀석들이다. 그리고 거기에 지연이도 끼어 있었다. 여학교지만 어쩌다 담배를 피우는 녀석들이 있는데, 공교롭게도 그 해 문과생들 중 흡연자가 거의 다 우리 반으로 몰린 모양이었다. 학생부장은 2학년 때까지 이미 여러 번의 '전과'가 있으니 학칙대로 처벌하자고 했다. 학교 근처의 비좁은 뒷골목에서 피우다 '현장에서 검거'된 상황이니 처벌 수위는 무기정학이나 유기정학에 해당한다고 했다. 그리고 정학을 통보하기 전에 부모를 오라고 해서 상황에 대한 설명을 하겠다고 했다.

새 학년을 시작하고 두어 주도 채 지나지 않아 학급에서 서너 명이 정학을 당해야 하다니, 어이가 없었다. 하지만 내 학급 아이들 일이다. 학생부에 맡기기 전에 담임인 내가 먼저 아이들과 이야기를 해 보고 자초지종을 알아보는 게 순서라는 생각이 들었다. 학생부장이 언짢아하지 않을까 은근히 걱정을 하면서, 담임에게 먼저 아이들과 이야기를 나눌 기회를 달라고 부탁했다. 처벌을 할지말지, 그

리고 어떤 처벌을 할지 결정하는 것은 그 후에 하는 게 어떠냐는 제
안을 하면서도 속으로 편치 않았다. 나이가 한참 아래인 교사가 어
떤 제안을 하면 도전하는 것으로 받아들이는 분위기가 없지 않았던
터라, 이번에도 건방지다느니 위아래 몰라본다느니 하는 등등의 오
해를 사지 않을까 걱정 아닌 걱정이 되었던 것이다. 그런데 뜻밖에
도 학생부장은 담임이 그렇게 나서주니 오히려 고맙다고 했다. 학
생들이 일을 '저지르면' 대부분의 담임들이 스스로 해결해 보려 하
지 않고 학생부에 떠넘기려 드는 게 못마땅했었다는 것이다.

어쨌거나 공은 나에게 넘어왔다. 누가 담배를 피우는지 동급생들
끼리 알 만한 사람은 이미 다 알고 있지만, 새로 맡은 담임한테 이렇
게 일찍 정체(?)가 드러나게 되었으니, 아무리 대가 찬 녀석들이라
해도 내 앞에서 그저 고개를 못 들고 실내화 신은 발로 상담실 바닥
을 비비적거리며 이리저리 몸을 배배 꼴 뿐 누구도 쉽게 입을 열지
않았다.

"너희가 어떻게 생각할지 모르지만, 내가 궁금한 건 너희가 왜 담
배를 피웠을까가 아니야. 일과 시간 중에 교문 밖으로 나가 피울 정
도였으니, 이미 끊기 어려울 만큼이 되었다는 뜻이겠지. 내가 묻고
싶은 건, 언제부터 피웠느냐야."

아무도 대답이 없다.

"내가 학생부장에게서 너희들을 데려온 건, 너희를 야단치고 벌
주고 부모님 오시라고 해서 다시는 못 피우게 하겠다는 각서 받고
등등 그런 일을 벌이려는 게 아냐. 나는 진짜로 궁금해. 너희가 언제

부터 피우기 시작했는지. 그리고 지금은 하루에 얼마큼이나 피우는지."

역시 대답이 없다.

"오늘은 몇 번째 피우러 나간 거였어? 다 같이 피우고 있다가 발각된 거야?"

그래도 대답이 없다.

"이렇게 입을 안 여는 건, 학생부 방식으로 부모님 부르고 정학이건 뭐건 그런 처벌 받고 끝내는 게 더 간단하고 편하다는 뜻이야? 그렇게 할까?"

"그런 건 아니고요."

이런, 드디어 반응이 온다.

"그럼 대답해."

"선생님, 오늘은 저만 피웠어요. 애네들은 저랑 같이 있어 준 거에요. 애들은 보내 주시면 안 돼요?"

지연이가 고개는 못 들고 시선만 들어 올려 나를 쳐다보며 더듬듯이 이야기를 꺼낸다.

"너만 피웠는지 아닌지 어떻게 알아?"

"냄새 맡아 보세요. 애들은 2학년 말부터 끊었단 말이에요. 다른 애들도 알아요."

"그래? 근데, 나야 네 말을 믿고 싶은데 학생부장 선생님이 그 말을 믿을까?"

"그래도 그건 진짜에요."

"좋아. 그럼 우선 지연이만 남고 다들 교실로 가서 수업 받고 있어. 나중에 다시 이야기 해."

이제 지연이와의 이야기는 막힐 게 없었다.

"언제부터야?"

"초등학교 4학년 때부터요."

"어쩌다가 처음 시작하게 됐어?"

"… 히힝, 쫌 민망한데요."

"뭔데?"

"그 때 같은 학년에 칠공주 어쩌고 하는 패거리가 있었어요. 걔들하고 몰려다니다가 담배에도 손을 댔는데, 처음에는 다른 애들에게 얕잡히지 않으려고 따라했죠. 그러다가 6학년 무렵부터는 담배 맛을 알게 됐고, 중학생이 되어서는 하루에 한 갑 정도를 피우게 되었어요."

"근데 학교 다니면서 언제 어디서 그렇게 피울 수 있었어?"

"학교 일과시간 동안에는 근처 뒷골목 같은 데서 피웠죠. 수업 시작종 땡 치고 10분 정도 늦게 들어오면 대개 그렇고 그런 줄 아시면 돼요."

"이번처럼?"

"네."

"학교 끝나고 난 뒤에는?"

"노래방, 비디오방, 그런 데로 가요."

"그런 데서 피우면 어른들이 가만히 놔 둬?"

"우리끼리만 있는 방으로 가니까요."

"피우고 나면 냄새 나잖아."

"야 임마, 불어봐! 하는 수색 작업에 안 걸리려고 껌, 구강청결제 같은 거는 기본으로 사용하고요, 향수도 가지고 다녀요. 향수를 얼마큼 어떻게 뿌려야 향수 냄새 확 안 풍기면서 담배 냄새 지워지게 알리바이를 꾸밀 수 있는지, 그런 것쯤 아주 도사 다 됐어요. 웬만하면 옷도 따로 감춰 두거나 가지고 다녀요. 집에 들어갈 때 갈아입으려고요."

"지금도 한 갑씩 피워?"

"아뇨. 고 3 돼서는 별로 안 피웠어요. 하루에 대여섯 번 쯤요."

"아예 안 피우는 건 어려워?"

"…."

"집에서는 안 피워?"

"아버지한테 저 죽어요."

"아버지는 모르셔?"

"예. 엄마는 알아요."

"그럼 내가 엄마 한 번 만나 볼게. 끊으려고 할수록 더 피우고 싶어질 텐데, 엄마랑 아버지 도움 없이는 해결이 안 될 거 같아. 엄마한테 학교에 좀 나오시라고 하면 또 놀라시겠지? 그래도 한 번은 뵈어야겠는데…"

"… 말씀드려 볼게요."

지연이의 어머니는 이미 지연이 일로 학교에 '불려나오는' 게 한 두 번이 아니었기 때문에 그저 송구스러워 할 뿐 특별히 충격을 받은 것 같지는 않았다. 그래서 단도직입적으로 말했다. 어른도 끊기 힘들어하는 담배를 지연이에게 당장 끊으라고 하는 건 무리라고, 아버지를 설득하는 게 쉬운 일일 것 같다고, 지금처럼 아버지에게 쉬쉬 하다가는 또 학교 뒷골목으로 빠져나가 피우든지 노래방, 비디오방 같은 데로 갈 수 밖에 없는데, 그렇게 아이를 내모느니 차라리 정말 피우고 싶을 때는 집에서, 지연이 방에서 피우게 하는 게 어떻겠냐고. 처음에 펄쩍 뛰던 지연이 어머니는 얼마 동안 생각해 보시더니 아버지에게 사실 대로 말하고 의논해 보겠다고 했다.

　지연이 어머니가 가신 후 바로 지연이를 불러 어머니와 의논한 내용을 전하며 그날 집에 들어갈 때 각오하라고 일러 두었다. 아버지의 성격이 불같아서 지연이에게 무슨 짓을 할지 모르겠다던 어머니의 말이 마음에 걸렸기 때문이기도 했지만, 차라리 '커밍아웃'을 해야 피우고 싶은 욕구가 덜 할 수도 있고, 그렇게 해서 흡연문제로 남모르게 받는 스트레스를 조금이라도 줄여 주고 싶었기 때문이었다. 아버지와 의논이 잘 되면, 정말 피우고 싶을 때 뒷골목이나 으슥한 데로 빠지지 말고 차라리 네 방에 가서 피우는 게 어떠냐는 내 말에 지연이는 아무 말 없이 눈을 동그랗게 뜨고 나를 빤히 쳐다보았다.

　다음날 지연이는 멍든 데 없이 멀쩡하게 학교에 왔다. 아버지가 뭐라 하시더냐고 물으니 "엄마한테 다 들었다."고만 하시더라고 했다.

"지연아, 이제부터는 정말 피우고 싶을 때는 나한테 말하고 집으로 가. 너네 집이 학교 뒤라 얼마나 다행이냐. 나한테 신호 보내면 군말 없이 외출증 해 줄게. 뒷골목이나 무슨 방 같은 데로 더 이상 떠돌지 않기다. 이 문제로 학생부에 또 불려가고 그러지 않아야 해. 학생부장 선생님께는 내가 잘 말씀드릴 테니까."

어쨌든 학년 초이니 아이들에게 기회를 주자는 내 말을 존중하겠다면서, 다시 같은 일이 벌어지면 학생부 규정대로 할 수 밖에 없다고 못 박는 학생부장에게 나도 동의하는 걸로 사건은 일단락이 지어졌다. 그 과정에서, 다른 아이들은 끊은 것 같다고 하니 아이들 말을 다 믿으면 안 된다고, 아이들에게 끌려 다니지 말라는 충고를 들었다. 그래서 집에서만 피우게 하는 걸로 지연이의 해결책을 삼았다는 말은 꺼내지 못했다.

그렇게 어수선하고 분주하게 서너 주를 보내고, 3월 말 학부형 총회 시기가 닥쳐왔다. 지연이가 부실장이었기 때문에 지연이 어머니도 자연스럽게 학부형 총회에 참석했다. 총회 후에 학급담임과 면담시간이 되어 지연이 어머니를 따로 만났다. 지연이를 초등학교에 입학시킨 후로 말썽 피운 일 때문이 아니라 학급대표 어머니로 학교에 나와 보기는 처음 있는 일이라면서 지연이 엄마는 조금은 들뜬 음성으로 좋아라 했다. 흡연 때문에 지연이와 아버지 사이에 별 문제 없느냐고 물으니, 그저 화를 눌러 참으며 못 본 척 모르는 척 해 주고 있다고 했다. 어머니로서는 딸이 밖으로 나돌지 않을 수 있으니 그것만으로도 충분하다고 했다. 아침에 제 시간에 일어나 학교에 가고 야간 자율학습이 끝나면 돌아올 시간에 돌아오니, 두근거리던 가슴이 조금 진정되는 것 같다는 것이다.

그날 지연이 어머니와 나눈 꽤 많은 이야기대로라면, 지연이 오빠가 공부를 잘 해 소위 SKY에 속하는 대학에 진학한 것이 지연이에게는 오히려 독이었다는 생각이 들었다. 가정형편이 나쁠 것이 없으니 남보란 듯이 온갖 뒷바라지를 해 줄 수 있었던 지연이 아버지는 지연이에게도 강도 높은 기대와 요구를 했다. 지연이는 오빠와 비교 당하는 데 지쳐 있었고 집에 들어가는 일 자체를 괴로워했다. 뭐가 부족해서 그 모양이냐고 다그치기만 했지, 왜 집 밖으로 뱅뱅 도는지 제대로 알아보려 하지 않은 부분에 대해 지연이 어머니는 때늦은 후회와 가슴앓이를 하고 있었다. 딸과 자분자분 이야기를 나눠 본 게 언제인지 기억도 나지 않는다고 했다. 집에 그날그날 제대로 들어오고, 고등학교만 졸업할 수 있으면 이제는 그 이상 더 바라지도 않는다고 한숨을 쉬었다.

상황이 얼추 마무리가 지어지자 지연이 '패거리'는 부탁도 하지 않았는데 학급 환경정리에 발 벗고 나섰다. '담배 사건'에 연루된 녀석들 중에 미화부장이 끼어 있었는데, 아마 그래서 함께 나섰을 것이다. 그 녀석들은 거의 일주일을 저녁마다 뭔가 찢고 떼 내고 오리고 그리고 칠하고 붙이고를 해대더니 토요일 오후 늦게까지 남아 말끔하게 모든 일을 해치웠다. 월요일 아침 교실에 들어가 완성품을 감상하자니, 내가 보기에도 산뜻하고 아기자기하고 세련스럽다. 나름 멋스런 감각을 가진 그 '꼴통들' 덕분에 학급은 교내 환경심사에서 만장일치로 대상을 받았다.(꾸며 놓은 게 정말 예뻤던지, 그 다음 두 해 동안 그 교실로 배정받은 학급은 새로 환경정리를 하지 않고 그대로 사용했다.) 적은 액수지만 상금을 챙겨 반 아이들이 신이 났으니 '꼴통들의 반전'은 가히 기념비적인 일이었다. 하지만 나에게는 그 일이 일으킨 시너지 효과가 훨씬 의미가 컸다.

지연이 '패거리'들이 학년 초부터 한바탕 '소동'을 벌인 후라서인지 아니면 3학년 초의 진지한 공부 분위기에 눌려 그랬는지, 밤에 남아서 야간 자율학습시간을 다 채우도록 자리에 앉아 책을 뒤적거리며 나름대로 안 하던 공부에 습관을 들이려 애쓰기 시작했던 것이다. 워낙 뒤에서 찾아야 빨리 이름이 발견되던 녀석들이라 성적에 큰 변화가 생기기를 기대할 수는 없었지만, 그 녀석들이 잠잠해 주니 학급의 자율학습 분위기가 눈에 띄게 차분하고 가지런해졌다. 더구나 지연이는 명색이 부실장이 아니던가.

4월 봄소풍을 다녀온 후 어느 토요일 대청소를 하는데 굽이 10cm나 되는 빨강색 하이힐이 지연이 사물함에 처박혀 있는 게 발견되기도 했고, 어느 날은 흰색 바지가 튀어나오기도 했다. 기나긴 하루, 몸이 꼬이게 지루한 영어 수학 시간들, 수업이 끝나기 무섭게 뛰쳐나가 버려 아예 열외였던 야간 자율학습까지 버티면서 '본색'을 못 이기는 때가 없었던 건 아니지만, 지연이들은 봄이 다 지나도록 그럭저럭 잘 해나갔다. 그리고 5월 스승의 날과 겹쳐 이틀간의 교내 체육대회를 하게 되었다. 체육대회 첫날, 지연이 어머니로부터 학급 아이들 55명 전체에게 햄버거와 음료가 배달되었고 3학년 담임 전체에게 일식 도시락이 왔다.(그때만 해도 이런 일은 흔하지 않았다.) 아이들이 좋아할수록 지연이는 애써 표정 관리를 하는 게 역력히 보였다.

나는 근처 꽃집에 가서 가장 예쁘고 튼실한 장미 오십 송이를 골라 정성을 들여 우아하고 멋진 꽃다발을 만들었다. 그리고 고마운 마음을 전하는 쪽지를 넣어 어머니에게 가져다 드리라고 귀가하는 지연이에게 부탁했다.

"지연이 때문에 그간 속 많이 태우셨죠. 이 꽃다발 보시면서 잠깐 동안만이라도 기분이 좋아지시기 바랍니다. 지연이는 학교에서 아직은 잘 하고 있습니다."

그날 저녁, 지연이 어머니의 전화를 받았다.

"제 주변 사람들한테 마구 자랑하고 다녔어요. 담임 선생님한테 이렇게 이쁜 꽃 받아본 사람 있으면 나와 보라고요. 지연이 아빠 입이 귀에 걸렸어요. 저 괴물 같은 딸년 때문에 이렇게 즐거운 날도 있을 거라고는 상상도 못했대요. 애 아버지가 정말 좋아해요."

체육대회 이틀째인 다음날 지연이는 벌어지는 입, 삐져 나오는 미소를 붙잡아 매느라 애쓰면서 학급 아이들을 운동장 이리저리로 끌고 다니며 응원을 주도했다.

그런데 언제든지 허락하겠다고 했는데도 지연이는 오히려 외출을 부탁하러 오는 일이 거의 없었다. 나도 학기가 끝날 무렵이 되어서야 지연이에게 다시 담배 이야기를 꺼냈다. 왜 외출증 받으러 오지 않느냐고 물으니, 아버지가 알고부터는 거의 안 피우게 되었다고 한다. 실제로 담배를 피우고 싶은 욕구가 별로 안 생기더라는 것이다. 그래서 하루에 한두 번 피우다 안 피우다 한다는 것이다. 학기말에 통화할 때 지연이 어머니도 이제 지연이 때문에 불안하던 마음이 거의 가셨다고 했다.

"정말 신기해 죽겠어요. 저게 내 딸 맞나 싶어요. 이제 지 아빠도 별로 화 안 내요. 지연이 때문에 웃는 일도 많아졌고요."

"사실, 열쇠는 어머니 아버지가 쥐고 계셨던 거죠. 좀 더 일찍 지연이를 '커밍아웃' 시켰더라면 좋았을 걸 그랬어요."

첫 학기가 가고 가을이 되는 동안 지연이와 얽힌 자잘한 사건사고가 이따금씩 생기곤 했다. 그래도 그다지 큰 탈은 없이 입시철이 다가왔다. 아무리 해도 지연이는 4년제 대학에 합격하기 어려울 것 같았다. 그런데 인근 4년제 대학 입시관리처로부터 담임들에게 전에 없는 '특혜'를 주겠다는 전갈이 왔다. 원서마감 한 시간 전에 각 학과 지원 상황을 알려 주겠다는 것이다. 대학 측으로서는 그렇게 해서 소위 인기 없는 지원 미달학과를 방지하려는 조치였을 것이다.

원서 마감 한 시간 전 그 학교가 보내 온 팩스 자료에 따르면, 당시에 합격점이 높은 편이었던 수학과와 통계학과가 꽤 비어있었다. 소위 눈치를 보느라 그런 현상이 일어났던 것이다. 나는 대기하고 있던 지연이에게 그 학과에 합격하면 공부해 낼 자신이 있느냐고 물었다. 그랬더니 해 보겠다는 것이다. 어떻게 공부를 따라갈지 걱정이 없었던 건 아니었지만, 믿는 구석이 조금은 있었다. 지연이는 거의 모든 과목이 뒤에서 몇 번째 성적인데, 3학년 후반이 되자 수학만은 뒤에 전체의 사분의 일이나 거느리게 되었다. 그러니 달려들어 하면 못할 것도 없겠다는 생각이 들어 밀어붙인 것이다. 지연이는 그렇게 '눈치보기'에 성공해서 고등학교만 졸업할 수 있어도 더 바랄 게 없겠던 어머니의 기대를 초과하여 언감생심 넘겨다볼 수 없던 학과에 '반전' 합격을 하였다.

사건사고를 많이 벌인 녀석일수록 정이 각별해서인지 졸업시킬 때는 시원섭섭함이 남다르다. 지연이가 졸업하던 그날, 졸업식 공식 행사를 마치고 교실에서 아이들과 정말 시원섭섭한 마지막 작별을 나눈 후 교무실에 돌아와 보니 몇 가지 선물들이 놓여 있었다. 그 가운데 조그마한 '황금열쇠'가 있었는데 거기에 이런 쪽지가 들어 있었다.

"자식 때문에 지옥과 천당을 오르내리는 게 어떤 건지 알게 해 주신 선생님, 열쇠는 부모에게 있다고 하셨죠. 선생님은 부모셨습니다. 이 열쇠가 녹이 슬고 변할 때까지 다른 아이들에게도 부모노릇 잘해 주실 거죠?"
지연이 어머니였다. 이 뜻밖의 선물에 나는 조금 놀란 채 잠시 갈등을 했다. 그리고 받기로 마음을 정했다. 어떤 열쇠를 밀어 넣어야 열릴지 알 수 없는 '수없이 많은 자물쇠들'을 딸려 보낸 지연이 어머니의 마음이 보이는 것 같았다고나 할까.

자식을 여럿 둔 부모들이 이르기를, 자식마다 아롱이다롱이라고 한다. 새 학년이 될 때마다 만나는 아이들은 모두 저마다 다른 별개의 섬이고 한 세계이다. 시간표에 따라 지시에 따라 공부하여 대학에 진학하는 길을 온순하게 걸어가는 것처럼 보이는 대부분의 아이들도 막상 그 세계로 들어가려 하면 어떻게 문을 열어야 할지 알 수 없을 때가 많다. 하물며 답이 나올 듯도 하고 말 듯도 한 수수께끼 같은 녀석들과 부딪칠 때, 그리하여 그 신비의 문을 어떻게 열어야 할지 난감할 때 이 '황금열쇠'를 기억하라는 것이 아닐까.

지연이 어머니의 금으로 만든 그 열쇠는, 때로는 한 번에 열리기도 하고 여러 번 바꿔 넣어 보고서야 열리기도 하고 끝끝내 열리지 않기도 하는 각양각색의 자물쇠들, 그 자물쇠들에 맞는 각각 다른 열쇠를 찾아내라는 뜻을 담은, '뇌물'이 아니면서도 '대가'를 톡톡히 요구하는 만만치 않은 선물이라는 생각에 받아 간직하기로 했던 것이다.

내게 숙제와 같은 여운을 남기고 대학으로 간 지연이는 스승의 날이면 늘 뭔가를 사들고 찾아왔다. 선물을 하고 싶거든 스스로 돈을 벌게 되었을 때 하라고, 더 이상 어머니에게 받은 돈으로 사오지 말라고 단단히 일렀는데 그래도 소용없었다. 사실, 지연이가 나를 찾아올 때마다 들고 오는 '반전'이라 할 만한 소식들이 더 좋은 선물이었지만 말이다. 지연이는 염려한 것보다 학과 공부를 훨씬 잘 해내고 있었고, 게다가 2학년에 올라가서는 과 대표를, 3학년이 되어서는 단과대학 회장단 임원으로 참여하게 되었다고 했다. 하지만 무엇보다 제일 의미 있는 선물은, 대학생이 되고부터는 담배를 더 이상 피우지 않게 되었다는 말이었다. 피우고 싶은 충동이 일어날 법한 순간들이 많았을 텐데, 그런 순간들을 잘 조절하고 운영해 낼 수 있을 정도로 성숙해지고 있다는 신호처럼 보여 뿌듯하고 대견스러웠던 것이다.

지연이가 졸업을 한 후 농협에 다니게 되었다는 소식을 끝으로 몇 년이 흐른 어느 해 스승의 날 아침, 출근을 해 보니 책상 위에 붉은색 커다란 상자가 놓여 있었다. 그 안에는 손뜨개질로 손수 짠 자동차 시트커버 한 벌과 쿠션 세트가 들어 있었다.

"아이 아버지가 업체를 옮기면서 다른 도시로 이사했습니다. 지연 엄마 드림."

뭉클했다. 졸업한 지 7~8년이 흐른 후에까지 기억을 해 주다니… 이걸 짜는 동안 지연이 어머니의 마음에 어떤 생각과 감정들이 다녀 갔을까. 송구스러운 마음으로 받은 이 선물은, 지연이가 졸업하던 날 지연이 어머니가 내게 내주었던 숙제 같은 '황금열쇠'를 다시 떠올리게 했다. 그 열쇠, 녹슬지 않고 제 구실 잘 하고 있느냐고 묻는 것 같았다.

3 부

09 하영이에게도 오월이

3년 동안 정든 아이들을 보내고 새로운 아이들과 만났다. 벌써 3개월째다.

입학식을 하기 전 2월 말경에 갖는 해오름식에서, 나는 이번 아이들과 조금 특별하게 만났다. 담임들이 자기소개를 하는 순서에서, 윤수천이라는 시인의 「바람 부는 날의 풀」이라는 시를 읽어 주었던 것이다. 들의 풀이 억센 바람을 만나도 쓰러지지 않는 것은 넘어질 만하면, 쓰러질 만하면 옆에 풀이 옆에 풀을 손잡아 일으켜 주기에 그렇다는 내용의 시였다. 영상세대인 아이들이 과연 귀로만 듣는 시에 흥미 있어 할까 염려가 없지 않았다. 그런데 해오름식 장소에 붙여 놓은 학급편성 배치표를 보며, '우리 반에 아는 애들 하나도 없어. 어떡해.'라며 한 걱정을 안고 시작하는 아이들이 여럿이 있었기에, 그런 긴장감과 두려움을 덜어 주기도 할 겸 좀 별난 짓을 한 것이다.

입학식 날 오후, 교실에서 만난 반 아이들에게 해오름식에서 내가 뭘 했는지 기억하느냐고 물었다. 시를 읽어 주었다고 두어 명이 대답한다. 내용도 기억하느냐고 물으니 풀이 어쩌고 했던 거 같다고 한다. 앞으로 3년 동안 힘들 때 서로 부축하면서 함께 가자는 말을 하고 싶었는데 그 시가 내 대신 해 준 거였다고, 반에 아는 친구 없어도 겁 내지 않으면 좋겠다고, 곧 서로에게 손잡아 주는 '옆에 풀'이 될 수 있길 바란다고 하며 반 아이들과 새로운 시작을 열었다.

새 출발의 낯설고 서먹한 긴장이 아직 역력한 입학식 다음날, 누가 누군지 알기도 전인데 하영이가 결석했다. 감기가 심하다는 아버지의 전화가 있었다. 얼마나 아픈지, 언제 학교에 나올 수 있는지 묻기도 전에 아버지는 '용건만 간단히' 말씀하시고 전화를 끊었다.

다행히 다음날 하영이가 나타났다. 그런데 하루가 다 지나도록 담임에게 결석에 대해 아무 말이 없다. 불러들여 기본 예의에 대해 따지거나 물으면 아이에게는 나쁜 시작이 될지도 모른다. 그래서 하영이가 누군지 확인하고 "니가 하영이구나. 괜찮아?"라고 물으며 관심을 보여 주었을 뿐 다른 말을 하지 않았다.

그런데 "괜찮아요."라고 대답하는 아이는 지나치다 싶을 정도로 어둡고 맥이 없어 보였다. 동작도 무겁고 굼뜨다. 독감 때문이라고만 하기엔 투구를 쓴 것처럼 너무 무표정한 게 영 마음에 걸린다. 그렇게 하영이는 반 아이들 중 가장 먼저 내 더듬이에 감지되었다.

신입생과 관련한 번다한 사무적인 일이 어느 정도 추슬러진 두세 주 후, 면담을 시작했다. 내심 기다리던 하영이의 차례가 되었다. 개

인정보를 다루는 게 까다로워졌음에도 불구하고, 학생들을 파악하고 이해하려면 간략하게나마 자기소개서를 작성하게 하여 사용할 수밖에 없다. 하영이의 카드에는 아버지와 오빠 하나가 기록되어 있고 어머니 난은 비어 있다. 별도로 제공받은 입학 성적을 보니 학년 전체에서 최하위권이다. 사실, 그동안 내가 담당하는 영어시간에 매번 몇 십 개씩 보는 단어시험에서 하영이는 고작 서너 개를 쓰는 수준의 아이들 중 하나였다.

표정 없는 얼굴로 느릿느릿 들어오는 아이에게 어서 오라고 반기는 내 환영사가 무색하게, 하영이는 몸을 옆으로 살짝 틀어 나를 피하는 듯한 자세로 앉는다. 그리고 고개를 숙인 채 나를 바라보지 않는다. 조금 기다렸다. 내가 아무 말 안 하자 고개를 한 번 들어 흘깃 날 보더니 다시 숙인다. 그리고는 시선을 들지 않는다. 무슨 말을 어떻게 꺼내야 할지 난감해진다.

이럴 때는 차라리 정공법이 묘책일 수 있다. 잘못되면 아예 마음을 닫아 버릴 수도 있는 위험지수가 높은 방법이긴 하다. 하지만 돌진하는 수밖에 없을 것 같다.

하영아, 어머니는 돌아가셨어?

아니요.

왜 어머니 칸이 비어 있어?

… 저 어릴 때 헤어지셨대요.

… 그럼 엄마랑 만나긴 해?

안 만나는데요.

… 그래도 언젠가 만났었겠지. 언제가 마지막이었어?

기억 안 나요.

엄마는 재혼하셨대?

모르겠어요.

어디서 사시는지는 알아?

몰라요.

아버지가 엄마 얘기 한 번도 안 하셨어?

아니요.

그럼 엄마 얼굴 기억 나?

잘 안 나요.

엄마 보고 싶지 않아?

아니요.

어떤 분인지, 궁금하지 않아?

아니요.

뭔가 자연스럽지 않았다. 어머니가 어떤 사람인지 궁금하지도, 보고 싶지도 않다고 하는 하영이는 열일곱 살이다. 어릴 적부터 보지 않고 살았다면 그럴 수도 있으려나? 그래도 엄마가 어떤 사람인지, 어디에 사는지 적어도 궁금하기라도 한 게 자연스러운 감정 아닐까? 나와 첫 대면이라 자신의 속마음을 보여 주지 않는 것인지도 모른다. 어쨌든 어머니에게서 받을 수 있는 애정, 모성적인 보살핌을 누가 대신 해 주었을까?

　… 아버지 요리사시네? 무슨 요리를 하셔?

중국집 주방장이요.

근데 왜 무직이라고 썼어?

한 일 년 전부터 실직했어요.

학비랑 생활비는 어떻게 해결해?

잘 몰라요.

… 밥이랑 빨래, 청소 같은 집안 일 누가 해?

아버지도 하고 저도 해요.

아버지랑 친해? 아빠랑 이야기 자주 하는 편이야?

아니요.

집에 가면 누구랑 이야기해?

별로 안 하는데요.

네 속마음 털어 놓는 친구 있어? 어머니 안 계시는 거 아는 친구 있냐고.

… 없어요.

대답이라도 해주는 게 고마웠지만 뭘 더 물을 수가 없다. 도대체 하영이는 무슨 생각을 하고, 그걸 누구와 나누며 살고 있을까? 그런 적이 있기는 있을까? 답답하고 안타까웠다. 그렇다고 드러낼 수도 없다. 화제를 바꾸어야겠는데 더 이어갈 말이 떠오르지 않았다. 잠시의 침묵이 어색해지려던 그때 나 자신도 예상하지 못했던 말이 내 입에서 흘러나왔다.

… 하영아, 공부 힘들지?

…

있지, 하영아, 나 한 번 볼래?

눈치를 살피듯 하영이가 흘깃 나를 올려다보고 다시 고갤 숙인다.

하영아, 너 입학하자마자 독감 걸렸지. 3주가 다 돼 가는데 아직 깨끗이 안 나은 거 같다?

네.

지금도 머리 아파?

아뇨. 괜찮아요.

내 생각에 아무래도 너 스트레스 때문에 아픈 거 같아. 인문계 고등학교에 합격해서 들어오긴 했지만 고등학교 공부를 어떻게 해야 하나 엄청 겁내고 있는 거 아닌가? 애들이 다 너보다 공부 잘 하고 똑똑한 거 같아 무섭게 느껴지고. 스트레스 많이 받으면 병난다고 들 하지. 혹시 하영이 너도 그래서 독감 걸린 거 아냐? 물론 날도 아직 좀 차긴 차지.

처음으로 하영이가 스스로 고개를 들고 나를 바라본다. 투구 같은 무표정이 살짝 흔들리며 안이 보일락 말락 한다.

하영아, 사실 그동안 내가 너 흘깃흘깃 많이 쳐다봤거든. 입학하고 3주 가까이 지났는데, 너 한 번도 안 웃더라. 누구랑 어울리는 것도 본 적이 없는 거 같아.

… 선생님이 저를 쳐다봤어요?

응. 너 모르게. 자주.

…

내가 이런 말 하면 이상하게 들릴 수도 있는데, 있지, 하영아, 우리 공부 때문에 스트레스 너무 받지 말자. 공부는 힘닿는 만큼만 하자. 공부가 중요하긴 하지. 근데 내가 너에게 바라는 건 따로 있어.

…

난 니가 학교 오는 게 즐거웠으면 좋겠어. 공부 잘 해야 한다는 부담을 너무 가지면 학교 오기 싫어질 거 같아. 그래서 말인데, 난 니 편이야. 이게 무슨 말인가 싶어 어리둥절하지? 있지, 하영아, 내년 2학년 때 반 편성 새로 해서 니가 우리 반이 아니어도, 또 3학년 때 우리 반이 아니어도 난 항상 니 편 하고 싶어. 무조건 난 니 편이야. 난 학교에 오는 게 즐거워질 무언가가 너에게 생기면 좋겠어. 그런 걸 찾아보면 어떨까. 그게 친구여도 좋고 남모르게 마음에 드는 어떤 선생님이어도 좋아. 친구 볼 생각에, 또는 그 선생님 볼 생각에, 하여간 그게 뭐든 니가 학교 오는 게 즐거워질 무언가가 생기면 좋겠거든. 그 말을 하고 싶었어.

미심쩍어 하는 눈빛으로 하영이가 말없이 나를 빤히 쳐다본다. 드디어 하영이가 무슨 말인가를 시작하려는 신호인가?

뭐 하고 싶은 말 있어?

… 아니요.

… 얘기 그만 할까? 교실로 가고 싶어?

예.

그럼 내일 만나자. 근데 잊어버리지 마, 내가 오늘 한 말. 난 항상 니 편 하고 싶다는 말!

주춤거리며 일어나 돌아가는 뒷모습에서 하영이가 무슨 생각을 하는지는 읽을 수 없었다. 그리고 사나흘 후, 혼자 계단 청소를 하는 하영이와 마주쳤다.

하영아, 왜 혼자 하고 있어?

아무개 화장실 갔어요.

하영아, 며칠 전에 내가 한 말 기억해? 난 니 편이라고 한 거.

네에.

하영이의 귀 가까이에 대고 조그맣게 건넨 내 말에, 수줍고 기어들어가는 목소리로 대답하며 하영이가 고개를 숙이는데 입가에 아주 살짝 미소가 지나간다. 내 눈에 처음 띤 미소다.

두 주 후쯤 진로활동 시간이었다. 교실 복도에서 아이들의 와자한 웃음소리를 들었다. 들어가 보니 반 아이들 대여섯이 하영이를 둘러싸고 화장을 시키고 있었다. 눈, 눈썹, 입술, 볼터치 할 것 없이 풀메이컵을 해 놓았다. 거울을 든 하영이가 낯선 자신을 들여다보며 다른 아이들과 함께 폭소를 터뜨리고 있었던 것이다. 아이들이 하영이를 가운데 두고 '하영이 귀엽죠? 귀엽잖아요?'를 연발하며 수선인데, 하영이가 나를 건너다보던 시선을 재빠르게 거둔다. 볼이 발그레한 채 수줍은 미소가 얼굴 한가득 고인 하영이는 즐거워 보였다.

학생이 하기에 너무 진한 화장을 보고도, 그것도 교실에서 현장을 목격하고도 야단칠 생각도 안 하는 게 교사로서 바른 태도냐고 따질지도 모르겠다. 하지만 내가 보기에 그건 얼굴 화장이 아닌 것 같았다. 하영이의 마음에 색을 입히고 있는 것으로 보였다. 그래서 함께 웃으며 맞장구를 쳤다. '와아, 하영이 저엉말 이쁘네에~'

지난 두어 주 동안 하영이에게 무슨 일이 있었던 걸까.

다시 한두 주 후, 저녁 식사시간에 동료교사들과 이웃 초등학교 운동장으로 산책을 나갔다. 저만치 떨어진 곳에서 우리 교복을 입은 학생 둘이 그네를 타고 있다. 우리가 가까이 가니까 그 중 하나가 다가온다.

선생님, 안녕하세요?

활짝 핀 꽃처럼 웃으며 인사하는 그 애는 하영이였다.

어, 하영아. 멀리 나왔네. 저녁 먹었어?

네. 먹었어요.

저 애는 누구야? 우리 반?

아뇨. 다른 반요.

나를 마주 바라다보며 대답하는 하영의 목소리는 여전히 조그맣고 수줍지만 편안하고 밝았다.

천지가 짙은 초록으로 나날이 깊어가는 요즘, 영어 단어를 암기하느라 끙끙대는 하영이의 모습은 일상이 되었다. 어느 날부터 열 개 넘게 쓰더니 스스로 정한 단어시험 합격 기준을 40퍼센트에서 50퍼센트로 올렸고, 거의 '성공'해내고 있다. 자주 빛 꽃등을 주렁주렁 늘어뜨린 등나무 아래에서 혼자 콧노래를 흥얼거리는 걸 하영이 모르게 들은 날도 있다. 체육대회를 하는 날, 공설운동장 한쪽의 드넓은 토끼풀 군락지에서 친구와 함께 네 잎 클로버를 찾으며 참새처럼 재잘거리는 하영이의 기분 좋은 목소리를 우연히 근처를 지나다 들었다.

하영이의 무표정은 일시적인 것이었을까? 혹시 어린 아이가 감당하기에 너무 벅찬, 오랜 세월 쌓여 온 이런저런 외로움과 두려움을 무표정의 껍질 아래 숨기고 있던 건 아니었을까? 얼어붙은 강물이 햇볕을 쪼이며 조금씩 풀려 졸졸 흐르기 시작하듯이, 하영이의 두려움이 녹아 흐르기 시작한 것이라 믿으면 지나친 걸까?

그럼에도 불구하고 하영이의 그늘진 얼굴이 꽃송이 벙글 듯 일시에 화사하게 핀 건 아니라고 굳이 말할 필요는 없을 것이다. 제 또래다운 밝고 가볍고 다채로운 감정을 온전히 알기까지, 그리고 그걸 자연스레 드러내게 되기까지 하영이가 호되고 추운 겨울을 얼마나 더 견뎌야 할지, 그렇게 되긴 할지, 하영이의 현실이 달라지지 않는 한 낙관할 수 없다는 걸 누군들 모르겠는가.

다만, '쓰러질 만하면 / 곁에 풀이 또 곁에 풀을 / 넘어질 만하면 / 곁에 풀이 또 곁에 풀을 / 잡아 주고 일으켜 주기 때문'에 살아가는 것이라는 시인의 말이 하영이에게도 진실이기를, 싱그러운 오월에 기대어 희망을 품어 볼 뿐이다.

10 날개 찢긴 개천의 용

며칠 전 어느 사학자의 책을 읽다가 '학교란 무엇일까? 다음 중 골라 보라'는 대목을 보았다. 첫째, 학교는 비판정신으로 충만한 민주시민을 기르는 곳이다. 둘째, 국가관이 투철하고 질서를 잘 지키는 고분고분한 노동자를 키워 내는 곳이다. 셋째, 입시경쟁을 비롯한 경쟁사회에서 살아남아야 할 전사를 육성하는 곳이다. 넷째, 교육을 통해 특권층의 재생산, 부와 권력의 세습을 해보자는 곳이다.

식민지와 독재 경제개발 시대의 학교가 '산업역군'으로 충당될 고분고분한 노동자를 생산하는 곳이었다면, 오늘날의 학교란 무엇일까. 그 사학자의 말처럼, 소수 특권층을 재생산하고 부와 권력을 세습할 수 있도록 두텁고 높은 장벽을 체계적으로 둘러쳐 쌓아 가는 곳이다. 뿐만 아니라 극심한 경쟁사회에서 살아남을 수 있도록 전투력을 길러 주어야 하는 곳이 바로 오늘날의 학교이다. 입맛이 쓰지만 사실이다.

이런 변태적인 올가미를 과감하게 자르고 거기에서 빠져 나와 다

양한 방식의 배움을 선택하는 사람들이 여기저기 새싹처럼 돋아나고 있다. 하지만 대다수의 학생과 학부모들은 그 올가미에 갇힌 채, 갇혀 있다는 사실조차 자각하지 못하거나 괴로워하면서도 거기에서 빠져나올 길에 대해서는 고민조차 하지 않는 것 같다. 어쩌면 엄두를 못 낸다는 게 맞을 것이다. 대부분의 교사들 역시 '입시경쟁의 부속품'으로서 요구받는 성능을 효율적으로 수행하는 데에만 치우쳐 있다. 나 또한, 성적이나 세칭 일류대학 합격률이 유능한 교사의 기준인 사회의 격랑 속을 허우적거리며 여기까지 흘러왔다. 그 물살에 휩쓸려가다 부딪쳐 깨진 선우, 졸업한 지 10여 년이 지난 지금까지도 그 녀석은 내 마음 한쪽을 무지근하게 짓누르고 있다.

내가 일하는 이 소도시에는 인문계 여자고등학교가 네 개, 남자고등학교가 세 개였다. 고교 평준화가 시행되기 전까지 소위 '명문' 고등학교라 불리는 곳이 있었고, 거기에 들어가기 위해 중학생들은 과외나 학원교습 등으로 늦은 밤까지 시달렸었다. 그리고 그 학교에 들어가려고 재수 또는 삼수를 하는 아이들도 드물지 않았다. 1980년 평준화가 시작되고서야 중학생들은 '명문학교'를 겨냥하는 시달림에서 조금 해방될 수 있었다. 중학생들을 입시지옥으로부터 벗어나게 한 평준화제도는 그 후 십 몇 년 동안 별 탈 없이 잘 자리 잡아왔다. 그러나 특권층으로서의 '그들만의 리그'를 형성하고 세습하려는 세력들이 평준화의 틀을 깨려고 안달하며 이런저런 통계를 들이밀기 시작했고, 그 입김의 여파가 이곳 좁은 지역사회에까지 뜨끈하게 밀려왔다.

이곳에서 '과거의 영광'을 되찾고 싶어 하는 주체가 누구인지는 두말 할 필요 없이 확실했다. 이미 크고 작은 권력의 자리에 똬리를 틀고 있던 '입김 센' 소수가 집결하여, 잃어버린 영광을 탈환하고 '명문학교 출신'이라는 라벨을 자식에게도 물려주고자 활약하기 시작했다. 한편, 그 학교를 나오지 않았으면서도 평준화 해제에 목청을 돋우는 사람들도 적지 않았다. 그들은, 좁은 지역사회에 살면서 알게 모르게 '비명문 출신의 설움'을 받아왔다면서 자식에게만은 그 열등감을 물려주지 않아야 한다는 굳은 신념을 가지고 있었다. 그리고 그런 사람들일수록 오히려 '명문 환상'에 더 집착하는 것 같았다. 이런 현상은 남자학교 쪽에서 더욱 유별났다. 그들은 평준화가 폐지되고 자유경쟁을 통해 고교에 진학하는 제도가 부활되면 자기 자식이 모두 그 '명문학교'에 반드시 합격할 것이라고 믿는 것 같았다. 어린 자녀들이 어떤 혹독하고 비인간적인 경쟁의 늪에 빠지게 될지 생각해 보아야 한다고 해도, 그 정도의 경쟁에서 이겨 내지 못한다면 사회생활에서 어떻게 버티겠느냐 하며 평준화 폐지를 강력하게 주장했다. 그리고 과외든 학원 교습이든 모든 뒷바라지를 다 하면 내 자식만은 그 경쟁에서 이겨 '선택된 집단'에 합류하게 될 것이고, 그것이 나머지 인생을 좀 더 유리한 지점에 서서 싸울 발판 위에 자녀를 올려놓아 주는 일이라고 여기는 것 같았다.

여기에서 '명문고교'의 기준이란 서울대학교에 얼마나 많이 진학시키느냐이다. 그 점에서, 십 수 년의 평준화 기간을 거치는 동안 이

지역의 예전 '명문고교'는 별로 힘을 쓰지 못했다. 오히려 다른 학교들에게 뒤쳐졌다. 그렇기에 평준화를 해제하여 옛날처럼 성적 우수학생을 한곳으로 모을 수만 있다면 그들은 손쉽게 '명문' 자리를 되찾을 수 있으리라고 생각했다. 하지만 그것을 노골적으로 드러낼 수는 없으므로 학생의 학교선택권을 존중해야 한다는 명분을 내세워 평준화제도를 공략했다. 몇 발 양보해서 저들의 주장이 올바른 교육 방향이라 치더라도, 통계자료에 따르면, 평준화 기간 동안 이 지역의 각 학교가 배출한 서울대학교 합격생 수의 합이 특정고교에 성적 우수학생이 집결했을 때보다 더 많았다. 교육청에서도 그걸 모를 리 없을 텐데 결국 요소마다 들어앉은 권력을 쥔 소수의 집요한 의도대로 평준화는 깨졌고, 그 후로 이 작은 도시의 고교 입시는 무한 경쟁이 지배하는 아수라장이 되었다.

평준화가 해제되자 남녀학교 할 것 없이 인문계 고교들은 성적 우수학생을 유치하기 위해 온갖 전략을 동원하여 각자의 학교를 홍보했다. 학생과 학부형에게 가장 중요한 선택의 기준은 평준화 기간 동안 서울대학교에 얼마나 많이 진학시켰느냐였다. 자기 자식이 서울대에 가고 못 가는 게 전적으로 학교의 능력에 달려 있는데, 진학률이 그 능력의 증거라고 생각하기 때문이었다. 다음으로, 어떤 등급의 장학 혜택을 받느냐 하는 것이 중요한 고려사항이었다. 장학생이 된다는 것은 경제적으로 도움이 되는 것 말고 또 다른 의미가 있었다. 어떤 등급의 장학생이냐가 부모들 사이에 자존심과 자식자랑의 기준이기 때문이었다. 누구 집 자식이 얼마나 공부를 잘하는지 알 만한 부모들끼리는 서로 다 알 수 있을 정도로 지역사회가 좁았고, 그러다 보니 장학생 등급이 곧 아이의 등급이고 부모의 등급이었던 것이다. 부모들은 아이의 장학 등급이 갈리는 1, 2 점에 일회일비하였고, 아이들은 자정 너머까지 사설학원에 묶여 헤어나지 못하고 시달려야 했다. 거칠게 말하자면, 그렇게 만들어진 아이들을 장학생으로 '사오는 것', 그리고 '구매 대상'이 될 만한 성적이 못 되는 아이들은 관리와 관심과 혜택에서 상대적으로 더욱 소외되는 들러리가 되는 것, 그것이 비평준화제도에서의 학생 선발이었다.

하여튼 평준화가 해제되고부터 각 고등학교들은 매년 3월부터 모든 전략을 동원하여 중학교 3학년들을 대상으로 유치 전쟁에 돌입하였다. 지연, 학연을 비롯하여 연고만 있으면 각 중학교에 비집고 들어가 아이들의 성적 파일을 확보했고, 그 정보를 바탕으로 성적 우수학생을 선별하여 '작전'에 들어갔다. 그렇게 선별된 학생을 데려오기 위해 그 학생의 집은 물론이고 부모의 일터 또는 아이가 다니는 사설학원까지 쫓아다닌다. 성적 우수학생에 대한 정보는 어떻게 해서든 각 고등학교의 손에 다 들어가기 때문에 성적이 괜찮으면 여학생은 네 개의 고교로부터, 남학생은 세 개의 고교로부터 동시에 집중 구애를 받는다. 한 아이를 향한 관리와 구애작전은 3월부터 원서 접수기간인 11월 초순까지 끝없이 계속된다. 막바지 한 달은 열 번이건 스무 번이건 필요할 때마다 찾아가 학생과 학부모의 달라지는 요구에 따라 조건을 바꾸어가며 설득작업을 펼치는데, 각 학생에 대해 학교마다 담당교사 조(組)가 있기 때문에 서로 마주치는 웃지 못 할 일도 벌어진다.

하여튼 자기 학교에 입학 원서를 내는 그 순간까지, '구매계약'을 성사시키기 위해 어떤 학교도 포기하지 않고 다양한 방법을 동원한다. 학생과 학부형들은 '계약조건'을 비교해 보고 조건을 바꿔 요구하기도 하는데 장학 등급에 대한 상향 요청이 가장 많다. 3년 간 기숙사비와 수업료를 면제 받는 장학생이 가장 높은 등급인데, 거기에 만족하지 않고 '소수정예'만을 수용하는 특별기숙사 입소를 약속해 달라고 요구한다. 수업료 3년 면제를 제안받았다면 기숙사비 1년 면제를 추가해 달라 하고, 2년 혜택이었으면 3년 면제 장학생으로, 한 학기 면제였다면 2년 혜택을 달라는 식이었다. 입학시험 성적과 상관없이 장학생으로 미리 선발해 달라는 조건도 있었다. 더러는 고교 3년 동안 특정 영어교사와 수학교사가 자기 아이만 개별적으로 학습지도를 해 달라고 요구하거나, 학교 쪽에서 그렇게 해주겠다고 자청하기도 했다. 부도나지 않는 약속어음이 어디 있을까. 그런데도 아니 그렇기에 대부분의 학생과 학부모는 최후의 순간까지 각 학교가 제시하는 조건을 비교하며 어느 학교로 갈지 확답을 유보한다.

일 년 내내 온갖 '공력'을 들여왔던 아이가 마지막 순간에 다른 학교로 간다고 손바닥을 뒤집기도 한다. 교사들은 자기가 맡은 학생이 '변심'하지 않을까 촉수를 곤두세우며, 특히 원서 마감 직전 한 달여 동안은 아이들을 가르치는 일보다 예비입학생 '굳히기 작업'을 하러 다니느라 거의 새벽 한두 시가 되어야 집에 돌아간다. 소위 '싹수' 있어 보이는 아이를 사수하느라 원서 마감 전날은 새벽 서너 시가 되어 집에 가기도 했다.(결국 이런 비인격적이고 비교육적인 폐해를 절감한 지역 교사들이 특정세력에 맞서 평준화제도를 회복하고자 뜻을 같이 했다. 몇 년 간의 강력한 요구와 투쟁으로 비평준화 제도는 8년여 후에 중지되었고, 평준화제도라는 골격에 학생의 학교 선택권을 보장하는 절충안을 채택하였다. 그러나 최근 들어 자율형 사립고 등 MB 정권이 강행하는 고교서열화 정책이 훨씬 더 노골화 되었고, '특권층의 재생산, 부와 권력의 세습'이 체제로서 구축되면서 문제는 더욱 악질적으로 곪고 있다.)

학생을 '사러' 다니는 곳은 시내에만 한정되지 않았다. 전라북도 3개 도시 평준화 지역의 규제를 받는 곳이 아니면 어디이건 안 가는 곳이 없었다. 그러므로 전라북도 구석구석에 '정보원'을 둔 고교가 신입생 유치전쟁에서 단연 유리했다. 우수학생에 대한 정보가 입수되면 거리에 상관없이 그 학생을 모시러 갈 태스크포스 팀이 뜬다. 학원을 다닌 적이 없는데도 공부를 잘 하면 '구매 1순위 대상'이다.

그 가운데 하나가 선우였다. 선우는 우리 도시에서 기차로 한 시간 넘게 가고도 버스로 갈아타고 얼마를 더 들어가야 하는 시골 어느 중학교에 다니고 있었다. 선우는 고향에서 아주 먼, 이름도 들어본 적이 없는 고등학교의 끈질긴 구애에 설득당해 결국 우리 학교에 오게 된 시골 천재, 지금은 거의 박멸돼 버린 '개천의 용'이었다.

선우의 아버지는 알코올 중독자였다. 어머니가 식당에서 설거지를 해서 버는 수입으로 오빠와 선우를 가르치고 길렀다. 오빠와 달리 선우는 인근에서 공부 잘하는 걸로 소문이 나 있었다. 하지만 학비는 고사하고 부교재와 보충수업비 등 학비보다 더 큰 돈이 드는 인문계 고등학교에 진학할 엄두도 내지 못했다. 그런 선우를 데려오려면 학비와 기숙사비는 물론 필요한 교재까지 무엇이든지 제공하겠다고 약속해야 했다. 우리 학교에서도 그런 약속을 했는데, 그렇게 약속 받고서도 선우의 어머니는 먼 곳의 학교로는 보낼 수 없다고 거절했고, 선우는 학원 교습 한 번 받아본 적이 없다며 겁을 먹고 '도시'로 오기를 주저했다. 데려다 놓더라도 비교적 '관리'가 힘든 조건을 가진 선우에 대해 다른 학교가 '흥미'를 덜 가진 때문이었는지, 우리 학교가 그런 어머니와 선우를 설득하는 데 성공했다. 선우는 우리 학교에 가장 우수한 등급의 장학생으로 그렇게 '팔려' 왔다.

선우가 3학년이 되었을 때 내가 담임을 맡게 되었다. 선우는 입학 전부터 우리 학교에서 유명인이었기 때문에 선우의 형편에 대해서는 나도 대강 알고 있었다. 그런데 막상 담임을 맡고 보니, 선우는 거의 말이 없고 감정 표현은 물론 표정 변화가 별로 없었다. 설상가상으로, 계속 장학 혜택을 받으려면 일정한 성적을 유지해야 했는데 그 압박감이 너무 컸는지 선우는 3학년이 되면서 기숙사비 면제 대상에서 탈락해 버렸다. 분기별로 내는 수업료보다 매달 내야 하는 기숙사비가 훨씬 더 드는데, 선우와 만나자마자 큰 어려움에 부딪치게 된 것이다. 행정적으로 문제가 되지 않는 한 외부에서 오는 장학금을 선우에게 먼저 연결했지만 한계가 있었다. 그래서 선우를 데려올 때 담당했던 교사와 의논하여 전체 교직원 회의에 선우의 상황을 공개했고, 일부 교사들이 졸업할 때까지 매달 얼마씩 모아 기숙사비를 돕기로 결정이 났다.

하지만 그렇게 도움을 받는 선우의 심정이 과연 편하기만 할지 나로서는 안심이 되지 않았다. 내가 느끼고 파악한 선우는 섬세하고 여리고 예민한 아이였기 때문에 더 마음이 쓰였다. 아니나 다를까 선우의 우울한 무표정은 더 심해졌다. 선우는 복잡한 심정을 그런 무표정으로 감추고 있는 것 같았다. 선우의 마음을 어떻게 어루만져야 할지 난감했다. 실없는 농담이나 쓸데없는 말이라도 붙여 볼까 하는 생각을 안했던 건 아니지만 섣불리 어설픈 관심을 보이느니 가만 내버려 두는 것이 선우를 더 편하게 해 주는 일일 것 같았다. 그래서 한마디만 건넸다. '나도 학교 다닐 때 결정적인 고비에 도움을 받은 적이 있다. 너도 지금은 도움을 받지만 이 과정을 잘 밟아나가면 나중에 다른 사람을 돕는 입장이 될 수 있을 것이다'라고.

어떻게 해야 조금이라도 마음을 편하게 해 줄지 조심스런 선우인데, 선우 아버지는 이따금 왜 내 아이를 데려다 대학 갈 공부시키느냐고 취한 목소리로 교무실로 전화를 하곤 했다. 그래도 선우에게 알리지 않으면 그만이었는데 드물게 선우를 바꿔줄 때까지 떼를 쓰듯 계속 전화를 할 때가 있었다. 어쩔 수 없이 교무실에서 아버지와 통화를 하고 나면 선우의 무표정은 한동안 더 깊고 어두워 보였다. 그러면 나도 따라서 난감해졌다. 어떻게든 선우가 자연스럽게 그리고 자주 입을 열게 해야 하는데, 묘안을 찾지 못했다. 혹시라도 선우에게 상처가 될까 또는 상처를 더 깊게 할까 내가 너무 조심한 것이 문제였는지도 모른다.

　말로 표현할 수 없는 것이 너무 많아서 그랬는지, 선우는 글을 잘 썼다. 3년 동안 교내 백일장에서 수상자 명단의 맨 위에 선우의 이름이 들어 있었고 도 대회에서도 수상경력이 쌓였다. 그렇게 3학년 2학기가 되어 수시모집 대학 입학원서를 접수하는 기간이 되었다. 이런 소도시에서는 여러 번 3학년을 맡아도 소위 서울대학교에 보낼 만한 성적을 가진 아이를 담임하기가 어렵다고 하는데, 그 해에 무슨 복(?)이 터졌는지 우리 반에서 선우를 포함하여 2명을 쓰게 되었다. 그리고 둘 다 내신 성적과 자기소개서를 비롯한 학업계획서 등의 기준을 통과하여 1차에 합격했다.

　그런데 2차 고사인 논술시험에서 선우는 낙방을 하고 말았다. 글쓰기 대회에서 자주 상도 받았고 일기를 꾸준히 쓰는 걸 알고 있었기 때문에, 나는 선우가 1차만 통과하면 논술시험에서는 당연히 잘 될 것이라고 믿었었다. 그래서 학교의 종용이 있었긴 하지만 서울대학교에 지원하지 않겠다고 하는 선우를 내가 나서서 설득했던 것이다. 그 학교에 합격하면 학교 재단 쪽에서 4년간 대학 수업료를 내준다는 유인책도 선우를 설득하는 데 무시하기 어려운 조건이었다.

　"저는 합격해도 다닐 수 없어요."

　"선우야, 합격만 하면 어떻게 해서든 졸업할 수 있을 거야. 수업료는 재단에서 준다니까 생활비야 어떻게든 해결이 되지 않겠어? 서울대학교라는 '간판'이 있으니까 좀 더 쉽게 아르바이트 자리를 구할 수도 있잖아."

"학비만 있다고 되는 건 아니잖아요. 1~2학년 때는 기숙사에서 다닌다고 쳐도, 그 후에는요 …"

"전라북도에서 세운「전북학숙」이 서울에 있어. 니 조건이면 거기 신청하면 확실하게 될 거야. 거기는 경비가 그렇게 비싸지 않다고 하더라."

"… 그래도 저는 자신이 없어요."

"그럼 일단 원서 내고, 붙으면 그때 고민해 보자. 누구나 다 원서 내볼만 한 성적이 되는 건 아니잖아. 원서조차 안 내면 나중에 후회하게 될지도 몰라."

가뜩이나 자기표현도 잘 안 하고 무슨 일에도 나서지 않고 조용조용 숨어 지내기만 하던 소심쟁이를 꼬드겨 원서를 내게 했는데 2차에서 미끄러졌다. 그 후유증이 어떨지 예상하지 못한 나는 선우를 조금 안다고 생각했지만 사실은 잘 몰랐다.

둘이 지원해서 한 사람은 합격하고 한 사람은 떨어졌으니, 비교에서 오는 충격과 괴로움 또한 만만치 않았을 지도 모른다. 하여튼 다음날 아침, 기숙사에서 교실로 갔다는 선우는 교실에도 도서관에도 어디에도 없었다. 어머니에게 연락해 보았지만 오히려 어머니를 당황하고 걱정하게 만들고 말았다. 전날 수업시간에 했던 내 여담이 사단이 아니었을까 하는 생각이 그때서야 들었다. 어떤 녀석이 일주일 정도 가출했다가 돌아온 지 얼마 되지 않을 때였다. 그래서 내 학창시절 이야기를 빗대어 그 녀석에게 간접적으로 격려하는 메시지를 보낸 것이다. 그리고 선우가 알아서 새겨들어 줬으면 싶은 내용도 은근히 뒤섞었다.

"난 고등학교 때 학교생활에 마음을 못 붙여서 말없이 학교에 안 온 적이 몇 번 있었어."

"선생님이요? 왜요? 안 믿어져요. 무단결석하면 내신점수 깎이잖아요. 대학에 어떻게 들어갔어요?"

"하하. 안 믿어진다고? 우리 때는 대학교 들어갈 때 결석한 것 땜에 점수 깎이고 그러지 않았거든. 점수 땜에 개근할 필요는 없었다는 거지. 무단결석한 게 생활기록부에 기재되긴 하니까 나중에 취업할 때 성실과 근면, 책임감 면에서 불리하게 작용할 요인이 될 수는 있었지만."

"왜 다니기 싫었는데요?"

"글쎄, 한 마디로 말하긴 어려운데, 학교에 와도 마음 붙일 데가 없었다고 해야 하나? 난 중학생 때부터 어른들, 특히 선생님들에 대한 실망감이 좀 유난했거든. 어떤 선생님도 단점만 보이고 불만스러운 거야. 그니까 학교가 재미가 없지. 근데 그런 속 이야기를 털어놓을 데는 없지, 그래서 에이, 학교 그만두고 검정고시 볼까? 뭐 그런 생각을 하곤 했었어. 세상을 참 삐딱하게 보던 시기였지."

"선생님들한테 무슨 실망을 그렇게 했어요?"

"선생님들은 모두 완벽한 인격을 가졌을 거라고, 알게 모르게 그렇게 기대했던 게 문제라면 문제였을 거야. 중·고등학교 때는 정의감이나 윤리의식, 뭐 그런 게 별나게 엄격하다고 할 수 있는 시기 잖아. 그러니 어떤 선생님이 그 기준에 다 맞아떨어지겠어? 물론 선생님들에게 실망하고 상처받고 그럴 만한 구체적인 사건들도 있긴 했지. 무슨 사건이었는지는 묻지 마. 그건 19금이야. 아직은 너희들한테 말 못해."

"에이, 그런 게 어딨어요. 아예 얘기를 꺼내지를 말든지요."

"음, 한 가지는 확실해. 난 나쁜 학생, 머리통을 한 대 쾅 쥐어박아주고 싶은 그런 종류의 학생이었어. 대학생이 된 후에야 깨달았지만."

"어떤 학생이 그런 학생이에요?"

"나는 수업시간에 선생님하고 눈 맞춰 본 적이 없어. 고개를 들고 칠판이나 선생님을 본 적이 없었거든. 그렇다고 졸거나 자는 건 아니었어. 그뿐이면 좋게? 사나흘씩, 길면 일주일씩 연락도 없이 학교에 안 오기도 했거든. 난 시골 살았는데 그때는 우리 집에 전화도 없을 때야. 동네에 한두 집 정도만 있었으니까. 내가 돌아올 때까지 선생님이 얼마나 걱정하실지 그런 생각은 하지도 않았어. 하여튼 나만큼 선생님 애를 많이 먹인 사람도 많지 않을 거야."

"그렇게 나가서 뭘 했어요?"

"언니가 서울에서 일했는데 언니 출장 가는 데 따라다녔어. 언제쯤 돌아올지 어머니께는 말씀드렸으니까 그나마 다행이었지. 부산, 울산, 포항, 뭐 그게 어디든 낯선 곳을 본다는 게 신기하고 자유롭게 느껴졌어. 그렇게 다니면서 내 딴에는 복잡한 심정을 정리하고 그랬지."

"선생니임~, 멋있어요."

"멋있어? 결석하면 대학 갈 때 점수 깎이는 제도에 매여 마음 놓고 '튀어 보지도' 못하는 너희가 보기에는 그럴 수도 있겠네. 근데 학생이 학교에 있어야 하는 때에 학교가 아닌 곳을 돌아다녀야 하는 심정이 어떤지 상상해 본 적 있어? 너네 야간 자율학습시간에 몰래 빠져나가 돌아다닐 때 마음 편해? 물론 짜릿한 맛도 있지, 잠깐은. 나도 그랬어. 근데 난 반항적이긴 했지만 보통사람들이 밟아가는 인생 과정에 대해 회의를 품거나 그러진 않았어. 정해진 틀을 확 깨고 나갈 만큼 당당하고 자신 있는 철학 같은 건 없었거든. 그러니 돌아다니면서 마냥 편하고 즐겁기만 한 건 아니었지. 오히려 마음 한 구석이 얼마쯤 불안하고 조마조마했지."

"… 그렇긴 하겠네요. 그런데 어떻게 선생님이 됐어요?"

"그러게 말이야. 나도 내가 교사가 될 줄은 몰랐어. 대학교 3학년이 돼서야 '어떤 사람이건 배울 점을 몇 가지씩 다 가지고 있구나' 하는 소견머리가 조금 뚫렸는데, 그러고 보면 고등학교 때 내가 선생님들께 못되게 굴어서 그거 갚느라고 교사가 된 거 같아. 왜 어른들이 그러시잖아, '너도 꼭 너 같은 자식 낳아서 길러 봐라'고. 하하하. 근데 지금 보니까 한편으로 내가 그런 질풍노도기를 겪은 게 너희에겐 나쁘기만 한 건 아닌 거 같기도 해."

"뭐가요?"

"너희는 삐딱하게 굴어 본 본 경험이 있는 사람을 선생으로 두었잖아. 그래서인지 난 니네가 소위 삐딱하게 굴 때 성가시거나 미운게 아니라 뭔가 이유가 있을 거라는 생각이 먼저 들거든. 그리고 내눈에 니들은 모두 학생 때의 나보다 훌륭해 보여. 그대들이 내 학생이라서 고맙지. 그대들 중에 나 같은 애가 있다고 해 봐. 수업 시간에 고개도 안 들어, 눈도 안 맞춰 줘, 말도 잘 안 해, 말없이 학교에안 와. 아우, 생각도 하기 싫어."

"으하하하…"

정말 원하는 삶을 사는 사람들은 틀에 박혀 사는 안전지대를 깨고 나아갈 줄 아는 용기를 가졌다는 내용의 글을 다루다가, 점심을먹은 다음 시간 졸리는 눈을 비비적거리는 아이들의 잠도 깨워줄 겸나온 여담이었을 것이다. 가출 한 번 한 것으로 인생이 끝장나는 건아니라고, 가출했다면 그럴 만한 이유가 있어서 그랬을 거라고, 엄청나게 힘들고 이겨낼 수 없는 괴로운 일처럼 보여도 도망치지 않고부딪치다 보면 뚫고 나갈 길이 보인다고, 그리고 지나고 보면 어려움을 겪은 것이 힘이 된다고, 그것만이 누구도 가져가지 못하는 나만의 것이 되는 거라고, 가출에서 돌아온 녀석에게 에둘러 전하는메시지를 담은 여담이었지만 사실은 선우를 향한 메시지도 들어 있었다. 지원하기 싫다는 아이를 설득하여 원서를 쓰게 한 나에 대한또는 학교에 대한 원망을 가질 수도 있겠다 싶은 지레짐작에 내 학창시절을 들먹이며 변명을 한 것이다. 자기에 실망하고 처지를 비관하다 보면 책임을 전가할 대상을 찾게 되고, 그러다가 담임이나학교를 원망하느라 선우가 심하게 마음앓이를 하면 어쩌나 하는 염려가 없지 않았기에.

하지만 이 순간의 실망과 부끄러움을 잘 이겨 내고 앞길을 헤쳐 나갈 기운을 되찾기를 바라는 격려를 단순하게 직접적으로 선우에게 전했어야 했다. 어떤 이야기에 대해서든 반응이 거의 없는 선우와 맞부딪치는 것이 난감하여 어물쩍 비켜가는 아둔한 짓을 했다는 걸 나는 그 다음날 알게 되었다. 눈 밖에 나는 행동이라곤 해 볼 엄두도 못 내던, 그래서 오히려 늘 안타깝던 숫기 없는 선우가 안개처럼 사라져 버린 것이다. 내 기대와 달리 선우는 나의 메시지를 다른 각도로 받아들인 것 같았다.

'무슨 짓을 해도 선생님은 나를 이해하고 용서해 주실 거야'라는 생각이라도 했던 것일까, 어두워질 때까지 선우의 행방을 알 수가 없었다. 열 시가 넘어가니, 혹시 그 말 수 적은 아이가 엉뚱한 짓, 뜻밖의 일을 저질러 버리는 건 아닌지 염려되고 초조하기 시작했다. 파출소에 신고할까 하는 생각까지 하면서 열두 시가 다 되도록 기다리다가 집에 가려는데 행정실에서 숙직을 서는 분이 현관문을 열고 나가는 소리가 들렸다. 교문 쪽으로 급히 가기에 어떤 느낌이 들어 따라가 보니 선우가 잠긴 교문을 흔들고 있었다.

교무실로 데려와 아이를 쳐다보는데, 하루 사이에 볼이 홀쭉해진 게 하루 종일 뭘 제대로 먹지도 않은 몰골이었다. 무슨 얘기를 묻고 듣기에는 시간이 이미 늦었고 선우는 너무 지쳐 보였다. 먹는 것보다 자는 것이 먼저일 것 같았다. 돌아왔으니 우선 된 것이다.

다음날 선우는 핼쑥하긴 해도 평소처럼 말없이 무표정하게 앉아

수업을 받았다. 그리고 아무 일 없다는 듯이 야간 자율학습시간에
도 꼿꼿하게 앉아 공부를 하고 있었다. 나는 다른 선생님들에게 선
우가 결석한 일을 선우에게 언급하지 말아 달라고 부탁했다. 그리
고 사나흘이 지나고서야 자초지종을 물었다.

"어디 갔었어?"

"변산반도요."

"뭐 했는데?"

"바다 봤어요."

"하루 종일?"

"예."

"혼자서?"

"예."

"무슨 생각할 게 그렇게 많았어?"

" … "

역시나 대답이 없다. 채근하지 않고 기다려 봐도 완강한 침묵이
다. 더 이상 묻지 않았다. 제발 누구에게든 속을 털어 놓으면 좋을
텐데 내가 알기로 그 정도로 친한 친구는 아무도 없었다. 선우가 하
루 종일 무슨 생각을 하면서 바닷가를 돌아다녔을지 아마 선우의 일
기장이나 알 수 있을 테지만, 속으로 그런 생각은 들었다. 시험에 낙
방한 자신에게 쏟아질 시선을 견딜 자신이 없어 현장을 잠시 피할
겸 내 얘기에 힘을 받아서 '통 큰 일탈'을 흉내 내 본 것이었다 해도,
찍어낸 '모범생이어야만 했던' 자신의 '운명'에 가볍게나마 그리 저

항을 시도했으니 그나마 다행이라고.

수시모집 일정이 끝나고 얼마 후에 정시모집 시기가 되었다. 다들 그렇겠지만 선우는 졸업하고 바로 취업을 할 수 있는 곳으로 진학해야만 했다. 여학생들에게 10년 전이나 지금이나 가장 인기 있는 학과는 교육대학 아니면 사범대학이다. 서울로 가는 걸 망설이는 선우에게 일단 등록만 하고 나면 어떻게든 다녀지는 거라면서 나는 서울교대를 가라고 권했다. 그것은 선우에 대한 학교의 기대이기도 했다. 서울교대는 고교 신입생을 유치할 때 '약발이 먹히는' 홍보용 자료 가운데 하나이니 학교로서는 그럴 만도 했다. 그렇다고 학교의 요구 때문에 내가 서울교대를 권했던 건 아니다. 다닐 때는 힘들어도 졸업만 하면 '세상살이가 조금은 더 수월해지지 않겠나'라는 생각, 딱 그만큼이 바로 나였던 것이다.

서울로 진학하는 데 회의적이던 선우는 결국 서울교대에 지원했고 당연하다는 듯이 합격하였다. 그런데 입학금을 낼 형편이 아니었다. 다시 전체 교직원회의에서 선우에 대한 논의가 벌어졌다. 의논 끝에 교사들이 십시일반하여 입학금을 만들기로 했다. 그리고 담임인 나로서는 그것으로 선우가 세상을 살아나갈 기본적인 준비는 "다 해 준" 거라고 생각했다.

대학에 진학하던 그 해 스승의 날, 학교에 찾아온 선우는 표정이 그리 밝지 않았다. 몇 달 사이에 사람이 달라질 수야 없겠지만 뭔가 잘못되어가는 게 아닐까 하는 불안감이 들었다. 피아노와 그림을 따로 배워야 하고 체육과목 때문에 운동도 별도로 배워야 한다고 했다. 피아노를 칠 줄 모르는 사람은 자기밖에 없다고, 미술 학원에 다녀 본 적이 없는 사람도 자기 밖에 없다고 하는 말을 들으면서 가슴이 철렁했다. 아르바이트는 구했느냐고 하니까 아직 못 구했다고 했다. 어머니가 생활비를 보내 주는데, 고등학교 졸업 후 카센터에서 일을 배우던 오빠는 곧 군에 입대한다고 했다.

다시 서울로 간 선우에게서 더 이상 연락이 오지 않았다. 그리고 선우가 2학년일 즈음 뜬소문이 들려왔다. 선우가 휴학 또는 자퇴를 했고, 선우와 연락이 닿는 친구가 아무도 없다는 것이다. 같이 서울 교대에 들어간 아이와 그 학교에 다니는 우리학교 출신 선후배들에게 수소문을 해보아도 선우를 보았다거나 그 애 소식을 아는 사람이 아무도 없었다. 어머니가 일하던 곳으로 연락했더니 그만두었다고 했다. 집으로 전화해 보니 없는 번호가 되어 있었다. 이제나 저제나 복학했다는 소식을 기다리는 수밖에 별 도리가 없는데 끝내 아무 소식이 없었다.

선우가 별 일 없이 과정을 밟았다면 교대를 졸업해야 했을 무렵이었다. 강원도 어느 관공서에 갔다가, 하사관 학교에서 펴내는 기관지인지 잡지인지에서 선우 이름으로 실린 글을 읽었다는 사람이 나타났다. 그럼 선우가 교대를 자퇴하고 하사관 학교에 다닌다는 말이냐고 물으니 그것까지는 알 수 없다고 했다. 하사관 학교의 기관지가 있기나 한지, 그리고 거기에 글이 실렸다 해서 선우가 반드시 그 학교에 다닌다는 증거는 아닐 수도 있지만, 그게 사실이라면 나에게는 충격이었다. 선우는 교대를 자퇴한 후 정말 하사관 학교로

간 것일까? 상명하복의 세계는 선우에게 전혀 어울리지 않을 텐데 왜 하필이면 그곳을 선택했을까? 다시 한 번 상황에 밀려 어쩔 수 없이 그곳으로 간 것일까?

사실을 정확히 알 수 없는 가운데 소용없는 자책이 밀려왔다. 서울로 가는 걸 두려워하던 선우의 처지와 심정을 내가 너무 가볍게 생각했나? 선우의 성격과 행동방식을 내가 좀 더 잘 이해하고 더 잘 예측했어야 했나? 무엇에도 적극적으로 나서지 않던 선우의 성품을 내가 좀 더 새겨서 받아들였어야 했나? 교대에 갈 거였다면 전주교대로 가라고 할 걸 그랬나? 전주였더라면, 서울이 아니었더라면 상황을 좀 더 잘 헤쳐 나갈 수 있었을까?

지금도 선우의 행적은 아는 바가 없다. 2학년 1학기 때 자퇴를 한 것만은 분명해 보인다. 하사관 학교를 나와 상명하복의 틀에 맞춰 살아야 하는 체제를 선택했다고 해서 선우가 더 불행한 삶을 산다고 단정할 수는 없다. 그런데도 나는 '개천에서 난 용'이 비늘이 뜯기고 날개가 찢겨 날아오르지 못했다는 생각을 지울 수 없고, 그렇게 된 게 내 탓이 큰 것만 같다. '마이너리그'에 불과하다 해도 선우에게는 두려울 뿐인 '그들만의 리그'에 선우를 끼어들게 하려다, 보이지 않는 무수한 가시가 박힌 두터운 장벽에 부딪쳐 찢어지고 깨져 버리게 만들었다는 생각을 지울 수 없는 것이다. '그 정도의 경쟁에서 살아남을 수 있는 전투력'이 부족한 제 탓이지 어떻게 담임 탓이냐고 하는 사람도 있지만, 정말 그런가? 어떤 경쟁에서든 살아남을 수 있는 강력한 전투력이라는 게 단지 본인의 역량에만 달려 있는 것일까?

그 때 어떻게 했어야 선우에게 최선이었을지 지금도 모르겠다. 다만, 지금이라면 서울로 가라 하지는 않을 것이라고 확실히 말할 수 있다.

11 무너뜨린 공든 탑

 교사들에게 새 학년 담임을 맡고 나서 첫 한 달은 특히나 바쁘고 힘이 든다. 새로운 녀석들과 눈과 마음을 맞추고, 담임으로서 뭔가 알아야 할 '뒷이야기'가 있는 녀석들을 알아 내어 요샛말로 '맞춤식' 도움을 줄 일이 있나 파악해야 하는 기간이 그 첫 한 달이니까 말이다. 또한 아이들이 담임에게 마음을 열지 닫을지의 여부가 이 첫 대면 기간에 결정되는 경우가 많기 때문이다.

 내가 근무하는 지방 소도시의 인문계 고등학교에서는 80년대부터 21세기가 된 지금까지, 웬만한 공부는 학교에서 다 해결한다. 주말에 학원에 나가는 학생이 꽤 많은 건 사실이지만 주중에는 그럴 겨를이 없다. 그것마저 고3이 되면 대개 스스로 정리하고, 주말과 공휴일에도 학교에 밤늦게까지 남아 자율학습을 한다. 그런데 참 우습게도 학교에서 강제로 시킨다고만 할 수 없는 게, 학생들이 더 늦은 시간까지 교실을 개방해 달라고 요청하는 경우가 드물지 않다. 대학입시가 그토록 가혹하고 살벌한 경쟁 판이라는 반증이다.

방년 18세, 어디로 튈지 모를 에너지가 넘치는 나이임에도 이 아이들이 할 수 있는 선택이 무엇이 있겠는가.

모든 아이들이 아침 여덟시부터 저녁 일곱 시가 다 되어야 끝나는 수업을 사수하고, 일부 학생은 다시 밤 아홉 시 넘어서까지 특별수업을 방어해야 하루가 끝난다. 그리고 대부분의 학생들이 너무나도 '착실하게' 별 불평이나 탈 없이 이런 지옥훈련을 견뎌 내고 대학에 진학한다. 입시철마다 이러한 입시제도에 대해 온갖 비판과 처방이 줄줄이 이어져도 인문계 학교의 이런 '몰이 식 공부 체제'는 앞으로도 바뀌지 못할 것만 같다. 우리 아이들이 이 모든 구속과 타율을 받아들이는 데 점점 더 '온순'해지고 있다는 게 설상가상의 형국이지만, 숨통을 조르는 그러한 인문계 교과과정에 적응하지 못하는 한두 녀석이 반드시 있게 마련이다.

그 해도 예외는 아니었다. 반 편성을 하고 첫 대면을 하는 날인데 정은이가 안 보인다. 수소문을 하려 해도 이 녀석과 친한 친구가 별로 없었다. 어떻게 연락처를 알아 내어 집으로 전화를 하니 아무도 받지를 않는다.(그때는 휴대폰이나 삐삐 시대가 아니었다.) 사흘째 연락이 안 되더니 나흘째 되는 날 드디어 정은이가 학교에 나왔다. 오자마자 교무실로 불러들여 다그치고 싶은 생각이 목까지 차올랐지만, 이런 녀석일수록 그러다가는 아예 다시 튕겨져 나갈 게 뻔하기에 전전긍긍, 오전 내내 지켜보기만 했다. 그리고 점심시간이 되어서야 조용한 곳으로 불러 어떻게 된 거냐고 물을 수 있었다. 물론 대답이 없다. 그걸 대답할 녀석이라면 사흘씩 결석을 했을 리 없으려니와, 하다못해 학교에 오자마자 담임을 찾아와 자초지종을 이야기했을 것이다. 묵묵부답인 녀석에게 일방적으로 물을 수밖에. 집에 아무도 없느냐, 왜 전화를 받지 않느냐, 늦은 밤이나 아침 이른 시간에도 집에 아무도 없는 거냐, 너는 그 시간에 어디 있었기에 전화를 안 받은 거냐는 등, 쏟아지는 나의 어떤 물음에도 대꾸가 없다. 뚱하게 앙다문 입과 내리깐 눈길 외에 아무 것도 듣지도 알아 내지도 못하고 결국 놓아 주고 말았다. 그리고 청소시간에 교실에 가보니 정은이는 이미 사라져 버렸다.

어떤 선입견을 가지게 될까봐, 내가 새로 담임을 맡게 되는 학생들에 대해서 전 담임에게 아무것도 묻지 않는다는 게 교단에서의 내 작은 원칙들 중 하나이다. 그런데 이번에는 어쩔 수 없다. 전 학년 담임에게 정은이에 대해 물을 수밖에. 불행히도 그 담임교사마저 정확한 정보가 별로 없었다.

"정은이 아버지가 중앙시장에서 무슨 장사를 한다는데, 정확하지가 않아요. 아버지에게 학교에 나오라는 가정통신문도 냈지만 한 번도 안 나오셨어요. 그놈, 학교 오기만 해도 다행이에요. 그리고 왔다가도 아무 때나 말없이 사라져 버리니까 각오하세요."라는 말에 근심만 더 늘었다.

어떻게 이 녀석의 마음을 열어야 하나, 묘책이 없었다. 그러는 동안 3월 한 달이 다 지나가고 있었다. 정은이는 1, 2학년 공식적인 무단결석일수만 해도 60일이 다 되는 데다 3학년에 올라와서도 이미 일주일 넘게 결석을 했다. 그리고 왔다가 말없이 가 버린 것도 여러 번이다. 결석할 때마다 집으로 전화했지만 한 번도 통화가 되지 않았다. 그렇다고 무단 결석일수가 차면 제적처리하겠다는 교칙을 들이대며 결석하지 말라고 위협한다고 해서 먹힐 것도 아니다. 그러니 하루 결석하고 다음날에라도 학교에 나오면 다행으로 알고, 왔느냐는 아는 척 이외에 '잔소리'를 일체 하지 않았다. 무슨 말을 붙이건 대답은 물론 아무 표정이 없는 정은이를 지켜보며 속으로 시름만 더해 갔다.

　4월 초순 정은이가 또 다시 학교에 나오지 않은 어느 날, 소용없는 줄 알면서도 다시 전화를 걸었는데 뜻밖에도 아버지가 받는다.

　"정은이가 오늘도 학교에 안 왔는데, 집에 있나요?"

　"안 왔다고요?"

　"네. 오늘만이 아니고 3학년 올라와서 벌써 여러 날을 안 왔어요. 모르세요?"

　"…"

　"저, 정은이 아버님, 잠깐이라도 뵐 수 있겠어요? 아니, 뵙고서 이야기를 좀 해야겠어요. 시간을 내서 학교에 다녀가세요."

　"… 서울 지 엄마한테 갔나 봐요."

　"아니, 엄마가 서울에 계세요? 그럼 어머니 연락처를 좀…"

　정은이의 가정환경에 대한 상황을 속으로 정리해 보느라고 내가 말을 더듬고 있는 사이 전화가 그냥 끊겨 버렸다. 그리고는 다시 통화가 되지 않았다. 생활기록부에 나타난 정은이 아버지는 38세였다. 정은이가 고3이니까 19세 무렵에 정은이를 낳았다는 거다! 가정환경이 불안정한 것이 아닐까 했던 내 우려가 맞은 거 같았다. 다행히 하루 결석으로 끝내고 다음날 학교에 온 정은이를 이번에는 작정하고 따로 불렀다.

"어제, 아빠하고 통화했다. 너 학교 안 온 거도 모르시더라. 서울 엄마에게 갔을 거라고 하던데. 엄마가 서울에 계신 거야? 같이 안 사셔?"

"…"

"아빠가 서른여덟 살, 그럼 엄마 연세는? 엄마도 비슷한 연령이셔?"

"…"

"너 아빠랑 같이 안 살고 있지? 그러니까 아침에도, 저녁에도, 밤중에도 전화를 안 받지. 누구랑 사는지, 어디에서 사는지 사실대로 알려 줘. 교칙에 따라 처벌 어쩌고 하는 그런 거 하려고 묻는 거 아니니까. 니가 뭔가 얘기를 해야 나도 너를 뭘 어떻게 도울 수 있을지 생각할 수 있어. 그러니까 이제 뭐든 말 좀 해 봐."

"…"

"니 맘대로 학교에 오다 안 오다 그러는 지금 같은 방식, 너는 그게 맘에 들어? 스스로에 대해 만족해?"

"…"

"사람들에게 설문조사를 한 적이 있대. 돈 많고 못 배운 사람하고,

많이 배웠는데 돈 없는 사람하고, 둘 중 하나만 선택해서 살아야 한다면 어느 쪽을 택하겠냐고. 어떤 쪽이 많았을 거 같아?"

"…"

"돈은 없더라도 배운 사람으로 살고 싶다는 쪽이 훨씬 더 많았대. 둘 중 하나여야만 한다면 넌 어느 쪽이고 싶어?"

"…"

"학생부에서도 이제 너에 대해 어떤 결단을 내리려고 하는 모양이다. 부모님 나오시라는 통지를 몇 번 보냈는데 아무도 안 나오시고, 너는 여전히 니 맘대로고. 나도 너에 대해서 변명할 여지가 없어. 도대체 아는 게 있어야 변명이든 변호든 하지."

"…"

"너, 이제 고3이다. 여기까지 오는데 만도 쉽지 않았다는 거, 나도 짐작할 수 있을 거 같다. 그렇다고 여기까지 와 놓고, 계속 맘 내키는 대로 하다가 무단결석일수 꽉 차서 학교에 나오고 싶어도 못 나오게 되는 상황 만들고 싶어? 그게 진짜로 니가 바라는 결과야? 그러니 이제 속 시원히 말 좀 해라. 누구랑 사는 거냐? 어디에 살아?"

긴 설득과 애원과 간청 어디쯤에서 정은이의 마음이 흔들렸는지 모르지만, 어쨌든 놀랍고 고맙게도 말문이 열렸다.

"ㄷ 아파트 살아요."

"누구랑?"

"… "

"누구라앙?"

"남자친구요."

"언제부터?"

"일 년 다 돼요."

"그 아파트 누구네 집인데."

"월세요."

"니들끼리만 살아?"

"아니요. 주인 아줌마랑요."

"집에는 안 들어갈 거야?"

"…"

"엄마는 언제부터 서울에 사셔?"

"저 초등학교 4학년 때부터요."

"엄마랑은 자주 만나?"

"아니요."

"연락은 돼?"

"아니요."

"생활비랑 학비는."

"아빠가요."

"아빠 뭐 하시는데?"

"시장에 가게 있는데요, 고추 사다가 파는 장사해요."

"집에는 아예 안 가?"

"한 달에 한 번 정도 가요."

"돈 타러만 가는구나?"

"…"

더 물어볼 것이 없었다. 자세한 속사정까지야 모르지만 딸이 집에 들어오는지 안 들어오는지도 모르고 학교에 갔는지 안 갔는지 모르는 아버지, 그리고 딸이 결석을 아주 많이 했으니 학교에 의논하러 나오라는 통지에도 반응이 없는 아버지와 살아야 하는 곳이라면, 게다가 초등학교 때 헤어지고 찾지도 않는 엄마, 아무런 온기도 편안함도 느낄 수 없는 집이라면, 나도 들어가고 싶지 않을 것 같았다. 이런 상황이라면 부모를 만나도 크게 도움이 되지 못할 것이다. 어쩌면 정은이 아버지도 나름의 노력을 했지만 아무 소용이 없자 포기해 버렸는지도 모른다. 그렇다면 정은이가 고등학교 과정을 제대로 마칠 수 있을 것인지는 말 그대로 완전히 본인에게 달려 있다는 뜻이다.

고등학교를 졸업할 생각은 있냐고 물으니 망설이다가 그렇다고 한다. 그래서 여러 이야기를 더 오래 나누어야 했고, 마침내 학생부에 알리지 않고 몇 가지 약속을 받기로 했다. 첫째, 최소한 고3 졸업할 때까지는 절대 방 짝(?)을 바꾸지 말 것. 둘째, 늦더라도 반드시 지금 사는 집에 들어와 잘 것. 셋째, 그 방에 친구들 끌어들이지 말것, 혹시 친구들이 놀러 오더라도 재우지 말고 돌려보낼 것. 마지막으로, 학교 못 오는 날은 반드시 전화할 것, 왔다가 집에 가고 싶을 때는 아무 때든지 말하고 갈 것. 이것들을 약속하고 지킬 수 있다면 정규수업만 받고 집에 가도 좋다, 그렇게 하면 무슨 일이 생길 때 학교 쪽에 내가 해명을 하고 책임을 지겠다, 할 수 있겠느냐고.

얼마 동안을 망설인 끝에 정은이는 눈을 내리깐 채 그렇게 해보겠다는 대답을 했다. 다 믿어지지는 않았지만 그래도 한시름이 놓였다. 남자친구가 누구냐 물으니 같은 고3 학생이라고 해서 그 아이의 부모에 대해 물었으나 입을 다물었다. 더 이상 묻지 않았다. 대신, 방 짝인 남학생에게 나와의 약속을 전하라고 했다. 그리고 합의사항을 지키도록 같이 힘을 합해 노력하겠다는 다짐을 그 아이한테도 받아야겠다, 확실하지 않으면 그 아이 학교로 가서 담임을 만나 상의해야 하겠다, 어떻게 하겠느냐고 했더니, 남학생이 나한테 전화를 하게 하겠다고 대답했다.(그날 저녁 그 남학생에게서 전화가 왔고 길게 이야기를 나누었다. 남학생 녀석은 대학교에 꼭 진학하겠다는 말로 전화를 끝냈다.)

그리고 집주인의 연락처를 받아내, 정은이가 듣는 그 자리에서 전화를 했다. 내가 누구인 걸 밝히고 왜 전화를 했는지에 대해 어느 정도 상황을 설명했다. 그리고 정은이든 남학생이든 집에 안 들어오거나, 친구들과 그 방에서 밤을 새워 어울리거나 하면 (짝을 바꿀 때에도, 라는 말은 차마 할 수가 없었다!) 연락해 줄 수 있겠느냐고 부탁을 하였다. 정은이의 가정형편상 고등학교를 졸업할 때까지 담임이 보호자 노릇을 해야 하는 상황이니 도와달라고 했다. 꽤 상세한 이야기를 나눈 후에 반드시 그렇게 하겠다는 주인의 대답을 들었다.

일이 잘 풀리느라 그랬는지, 정은이가 학급에 취미를 붙이는 데 정은이의 잘 발달된 운동신경 덕을 톡톡히 볼 일이 생겼다. 5월에 있는 교내 체육대회에서 정은이가 400미터 이어달리기와 핸드볼 종목 반대표 선수로 뽑혀 출전했는데, 두 종목 다 우승을 하여 학급이 종합 2위를 하는 데 '혁혁한' 공을 세웠다. 상장과 상품을 들고 기념사진을 박을 때 정은이는 앞줄 한가운데 앉은 내 옆에 '당당히' 자리를 잡았다. 그것이 계기가 되어, 공부만 파고드는 아이들 속에서 정은이도 자기의 '가치'를 각인시키고 자신의 자리를 만들어내 자연스럽게 어울려 지낼 수 있게 된 것이다.

여름이 되면서 정은이는 미용기술을 배우고 싶다고 했다. 그래서 좀 더 일찍 학교공부를 끝내고 미용학원을 다니게 했다. 기특하게도, 실제로 미용사 자격시험을 보려고 '공부'도 했다. 무엇보다, 선명한 윤곽을 가진 예쁜 얼굴에 앳된 표정을 지으며 가끔 웃는 모습을 보이기도 했다. 어떤 때는 다정한 말로 먼저 나에게 말을 붙여올 때도 있었다. 처음으로 엄마를 만나고 왔다는 보고도 해 주었다. 아빠한테 다녀왔다는 말도 가끔 했다. "남친 잘 있는 거지? 학교도 잘 다니고 있고?" 하고 살짝 물으면 배시시 웃었다. 그렇게 정말 고맙게도 정은이는 11월 셋째 주, 대학 입학원서를 쓰는 기간이 될 때까지 비교적 착실하게 약속을 잘 지켰다. 가끔 주인과 통화를 하면 집에서의 생활도 약속대로 제법 잘 해내고 있는 것으로 보였다.

그런데 대학 입학원서를 쓸 기간이 되자 대학에 진학할 생각이 조금도 없던 정은이는 원서를 쓰고 싶어 했다.

"이놈아, 도대체가 공부를 했어야 원서를 쓰지. 그래도 원하니까

쓰긴 써야지. 그런데 어느 학교에 가려고?" 하고 물으니 '빵빵한' 모 대학교를 댄다.

"거긴 너무하지 않냐? 좀 웬만한 데를 써라. 그래야 혹시, 하고 기대라도 하지," 하면서 말렸지만 왕고집을 당할 수가 없었다.

"떨어질 게 뻔한 데를 꼭 써야 하겠느냐, 생각을 바꿔 봐." 하고 말리던 내 밑바닥 생각이 문제였다. 합격선이 낮은 대학교의 어떤 학과를 쓰면 혹시 될지도 모르는데, 그러면 혹시 정은이가 대학교에 다니게 될 수도 있고 '우리 반 합격률도 높아질 텐데' 하는 계산을 한 게 문제였다. 나는 정은이에게 해서는 안 될 말을 하고 말았다.

"너, 나중에 '나 어느 대학교 시험 쳤는데 떨어졌어.' 하고 자랑하려고 그러지?"

그 당시에는 어떤 대학에도 들어갈 성적이 못되면 합격선이 턱 없이 높은 대학에 지원을 해서 나중에 '어느 대학교 떨어졌다'고 핑계를 삼는 녀석들이 꽤 있었다. 어차피 떨어질 것, '모 대학교에 원서를 낼 수준'으로 공부했었다고 자신을 '포장'하려는 생각이다 보니, 누구도 그런 '허위'를 말릴 수 없었다. 정은이가 그런 분위기를 재바르게 따라가나 싶은 게 '진실'해보이지 않아서 미워진 것이다. 그렇게 미워하면서까지 정은이를 말린 데에는 정은이만은 좀 다르기를 기대하는 마음이 있었기 때문인지도 모른다. 하여튼 내 마음의 미움이 정은이에게도 미움의 씨를 뿌렸고, 결국에는 정은이도 나를 마구 '미워하면서' 사나흘 입씨름을 한 끝에 자신이 원하는 대학교에 원서를 냈다.

그 일을 마지막으로, 정은이는 다시는 학교에 나오지 않았다. 졸업식을 하는 날에도 나타나지 않았다. 미숙하고 모자란 나의 '바른 생각과 판단' 때문에 온갖 공을 들여 하나씩 쌓아 올렸던 탑을 내 손으로 한 순간에 와르르 무너뜨렸던 것이다. 3년 내내 공부를 하지 않았다 하더라도, 그랬으면서도 공부를 열심히 해야 합격할 수 있는 대학교에 원서를 내고 싶어 했다 하더라도, 공부한 아이들 중 하나처럼 보이고 싶어 모모한 대학교에 시험이라도 쳐보고 싶어 했다 하더라도, 지금이라면 그 마음의 '진실'을 미워하기는커녕 얼마든지 이해하고 받아들일 수 있을 것이다.

정은이와 헤어진 지 십 몇 년이 지난 지금, '진실됨'의 한쪽밖에 볼 줄 몰랐던 근시안 때문에 여리고 약해서 부서지기 쉬운 줄 미처 깨닫지 못하고 내 손으로 무너뜨린 탑 언저리를 때로 어정거린다. 널브러진 돌멩이를 주어들고 만지작거리며 이제나 저제나 은근 기다리는데, 아직도 나는 정은이의 소식을 모른다. 부디 아빠와 비슷한 나이에 엄마가 되지 않았기를, 미처 감당할 수 없는 시기에 감당할 수 없는 삶의 풍랑 한 가운데 내던져지지 않았기를 바라면서.

몸담았던 일터에서 내몰린 수많은 사람들이 거리에서, 광장에서, 때로는 만길 허공에 매달린 채, 인간답게 살 기본권을 보장해 달라고 천 날이 넘도록 피를 토하듯 외치는 침묵과 함성에도 눈 터럭 하나 꿈쩍하지 않는 21세기 신자유주의에 두들겨 맞아 터진 피꽃들이 여기저기 흩뿌려지는 소식을 접할 때, 그 속에 정은이도 끼어 있을 것 같은 쓸데없는 두려움이 밀려오기도 한다. 정은이와 같은 처지의 사람들을 품어 줄 최소한의 품조차 내팽개친 지 오랜 이 나라, 이 시대이기에 말이다. 더구나 고비용을 들여 고학력을 갖춘 인력마저도 가차 없이 비정규직으로 내모는 상황이 아닌가. 이런 내 상상이 과장과 비약에 지나지 않기를….

12 눈물이 푸른 이유

어깨 수술을 하고 4주가 지나갔다. 출산 때보다 무섭다는 통증의 단계를 지나, 남은 통증이 한 고비 넘어간다는 3주 고개를 넘으니 통증 색깔이 빨강에서 주황, 이제 슬슬 노랑으로 눅어든다. 앞으로 한 달만 더 견디면 학교로 돌아가 아이들을 다시 만날 수 있으려나.

사흘간의 독한 황사 후에 모처럼 화창한 어린이날, 새록새록 연두 봄사태가 천지간에 우렁우렁한데 아직 운전을 할 수 없으니 집안 붙박이다. 아파트 뒤, 드넓던 들판이 택지 개발이 되어 작년부터 대단위 아파트 단지가 들어서느라고 아수라장이 되면서 발길을 끊었는데, 새로 낸 길가의 잡풀들이라도 안 보면 몸살, 마음살이 생길 것만 같은 바람무늬도 잔잔한 날이다. 들쑤시는 걸 달랠 수가 없어 한낮이건말건, 손질하지 못하는 머리칼을 감추어줄 모자를 나풀거리며 산책을 나섰다.

내 생활공간 주변 풍광이 황량하고 삭막한 곳인 줄 알고는 있었지만, 무르익는 연두 계절인데도 그 흔적이라곤 길가의 무성한 잡풀들

뿐이라니. 아직 물 안 잡힌 논에서 속살까지 다 뒤집으며 필대로 핀 독새풀이나마 일별하면서 3~40분을 걸어 나갔다. 보얗게 야들거리는 저것들이 무언지, 논두렁에 들어서니 냉이꽃들이다. 끝이 안 보이게 논두렁을 온통 점령한 여리고 강한 보얀 것들! 너희들이 날 불렀던 게로구나. 논 한가운데 버려진 채 우두커니가 된 집은 앞섶을 덮어둔 비닐이 구멍이 나고 찢긴 채 햇살에 나동그라져 있는데, 들녘 한가득 하얀 냉이꽃들은 오는 이 가는 이 없어도 자신의 때에 자신의 할 일을 하고 있었다.

물큰 목덜미에 땀이 잡히는 길을 되돌아오자니, 냉이꽃처럼 어여쁜 이의 마음이 되집혔다. 그 이에게서 며칠 전 전화가 왔었다.

"최종천 님이 시집을 보내 주신대요. 대신에 두 권 사서 누군가한테 주라셔요. 언니에게 한 권 보낼게요."

"어, 그럼 나도 사서 누군가에게 줘야겠네. 그분의 시 세계는 참 깊어 보여. 근데, 그래서 나 같은 사람은 그분이 좀 무섭더라고."

"하하, 나도 그렇던데."

실례스럽게도 본 적도 만난 적도 없는 사람에 대해 내 마음대로 지껄였다. 그리고 그 대화가 끝나자마자 그이의 『눈물은 푸르다』를 주문했다. 작년에 『나의 밥그릇이 빛난다』를 읽고서, 뭐라 설명하기에는 내 능력을 벗어남에도 그 알 수 없는 오묘함에 끌려, 약속도 지킬 겸 곧바로 행동에 옮긴 것이다. 오른팔을 못 쓰니 왼팔에만 의지한 지 수 개월, 무거운 걸 드는 게 주저되는데, 택배 아저씨가 그런 내 사정 아랑곳없이 '발목을 삐어 집까지 배달하지 못해 죄송하다'는 문자만 날리고 그렇게 주문한 책들을 관리실에 맡기고 가 버리셨다.

땀도 식힐 겸 관리실에서 택배 책들을 찾아 아파트 쉼터 나무그늘에 앉아 풀어헤쳤다. 그리고 『눈물은 푸르다』를 펼쳤다.

"눈물은 푸른색을 띠고 있다 / 멍을 우려낸 것이기 때문이다."

멍을 우려낸 것이었구나, 그러므로 이 푸른 빛깔 표지 앞뒤로 넘쳐흐르는 것이 멍을 우려낸 푸른 눈물이었구나…. 하면서 읽어 내려가는데, 산들한 5월의 바람이 보드랍기만 한 게, 실컷 울고 난 후처럼 말끔하고 민망하면서도 무언지 미안스럽다. "거기서 나온 쾌락으로 / 이익을 늘리고" 있는 것만 같아서였을까.

그렇거니 고개를 박고 삼십 몇 쪽을 계속 읽어가고 있는데 우르르 몰려오는 머슴아들의 쿵쿵거리는 발자국 소리와 함께 온갖 쌍소리가 내 주위를 둘러싼다. 침을 칙칙 뱉어 대며 한 마디를 말하기 위해 서너 마디의 욕설을 앞뒤로 곁들인다.

"씨바, 인수가, 한인수가 따먹었어. 따먹는다고 하더니 따먹었대."

"뭐라고? 좆나, 진짜야?"

"말도 안 돼, 씨바."

"칙- 안 되긴 머가 안 돼, 좆나, 그랬다니까. 내 말을 안 믿어?"

…..

"아무개 누나 얼짱이야, 개얼짜앙!"

"좆나, 니가 얼짱인 것도 아니고만, 씨바. 칙-"

"씨바, 우리학교 선생도 아는데, 인터넷 뒤져봐, 나와!"

….

"좆나, 기석이네 집 천만 원이면 사겠드라."

"야, 씨바, 아무리, 천만 원 갖고 어떻게 사냐?"

"야, 걔네 집, 부엌 들어가 봐, 캄캄해. 좆나 캄캄해. 암 것도 안 보여."

"좆나, 그래도 어떻게 천만 원이야. 너무 한 거지, 씨바."

"이천이면 될까?"

….

화젯거리는 이리저리 튀었고, 여기에 다 적을 수 없는 욕설이 반이 넘었다. 쉼터에 먼저 온 사람이 책을 읽으며 앉아 있는 것은 안중에 없다. 아예 나 따위는 유령 취급이다. 더는 시에 집중할 수가 없어서 다른 책들을 꺼내 목차를 죽 훑어보았다. 네 권까지 훑어보고 잠시 눈을 돌려 내 등 뒤에 포진한 녀석들을 흘끗 넘겨다보았다. 생각보다 어려 보이는 녀석들이었다. 중학생쯤으로 보였다. 어떻게 해야 하나. 차라리 내가 일어나 가 버릴까, 왜 그렇게 욕을 달고 말하냐고 말을 걸어 볼까. 근데 저 놈들이 내가 말을 붙이면 대꾸나 해 줄까? 아님 욕설을 퍼부으며 달려들까? 여러 가지 생각이 오락가락하는 동안 누군가 담배를 피우는 모양이다. 아이구, 이걸 어쩌지? 참

견을 해, 말어. 담배를 피우기에는 너무 어리지 않으냐, 피우지 말아라, 라고 한다고 해서 안 피울 것인가. 아주아주 착하게도 이 순간에는 안 피울 수도 있겠지만, 아예 끊어 버릴 것도 아니지 않은가. 그렇다고 이렇게 어린 아이들이 담배 피우는 걸 보면서 아무 말 없이 같이 앉아 있는 어른이어야 하나.

별 생각을 다하는 동안 10여 분이 흘러갔다. 그리고 용기를 내어 안 해 본 일을 해 보기로 했다. 아이들과 등지고 앉았던 자세에서 빽 돌아 아이들과 마주 앉았다. 아이들은 여덟 명이었다. 그 애들 앞은 뱉어 놓은 침이 뭉텅뭉텅 하얗게 깔려 있다.

"얘들아, 아줌마랑 내기할래?"

"예에? 에이, 안 해요."

"니네 이 시집 제목 보여?"

"무슨 뻘소리야?"

"이 시집 제목 보이냐고."

"안 한다니까요."

"시집 제목이 『눈물은 푸르다』야. 이 시인이 왜 눈물이 푸르다고 했는지 알아맞히면 내가 만 원 줄게."

"예? 진짜로요?"

"얘, 우린 거짓말은 안 해. 내 호주머니에 지금 딱 만 원이 있거든. 어디 있더라?"

내가 주머니를 더듬어서 만 원을 찾아 보여 주자 아이들 눈빛이 좀 달라진다.

"열 번까지 대답할 수 있어. 이 시인이 왜 눈물이 푸르다고 했는지 알아맞혀 봐."

"시인 이름이 뭐에요?"

"최종천. 노동자 시인이야."

"노동자요?"

"시는 순 구라잖아, 뻥이고."

"시가 구라고 뻥이라고 생각해?"

"예."

"니네 고등학생이야?"

"예."

"몇 학년?"

"일학년이요."

"하여간, 이 시집의 첫 번째 시 제목이 「눈물은 푸르다」이고, 그 시 첫째 줄이 '눈물은 푸른색을 띠고 있다'야. 그니까 니네는 그 다음 줄을 알아 내는 거야. 이 시인은 왜 눈물이 푸르다고 했을까? 니네 여덟 명 중 아무나 대답해. 열 번까지 해서 맞히면 이 돈 만 원 줄게. 운동하고 온 거 같으니까 시원하게 음료수 사 먹어."

분위기가 한 순간에 바뀌어 버렸다. 욕설과 침을 뱉던 아이들이 맞나 싶을 만큼 진지하게 답을 찾을 기세다.

"노동자 시인이라고 했죠? 음, 그러면, 변호사 판사 놈들한테 당해서인가요?"

"하나했다. 정답이 나와도 열 번 다 채울 때까지 기다릴 거야. 열 번 끝나면 니네 중 한 사람이 읽어 봐. 그러면 누가 맞혔는지 알겠지."

"눈물은 순수해서."

"두 번 했다."

"노동과 자연은 하나라서."

"셋."

"노동은 고통스러워서."

"넷."

"자연과 인간은 고통스러워서."

"야, 말이 되는 소리를 해라, 쫌."

"야, 막 던지지 좀 마."

"힌트 좀 주세요."

"힌트? 좋아. '때문이다'로 끝나."

"그 앞에 몇 글자예요?"

"여덟 자야. 쓰는 김에 더 쓸게. 가운데 세 글자는 '우려낸'이야."

"우려내? 뭘 우려내?"

"시 제목에 '푸르다'가 있지? '푸르다'가 힌트야. 야, 근데 스마트폰으로 계속 검색하고 있는 둘, 니네는 실격이야. 검색하지 말고 니네가 생각해 내야지."

"아, 근데 소용없어요. 검색해도 안 나와요. 「1954년 전남 장성에서 출생. 1986년 「세계의 시학」과 1988년 「현대시학」…. 작품 활동 시작, 2002년 『눈물은 푸르다』, 어? 최근 시집이네. …. 2002년 신동

엽창작상 수상. … 고등학교 진학 후 연탄가스 사고로 학업을 중단, 일찌감치 생활전선에 뛰어든 그는 구두닦이, 맥줏집 종업원, 중국집 배달원 등을 전전하다 스무 살 무렵에 용접 일을 시작했다. 지금도 임금노동자로 생활하는 시인은 … 뭐 그런 거만 나오고 『눈물은 푸르다』는 제목만 나온단 말예요."

"맞아, 그분 지금도 용접일 하고 있는 거 같애."

"어라, 나도 용접하는데."

"너네들 공고 다녀?"

"예, 재 빼고요. 너 뭐해? 인문계 다니면서."

"야, 니네 담임 국어잖아. 머리 좀 굴려 봐."

"얀마, 그래서 내가 인문계 안 간 거 아냐."

"전화 찬스 돼요?"

"좋아."

"우리 두 명이 다 해도 돼요?"

"좋아."

두서없이 이야기가 오고가는 중에 전화 찬스를 사용하겠다던 두 녀석이 각자 전화를 건다.

"왜 이렇게 안 받아."

"아, 여보세요? 선생님, 「눈물은 푸르다」라는 시 알아요? …. 아, 모르시면 소용없어요."

"야, 그 시 모르셔도 왜 눈물이 푸르다고 생각하냐고, 선생님 생각을 말해 보라고 해."

"끊었어."

자기 담임 선생이 안 받는다고 투덜대던 다른 녀석이 드디어 연결이 된 모양이다.

"아, 선생님, 저 물어볼 게 있어서요. … 시인이 누구라고요?"

"최종천."

"시인이 최종천인데요,「눈물은 푸르다」라는 시 읽어봤어요? … 아, 그럼 소용없는데요? … 지금 어떤 분하고 게임하고 있는데, 필요해서 그래요. 그럼, 선생님 생각에 왜 눈물이 푸르다고 생각하세요? … 아, 알겠어요. 그럼 끊어요. 야, 선생님이 쫌 있다 전화해 주신대."

"'푸르다'는 힌트를 잘 생각해 봐."

"고통을 우려낸 노동이기 때문이다."

"여섯이다."

"노동을 우려낸 눈물이기 때문이다."

"야, 우려낸 빼고 다섯 글자라잖아. 막 던지지 마."

"이제 일곱이야. 동작 힌트 하나 줄까?"

"와, 좋아요."

"니네 중에 누가 젤 세냐?"

"덩치를 봐요. 당연히 얘죠."

내가 푸른 색 자켓을 입은 덩치가 가장 큰 아이에게 다가가서 주먹을 쥐고 아래에서부터 밀어 올려 턱에 강력한 어퍼컷을 먹이는 동작을 보여 줬다.

"젤 센 사람, 한 대 치고. 근데 이렇게 쳤는데, 센 사람을 이렇게 친다? 그게 뭔 뜻이야?"

"와, 등 번호 99번. 무지 섬세하네. 근데 그렇게 섬세하면 헛다리로 갈 수 있어."

"야, 어떻게 쳤건 누굴 때렸건 그런 게 무슨 상관이야? 그냥 때렸다는 거잖아. 그럼 아프고, 맞으면 멍이 드는 거잖아."

"어, 가까이 가고 있는데?"

"진짜요?"

그러자 검색하던 아이 중에 하나가 "찾았다, 여기 있어." 그러면서 찾은 걸 크게 읽는다.

"이거 맞아요? '우리가 참 의미의 노동으로써 삶을 일궈갈 때 그동안 울지 않았던 우리의 가슴에 노래가 흐르고', '가슴 한 구석에 지워지지 않는 보랏빛 무늬. ….'"

"글쎄, 근데 그게 답이 아니긴 한데, 보랏빛, 아 그거도 힌트가 되겠다. 푸른색이나 보라색을 잘 연결해 봐."

"그렇다면 … 야, 한 대 쳤으니까 멍 아냐, 멍?"

"'푸르다'가 힌트라고 했으니까, 어디 보자, 바다와 하늘이 파랗잖아. 그러면 하늘을 우려낸 고통이기 때문?"

"다섯 글자 넘잖아."

"하여튼, 하늘을 우려낸 고통이니까, 그래요?"

"그거 계산해? 그럼 여덟 번인데. 앞으로 3분. 답은 니네가 이미 다 말했어. 지금 너희들은 시를 쓰는 거야. 그걸 시로 쓴다면 어떻게 썼을 거 같아?"

갑자기 검색하던 한 아이가 목소리를 높인다.

"와, 진짜 찾았다. 여기 나왔어."

"이리 가져와 봐."

정말 그 아이가 시를 찾아냈다.

"너는 이리로 와. 니가 입 열면 무효야. 만 원 저리로 날아간다. 일루 와서 내 옆에 앉아."

그렇게 사납고 거칠어 보이던 녀석이 고분고분 내 옆에 와서 잠깐 앉는다. 그러더니 저 뒤편으로 물러난다.

"뒤로 빠져서 신호 보내기 없어! 어떤 식으로든 신호 보내면 그거도 반칙이야."

몇 녀석이 검색해낸 아이에게 달려가서 빙 둘러싸고 머리를 쥐어 박는 시늉을 하며 그 아이 입 가까이로 귀를 모은다.

"답은 이미 너네가 다 말했다고 했잖아. 니네 이야기 속에서 답 다 나왔어. 잘 정리해서 시로 써 보라구."

"보라색도 힌트라고 했잖아. 그니까 멍이 맞아, 고통을 우려낸 멍이기 때문이다, 에요?"

"거의 다 왔어. 아홉이다. 마지막 하나 남았어. 앞으로 일 분."

"일 분이래, 일 분. 아, 진짜 우린 돌대가리야, 돌대가리."

"이 사람 노동자라고 했잖아. 노동을 우려낸 멍이기 때문이다. 아휴, 다섯 자가 넘었잖아. 멍을 우려낸 노동이기 때문이다, 이것도 아니고. 미치겠네. 야, 인문계, 너 뭐해."

"와, 정말 거의 다 왔는데, 시로 잘 엮어 봐. 30초 더 줄게."

"멍을 우려낸 고통?"

"땡! 만 원 날아갔네."

"아 … 이런!"

"괜찮아, 괜찮아. 만 원, 어짜피 없었던 건데 뭐. 야, 야, 괜찮아."

"여기 답 있어. 누가 한 번 읽어 봐."

시집을 펴서 보여 주며 내가 녀석들에게 가까이 다가가자 한결같이 쑥스러워 머리를 긁적거리거나 몸을 뒤로 뺀다. 우리도 용접공이에요, 라고 하던 녀석에게 읽어 보라고 들이밀었더니 "멍을 우려낸 것이기 때문이다."하고 조그맣게 읽는다. 옆에 있던 한 녀석이 "거시기라고? 그게 무슨 시냐?"고 그런다! "것이기 때문이다"라고 분명하게 다시 읽어 주는데도 "거시기? 거시기?"하며 고개를 갸우뚱거리는 게, 장난으로 그러는 줄 알았는데 그 녀석 정말 그렇게 알아들은 거다. 그래서 이번에는 두 줄을 같이 읽어 보라고 했다. 어쩔 줄을 모르며 읽는데 여전히 목소리가 기어들어 간다. 떨어져 앉은 아이들이 못 들었을 것 같아서 푸른 자켓에게 크게 다시 읽어 보라고 했다.

"눈물은 푸른색을 띠고 있다 / 멍을 우려낸 것이기 때문이다."

"답 다 나왔는데 우리가 몰랐네요. 와, 아깝다."

"그래, 그렇지? 그런데 여기서 멍이 뭘까?"

"그러게요. 아픈 거, 고통스런 거?"

"아무래도 그렇겠지? 살면서 겪는 아프고 힘 드는 모든 고통이 멍인 거고, 그 멍에서 나왔으니 눈물이 푸른빛일 수밖에 없는 거겠지. 근데, 너네들, 너네 같이 용접 일 하면서 쓰는 이런 시도 여전히 뻥이고 구라라고 생각해?"

"아니요. 아닌 거 같아요."

'것이기'를 '거시기'로 알아듣는 녀석들에게 무슨 말을 더 이어갈 수 있으랴. 답을 알아 내려고 애 쓰면서 3~40분을 욕설 없이 진지한 얼굴을 한 것만으로도 내 마음은 넘쳤다. 조금은 풀이 죽은 모습마저도 어여쁘기만 하다. 맨 처음 그 녀석들이 내 주변으로 욕설과 함께 왔을 때 놀라움과 두려움과 경멸과 혐오감으로 벌떡 일어나 자리를 떴다면, "어둠 속에서 조용히 … 모습을 드러"내는 이 "별"들을 어떻게 들여다볼 수 있었으랴.

"얘들아, 너네 답 근처에까지 왔으니까 만 원 줄게. 시원한 거 사먹어."

"진짜요?"

"실은 나 이일여고에서 영어 가르치는 선생님이야. 그래서 학생들을 보면 무조건 이뻐 보여. 너네 이일여고에 친구들 있어?"

"아니요."

"저는 있어요. 이리여고 아니고 이일여고 맞아요?"

"응, 이일여고. 근데 어쩌냐, 금년엔 내가 일 학년을 안 가르쳐서 메신저 못 해 주겠네. 이 팔 보여? 이거 아파서 내가 학교 못 나가고

있거든. 우리 애들 보고 싶어서 니네랑 얘기한 거야. 나중에 또 만나
자."

"예, 안녕히 가세요. 고맙습니다."

언제나 핏빛이던 "저 꽃이 불편"한 5월, "아무에게나 보이"지 않
는다던 "그 별"을 한 번 본 것 같은 어느 날의 일이다. 푸른 눈물을
언젠가는 흘리게 될, 많이 흘리게 될, 그러나 너무 많이 흘리게 되지
말았으면 하는 별들을 들여다본, 그 별들 또한 어떠한 멍을 우려낸
푸른 눈물이지 싶은 상상을 떨치기 어려운, 그리고 그들이 어느 날
멍으로 푸르게 물들어 갈 때 한 번 쯤은 더듬어 떠올려 주었으면 싶
은, 푸르른 5월 어느 날의 일이다.

4부

13 나의 '섹시' 프로젝트

새 아이들을 만난 지 벌써 한참이 지나고 있다. 억세고 뻐신 몇 녀석이 번갈아 가며 애를 먹이던 작년에 비하면 올해 만난 녀석들은 그저 순한 양 같다. 두고 봐야 알 일이긴 하지만. 그런데 그게 걱정이다. 요즈음 아이들답지 않게 반 분위기가 너무 조용조용하다. 근래 들어 드문 현상이다. 아침마다 교실에 들어가며 내가 먼저 인사를 건네는데, 민망하리만큼 번번이 반응이 없다. 그러고 보니 우리 반 아이들이 소리 내어 웃는 걸 본 적도 없는 것 같다.

영어는 '수준별 수업'이라는 체제 때문에 학급 아이들 중 2/3가 나한테 수업을 듣지 않는데, 그 때문에 담임이긴 해도 낯설게 느껴져서 나한테만 그러나 싶기도 했다. 그런데 다른 선생님들이 귀띔해 주는 걸 듣고 나니, 이거 심상치 않다. 수업시간에도 도대체 반응이 없어 '너네 듣고 있는 거야?'라거나 '이해했어?' 같은 말을 모르는 사이 자꾸 하게 된다는 것이다. 게다가 다른 반에서는 소위 '빵' 터지는 농담도 우리 반 아이들은 무반응이거나 배시시 하다가 입을 닫아

버린다는 것이다. 어떻게 해야 하나. 담임인 나라도 유머감각이 좀 있으면 나을 텐데….

3월 둘째 주 월요일 아침, '섹시' 프로젝트 1탄을 시작해 보기로 했다.

"예쁜 애들! 나 지난주에 아침마다 교실 다녀가면서 딱 한 번 기분 좋았어. 언제냐고 물어봐 주라."

다행이 어느 녀석이 묻는다.

"언제였는데요?"

"아침에 만날 때 내가 '안녕?' 하고 인사해도, 너네가 거의 안 받아 주잖아. 지난주에도 일주일 내내 아무 대꾸 안 해 주고 나 왕따 놓더라. 근데 목요일 아침에 딱 한 번, 누군가 '안녕하세요?' 하면서 내 인사 받아 주던데? 그래서 그날 하루 조~옹일 기분 좋았어."

"…"

몇 녀석이 빙긋이 웃을 뿐 역시나 아무 말이 없다. 그래도 내 말을 듣고 있는 건 확실해 보인다.

"이번 주는 날마다 내 기분 좀 좋게 해 주면 안 돼?"

"…"

"이런? 계속 나 따 시킬 거야? 그럼 울 엄마한테 일러 줄 거다. '엄마, 우리 반 애들이 나하고 안 놀아줘.' 하고?"

그제야 몇 녀석이 히히 하면서 낮은 소리로 웃는다. 아무래도 내성적이고 소심한 편인 녀석들이 우리 반에 다 모였나 보다 싶어, 이 녀석들이 큰 소리로 웃고 활발하게 의사 표현을 하게 만드는 게 금년에 해야 할 일인 것 같아 나름대로 내디딘 첫 걸음이었는데, 아주 나쁘진 않은 것 같다.

그러고 며칠 뒤, '섹시' 프로젝트 2탄! 2학년이 되어 첫 모의고사를 보던 3월 13일, 4교시에 막대사탕을 하나씩 나눠 주었다. 다음날인 14일은, 남자가 좋아하는 여자에게 사탕을 주며 애정을 표현한다는 화이트데이라서 아이들에게 주려고 사탕을 사 두었는데, 그걸 미리 풀었다. 마지막 과목을 보는 오후 서너 시 무렵이면 아이들이 지쳐 있어서 사탕이 더 달 것이고, 게다가 화이트데이 당일에는 단것들이 넘쳐날 터라 미리 나누어 준 것이다.

"내일 화이트데이 전야제 기념 사탕이야. 피곤할 테니 먹으면서 풀어."

"와아~"

큰 소리로 반색을 한다. 이 정도면 평소의 우리 아이들로 봐서 상당히 적극적인 표현이다. 반 분위기가 살짝 말랑해졌고, 내 기분도 덩달아 좋아진다. 한 개에 몇 백 원짜리 사탕, 그 효과 만점이다.

다음날 화이트데이 아침, 이 국적 불명의 상쾌하지 않은 기념일이 어디서 유래했는지 짚고 넘어가지 않을 수가 없다.

"일본의 어느 작은 마을 한 제과점confectionery에서 시작된 거라 더라. 경기가 안 좋아 빵과 단것들sweets이 오랫동안 잘 안 팔리자 그걸 극복해 보려고 그 제과점이 남자가 마음에 둔 여자에게 단 것으로 마음을 고백하게 하는 이벤트를 시도한 거래. 그게 점차 퍼지면서 한국에까지 상륙했고, 이제는 제과 제빵업계의 무한한 마케팅 전략에 여자라면 누구든 그날 사탕을 안 받으면 못난이 같은 기분이 들게 만들어 버린 거지. 알고 보면, 우리는 그저 무심코 따라하다 모르는 사이 제과업계의 조작대로 움직여 주는 꼭두각시 같이 돼 버린 셈이야."

이야기를 하면서 칠판에 몇몇 연관된 영어 단어들을 쓴다.

"니네 지금 속으로 욕하고 있지? '으이구, 직업은 못 속여. 이 짧은 동안에도 저렇게 영어를 꼭 보게 해야겠어?' 이러면서. 다 들려. 그니까 이제 지울게. 근데 candy store는 들었어도 confectionary는 처음 들었지?"

몇몇이 큭큭 웃는다. 다행이다. 교실을 나오기 전에 한 마디 덧붙였다.

"그나저나 오늘 같은 날, 상술에 놀아나는 줄 알면서도 사탕 하나 안 받고 지나가면 왠지 조금은 섭섭하게 돼 버렸지? 그럴까봐 어제 미리 사탕 준 거야."

그런데 아무 생각 없이 했던 이 마지막 말이 전혀 예상하지 못한 결과를 가져왔다. 첫 시간 수업이 끝나고 교무실에 왔더니 울긋불긋 요모양 조모양의 포스트잇에 쓴 쪽지가 다다다닥 붙은 사탕봉지와 사탕 단지 서너 개가 내 책상 위에 놓여 있는 게 아닌가.

"쌤, 상술이긴 하지만 기분은 좋아지는 날 아닐까요?"

"이번엔 우리 차례! 우리끼리 쪼끔씩 보태서 샀어요."

"달콤한 거 드시면서 오늘 하루 기분 좋게 보내세요."

"어제 사탕, 완전 대박! 감사했어요~"

"샘, VVIP 가장 자주 지각해서 붙여 준 별명 00이에요. 이제 절대 지각 안 할게요. 달달한 하루 되세요."

"선생님은 항상 저희의 입장에서 생각해 주시는 분이세요. 사탕 같은 하루 보내세요."

"선생님은 그냥 커피가 아니라 00 커피예요." 등등.

아이고, 이런! '하나도 안 받고 지나가면 조금은 섭섭한'이라는 내 말을 이렇게 돌려준 거네. 이 민망한 걸 어떻게 수습하나? 그러면서도 한편으로는 반가웠다. 나한테 인사를 건네는 것도 쑥스러워하던 아이들이 저마다 이렇게 '많은' 표현을 하다니, 작은 놀라움이고 감동이었다. 아이들은 포스트잇에 쓴 각자의 메모를 사탕 단지 위아래뿐 아니라 몸통에 빙 둘러 떨어지지 않게 투명 테이프로 정성스레 붙여 놓기까지 했다.

나는 여러 모양의 쪽지들을 모두 떼어 깨끗한 큰 종이에 옮겨 붙였다. 그리고 다음날 아침 교실로 가지고 들어갔다.

"예쁜 애들! 안녕? 집에 잘 다녀왔어?"

"안녕하세요."

인사를 돌려 주는 목소리들이 조금 늘어났다. 그리고 '집에 잘 다녀왔느냐'는 새로울 것 없는 썰렁한 인사에 몇몇이 웃는다.

"예쁜 애들! 우리 반은 아침마다 내가 젤 시끄럽지. 오늘도 쪼끔만 떠들게. 있지, 어제 말인데, 나 무지 민망하고 쑥스러웠다?"

몇 녀석이 고개를 들고 나를 올려다본다.

"그냥 지나가면 좀 섭섭한 날이라고 했던 어제 그 말, 그거 나한테 사탕 사달라는 뜻 아니었는데… 몸 둘 바를 모르겠어. 근데, 그래도, 기분은 무지 좋았다~~!"

그러면서 메모를 옮겨 붙인 큰 종이를 펼쳐 들어 내 얼굴을 가리며 보여 줬더니 아이들이 와, 하고 탄성을 지르며 소리 내어 웃는다. 쪽지일망정 버리지 않고 모양을 내서 만들어간 나의 작은 '성의'가 통했나 보다. 아이들 표정이 조금 더 말랑말랑, 달콤새콤해졌다. 프로젝트 3탄 성공!

뜻밖에 주어진 3탄의 기회를 즐긴 후 교무실에 오니, 급훈을 정해서 내라고 한다. 가운데에 대통령 사진을, 오른쪽에 교훈, 왼쪽에 급훈을 걸던 시절은 고맙게도 이제 기억 너머로 사라졌고, 교실 전면에는 칠판과 커다란 TV 화면 말고는 아무것도 없다. 그래서 요즘의 급훈이란 정해 놓긴 하지만 그때뿐, 곧 잊히는 무용지물이 되기 십상이다. 그래도 새 학년을 시작할 때면 급훈에 신경을 쓰게 된다.

한 해 동안 특히 어떤 걸 마음에 두고 생활할지 같이 생각해 보는 시간을 갖는 데 의미를 두면서, 올해도 아이들에게 급훈을 정해 보라고 했다. 얼마 전 실장 아이가 털어 놓던 고민이 마음에 걸리긴 했다. 무언가 결정할 일이 있을 때 아이들에게 의견을 말하라고 하면 의사 표시를 하는 사람이 거의 없어서 당황스러울 때가 많았다는 것이다. 그런데 한나절이 지나자 실장이 급훈을 정했다며 가지고 왔다. 아이들이 의견을 많이 내더냐고 물으니 전에 비하면 좀 나아졌고, 이런저런 재미있고 황당한 문구가 많았다고 한다. 결정된 급훈을 보니 텔레비전에 나오는 어떤 광고를 바꾼 것이다. 재치 있긴 하나, '다른 반보다 우리는 어떻다'는 식으로 비교하는 표현이 마음에 걸렸다. 급훈은 학교 교육계획서에 기록되는 공식적인 것이다. 특정 브랜드 이름이 그대로 들어 있는 건 곤란하다. 그 점을 짚어 주면서 다시 한 번 의논해 보라고 했더니, 그럴 시간이 없을 것 같다면서 담임이 결정해도 좋다고 아이들이 이미 위임했다는 것이다.

그래서 다음날 '섹시' 프로젝트 4탄에 착수하게 되었다.

"예쁜 애들! 안녕?"

"안녕하세요."

흠, 오늘은 거의 모든 녀석들이 인사를 돌려준다. 좋아, 이쯤이면 하고 싶던 말을 할 수 있겠군.

"예쁜 애들, 어제 정한 그 급훈 재치 있었어. 근데 어떤 점이 아쉬웠는지, 실장한테 들었지?"

"예."

"연구부에서 시간 없다고 빨리 하라고 해서 내 마음대로 정해서 내버렸는데, 괜찮아?"

"예. 뭐라고 하셨는데요?"

"맞춰 봐. 스무 고개로. 근데 학교에 낸 거 말고, 비공식적인 급훈이 있어."

"뭔데요?"

"궁금해? 궁금하면, 오백 원~"

제법 크게 한바탕 웃는다.

"비공식 급훈은 '섹시하자'야."

"예? 섹시하자고요? 그게 무슨 급훈이에요?"

"우리더러 지금 살 빼라는 거예요?"

"그런 걸 급훈으로 해도 된단 말예요?"

"말도 안 돼!"

여기저기서 시끌시끌하다.

"그니까 비공식이지."

그러는 사이, 내 반에서 영어수업을 받는 아이 하나가 말한다.

"그거, 눈 맞추고 입 맞추라는 말이야."

"뭐라고? 야, 누구랑 입을 맞춰? 선생님이랑?"

내가 끼어든다.

"나 말고, 수업 들어오시는 선생님들하고 맞추라고."

"아니, 그 많은 선생님들이랑 입을 맞추라고요? 정말이에요?"

"너무 심한 거 아니에요?"

"에이, 그런 게 어딨어요?"

아까 눈 맞추고 입 맞추라고 말해 준 아이를 포함해서 내 반에서 영어수업을 하는 아이들이 키득거리며 웃는다. 이제 때가 됐다.

"너네 모두 다 공부 잘 하고 싶지? 공부 잘 하는 비결, 간단해. '섹시'하면 돼. 수업시간마다 선생님하고 눈 맞추고, 선생님이 질문하면 대답하는 거, 그게 섹시야. 같은 걸 몇 번 물으셔도 번번이 대답해. 그게 입 맞추는 거라고. 눈 맞추고 입 맞추다 보면 절대 졸리지 않아. 반드시 눈을 먼저 맞춰야 돼. 선생님과 계속 눈을 맞추면 졸음이 오다가도 달아나거든. 자기 답이 틀릴까 그런 걱정은 할 필요 없어. 너네는 답이 틀리면 망신 떨었다고, 다시는 대답 같은 거 하지 않겠다고 움츠러드는데, 누가 틀린 답 했는지 본인 말고는 아무도 기억하지 않아. 그리고 틀리더라도 대답을 한 사람이 아무 말도 안 한 사람보다 옳은 답을 기억할 가능성이 훨씬 더 크지. 틀렸을 때의 충격이랄까 그런 게 깊은 인상을 남기니까."

"샘은 섹시했어요?"

으응? 우리 아이들이 질문도 한다!

"나? 전혀! 내가 안 '섹시'였으니까 이런 말을 하는 건지도 몰라. 난 선생님들이 보기에 아주 나쁜 학생이었어. 수업시간에 고개 들고 선생님을 본 적이 없거든. 졸거나 자는 건 아니었는데, 선생님을 바라본 적이 거의 없었어. 그땐 내 나름의 이유가 없지 않았지만, 돌이켜보면 선생님들께 참 죄송한 짓을 많이 한 거지. 그리고 그 대가를 톡톡히 치렀어."

"대가라뇨? 어떻게요?"

고마운지고. 말문이 터지니 궁금한 걸 참지 않는다.

"음, 나중에 교사로 취직할 때, 내가 못된 애라고 채용하지 않는 게 좋겠다고 말씀하시는 선생님들이 있었대. 면접 볼 때 당시 교장 선생님이 나한테 그 점을 물으시는데 할 말이 없더라고. 그래서 '인정합니다.' 그랬지. 그래서 면접을 서너 차례나 해야 했어. 세 번째

때인가, 이런 말을 보태긴 했지. '고등학교 졸업하고 십 여 년이 흘렀으니, 그동안 저도 뭔가 조금은 배웠을 거란 생각은 안 드시나요?' 그 말을 하면서도 많이 조심스러웠지. 그런데 왜 시간을 끌면서 나한테 서너 번에 걸친 면접 기회를 줬는지 그땐 이해가 잘 안 되었어. 하여튼 지금 교사가 되어 너네랑 깔깔거릴 수 있어서 참 좋은데, 한때 고약하게 군 것 때문에 나중에 마음고생을 좀 했지."

여기에 쓰지 못하는 거기 얽힌 이야기 몇 토막을 더 들려주는 동안 아이들은 한숨을 쉬었다가 분개했다가 어이없어 했다가, 한 마디로 느낀 대로 표현하는 보통 아이들 모습 그대로였다. 그리고 내가 정한 급훈이 무언지 맞춰보라고 하며, 짧다는 힌트를 줬다. '꿈은 크게, 현실은 한 걸음씩', '서로 사랑하자', '시간을 아껴 쓰자', '열심히 살자', '서로 아끼자', '함께 노력하자', '같이 또 따로' 등, 아이들이 이런저런 말을 던진다. 아니, 이렇게 잘 조잘대던 아이들이었단 말인가? 저희들끼리 서로 면박을 주고 키득거리는 가운데 내가 가로챘다.

"누군가 방금 비슷하게 접근했는데."

"꿈은 크게, 현실은 한 걸음씩이요?"

"그건 너무 길어."

"같이 또 따로요?"

"건 결혼하는 사람끼리 하는 말 아닌가?"

"함께 노력하자요?"

"부분적으로 맞아. 근데 더 짧아."

"함께 공부하자."

"더 짧아."

"함께 하자."

"거의 비슷해."

"함께 가자."

"끝만 빼고 거의거의 비슷해."

여기저기서 보태고 빼고 고치기를 거듭하며 뭐야, 뭐야 웅성거리는 사이로 누군가 말한다.

"함께 간다?"

"빙고!"

"맞아요? 제가 맞춘 거예요?"

상품을 건 것도 아닌데 자기가 맞춘 게 믿어지지 않는다는 듯 몹시 기뻐하는 아이에게 물었다.

"대단해요. 근데, '함께 간다'는 게 뭐라고 생각해?"

"어, 그게요, 그니까, 어… 공부도 함께 하고 체육대회 때도 함께 하고 그러자는 거 아니에요?"

"그런 셈이지."

이쯤에서, 나는 우리 반에게뿐 아니라 나와 수업을 함께 하는 아이들에게 한 번씩은 꼭 짚고 넘어가는 나의 '섹시' 프로젝트의 핵심을 풀어놓았다.

"예쁜 애들!"

대답이 없다.

"그럼, 미운 애들!"

아이들이 웃는다.

"다시 할게. 예쁜 애들!"

"네."

"이런? 세 명만 예쁜 애들이네. 나머지는 미운 애들?"

깔깔 웃는다.

"예쁜 애들!"

"네에~"

목소리가 좀 커진다. 이 정도면 아쉬운 대로 괜찮다. 시작해 봐야지.

"예쁜 애들아. 참 안타까운 게, 요새는 내신 성적에서 경쟁이 너무 심하다 보니 친구끼리 모르는 거 묻고 가르쳐 주고 하는 걸 별로 볼 수 없게 되었어. 친구가 뭘 물으면 가르쳐 주는 사람은 자기 공부할 시간을 빼앗겨서 손해라고 생각하는 거 같아. 그렇기도 하겠지, 공부할 게 너무 많으니까. 근데 내가 보기엔 묻고 가르쳐 주는 건 서로에게 좋은 일 같아. 가르쳐 주다 막히면 자기가 어디를 제대로 이해하지 못하는지 알게 되거든. 그리고 가르쳐 주면서 자기가 아는 것을 확실하게 다져 알게 되고. 그러니 묻는 친구나 가르쳐 주는 친구나 '윈윈win-win'하는 거지. 공부에서도 그렇게 함께 갈 줄 알았으면 하는 게, 여러분이 자라나가길 바라는 내가 품은 방향이야. 그리고 수업시간에만 '섹시'할 게 아니라 일상생활에서도 친구끼리 '섹시'하면 좋겠어. 눈 맞추고 마음 맞추다 보면 학교폭력이다 왕따다 하는 문제는 생기지 않을 거 같아. 친구의 눈을 보고 마음을 보려고 한다는 건 입장 바꿔 생각해 보는 것을 배운다는 뜻이기도 하거든. 상대방 입장이 되어 보려고 하다 보면, 친구와 꼬인 일이 생겼더라도 어떻게 풀어갈지 실마리를 찾을 수 있지 않겠어? 그러니 일상생활에서도 '섹시'하게 굴면, 교실이 조금은 더 편안하고 즐거운 곳이 될 거 같아. 적어도 꼴도 보기 싫거나 생각만 해도 스트레스 받는 관계는 덜 생기겠지. 서로 항상 마음을 맞춘다는 게 결코 쉬운 일은 아니겠지만, 맞추려고 애쓰기만 해도 일이 절반은 되는 거 아니겠어? 그건 어른이 되더라도 마찬가지일 거야. 이건 내 자신에게 하는 말이기도 해."

이런, 분위기가 너무 진지해져 버렸다. 진지하게 접근하기엔 아침 시간은 너무 짧고, 아이들의 하루 일과는 너무 무겁고 빡빡하고, 게다가 우리 반 아이들은 매사를 너무 곧이곧대로 받아들여 걱정인데.

"아침마다 너네 숙제하랴, 공부하랴 바쁜데 맨날 시끄럽게 굴어서 미안! 다시는 시끄럽게 하지 않을 테니 집에 가서 엄마한테 이르지 마. 오늘까지만 봐 줘, 응?"

아이들이 다시 웃는다.

"그만 방해하고 이제 나갈게. 앞으로 우리 서로 매일매일 '섹시'해지자. 그럼 오늘 하루도 '섹쉬이'하게!"

"네에~."

이렇게 하여 우리 아이들과 나 사이의 아침은, 아니 우리 아이들과 나는 조금씩 '섹시'해지고 있는 중이다. 아직은 복도 저쪽에서부터 '안녕하세요오' 하고 소리를 높여 인사하거나, '선생니임' 하고 부르며 폴짝폴짝 다가오거나 하는 데까지 오진 않지만. 그건 시간문제일 수도 있겠지. 하여튼 이제 아침에 교실에 가면 나보다 먼저 인사하는 녀석들이 더러 생겼다. "예쁜 애들!"하고 부르면 쑥스러워 묵묵부답이던 녀석들이 이제 길게 늘여 대답도 한다. "네에~~"하고. 이러다가 담임을 대하는 게 너무 편해져서 긴장감을 잃을까 걱정할 일이 생기는 건 아니겠지? 어쨌든 지금 아이들은 아침에 내가 불쑥 교실에 들어가도 후다닥 자기 자리 찾아 달려가느라 부산을 떨지도 않고, 갑자기 목소리를 죽이거나 흘긋흘긋 눈치를 보며 억지로 조용한 분위기를 만들려고 하지 않는다. 친구들이랑 하던 일, 하던 이야기 다 마치고 자연스럽게 자리로 가서 할 일을 한다. 보기에 좋고 예쁘다.

그리고 다른 교과시간에도 이 '섹시' 프로젝트 효력이 조금씩 생기고 있나 보다. '그 반 아이들 이제 대답도 곧잘 해요.', '아무개가 가장 많이 변했어요. 그래서 대놓고 칭찬해 줬어요.' 조금만 반응을 보여도 몽땅몽땅 칭찬해 주라는 나의 부탁을 기억하는 몇몇 선생님들이 들려주는 우리 반 최근 그림이다. 고마운 일이다.

그런데 유머쟁이도 센스쟁이도 못되는 나는 잠들기 전이면 살짝 고민된다. 내일 아침엔 무슨 웃을 거리를 만들지?

14 편 가르기

지난 봄, 반 아이들끼리 편이 갈려 서로를 향한 불신과 배타가 극단까지 치닫는 통에 애를 좀 먹었다. 본인들 스스로 '우리 8명'이라 부르는 쪽과 작년에 내가 담임했던 2반 아이들이 주로 얽혀 있다.

그 이름만 들어도 여전히 가슴이 저미는 세월호 사고로, 올해는 교실 밖 교육활동과 행사가 모두 취소되었다. 봄 체육대회도 그 대상이었다. 대학 입시체제에 찌들고 짓눌려 누렇게 뜬 얼굴을 햇살에 그을리며 모처럼 즐거운 소란과 흥겨움, 활기로 시끌벅적할 수 있는 유일한 행사가 체육대회일 것이다. 바로 그 때문에 체육대회를 가을로 옮겨야 했다. 그런데 3학년 아이들이 이의제기를 했다. 대학수학능력시험을 바로 앞에 두고 체육대회를 할 수는 없다는 것이다. 입장식이나 응원, 또는 에어로빅 같은 '오락성'이 가미되는 부분을 모두 빼고 경기로만 구성하여 5월 말에 진행하자는 것이다. 시기에 대해 논란이 좀 있었지만, 체육활동은 교육의 주요 과정이니 6월 초에 있을 대학수학능력시험 전국모의고사를 보기 전에 간략하게 치르는 걸로 결론이 났다.

　체육대회 이틀 중 첫날 종례 때 교실에 들어갔더니, 둘째 날 행사가 모두 끝나고 학급 단체 사진을 찍기로 했다고 한다. 담임인 나도 사진관으로 꼭 와야 한단다. 그러마고 했다. 다음날 아침, 실장 아이가 사진 찍기에 참여 안(못) 할 사람을 조사하고 있었다. 칠판에 줄줄이 적는데 삼분의 일이 조금 넘는다. 의아해서 학급원이 모두 찍기로 합의된 일 아니냐고 물으니, 실장 대답이 그렇긴 하단다. 뭔가 찜찜했다. 그 중 두세 명을 빼고 모두 작년에 내 반 아이들인 것도 마음에 걸렸다.

　시상식까지 체육대회가 모두 끝나고 종례하러 교실에 갔다. 칠판의 안(못) 찍는 아이들 수는 달라진 게 없었다. "학급 공동 행사는 아닌 거네. 그럼 나는 참여하지 않는다."고 못 박고 교무실로 왔다. 무슨 일이 있는 게 분명했다. 실장을 불러 짚어 봐야겠다는 생각을 하며 집에 갈 차비를 하는데, 안(못) 찍는다던 쪽 아이 하나(작년 내 반)가 실장과 함께 나를 찾아왔다. 그리고는 다짜고짜 울기부터 한다.

　한참을 훌쩍거린 후 한다는 말이, 담임이 안 가면 자기들이 더 곤란해지니 "선생님은 가 달라"고 부탁하러 왔다는 것이다. 무슨 일이냐고 캐물었다. 몇몇 아이들이 두어 달 전부터 학급을 분열시킨다고 작년 2반 아이들을 심각하게 비난하며 몰아 부치는데, 이런 기분으로 웃으면서 사진을 찍을 수 없다는 것이다. 다 같이 하기로 한 일에 참여하지 않는 것이니 그런 비난이 근거 없는 것만은 아니지 않느냐고 다그쳐 보았다. 그랬더니 소수가 일방적으로 정한 것이지 합의한 게 아니었다, 무슨 일이든지 그런 식이었다면서 분을 못 삭이겠다는 듯이 운다. 지는 게 이기는 거라는데, 이번에 한 번 더 져주면 상대방도 결국은 너희를 비난하지 못할 거 아니냐고 '설득'해 보았다. 하지만 이미 그 선을 넘었고 더는 못한다면서 눈물콧물 범벅으로 운다.

작년 2반 아이들에게 개별적으로 연락해서 사진관으로 나오도록 한 번 더 설득해 보겠다며 실장이 우는 아이를 데리고 돌아갔다. 그래 보라고 하긴 했지만 소용없는 짓일 것 같았다. 도대체 학급에 무슨 일이 일어나고 있는 건지.

당혹스런 기분으로 퇴근하려고 교문을 나서는데 다급하게 부르는 소리가 들렸다. 사진 찍는 쪽에 든 네 녀석이었다. 앉자마자 이놈들도 울기부터 한다. 작년 2반이었던 아무개가 그 넷 중 하나에 대해 헛소문을 퍼뜨려서 용서할 수 없다, 작년 2반 아이들이 모두 한 패거리이다, 그냥 둘 수 없다는 등등이었다. 넷이서 돌아가며 성토하고 분개하기를 두어 시간, 그래 보았자 여자 아이들 사이에서 가끔 일어날 수 있음직한 그런 갈등에 지나지 않을 일이었다. 그 넷 가운데에 학교폭력(집단 따돌림) 문제로 같은 학군에서 전학 온 아이가 끼어 있지만 않았다면.

작년 2반 대다수를 포함하여 학급의 삼분의 일이 넘는 아이들이 참여하지 않은 채로였지만, 나는 사진을 찍으러 가기로 했다. 사태 파악을 다음 월요일까지 미룰 수 없었다. '나쁜 소문'의 주인공이 바로 전학을 온 그 아이였던 것이다. 치장에 바쁜 아이들 사이로 돌아다니며 믿을 만한 '입'과 '귀' 두엇에게 나중에 따로 만나자는 신호를 보냈다. 그들과의 이야기는 날이 어두워서야 끝났다. 불안한 주말을 보내고 다음 월요일부터 '작업'에 들어갔고, 그 후 서너 주 동안 그 일에 집중해야 했다. 맹렬한 적개심의 포탄이 오가는 전장 같았다. 그래도 마침내 '휴전'이나마 끌어냈으니 다행이라 해야 할지.

"나의 '섹시' 프로젝트" 일화에서처럼, 작년에 맡았던 2반은 내성적이고 조용한 아이들이 대다수였다. 결정을 주도하는 '세력'이 있는 것도 아니고 의사 표현에 적극적인 것도 아니어서, 아이들에게 활기를 불어넣으려고 애를 써야 했다. 그 아이들 중 삼분의 일이 올해 다시 나의 반이 되었다. 그랬어도 다행히 올해 는 큰일이든 작은 일이든 의견(주장)이 많아 시끌벅적했다. 너무 산만한 게 아닐까 걱정이 됐지만, 의견이 분분한 게 더 좋다고 생각했다. 서로 다른 생각을 조율해나가는 것도 중요한 배움이니까.

그런데 내성적인 아이들에게는 기가 센 아이들의 그 거침없는 활달함이 부담스러웠나 보다. 아니나 다를까, 시간이 지나면서 우려했던 상황이 하나둘씩 벌어지기 시작했다. 학급 일들을 논의하는 과정에서 '목소리가 큰 아이들(8인)'이 주로 자기들 입맛대로 몰아갈 때가 많았고, 누군가 다른 의견을 내놓을라치면 야유를 하거나 비아냥거리거나 입에서 나오는 대로 거친 말을 툭툭 내던지곤 했다.

그렇게 쌓여 온 게 체육대회 때 입을 학급 단체복을 선택하는 문제로 터지게 된 것이다. '8인'은 상하의를 다 구입하면 할인을 받을 수 있고 그게 더 싼 셈이니 상하의를 모두 하자고 주장했다. 일부 아이들은 할인을 받아도 총액으로 따지면 돈이 더 많이 들어가니 상의나 하의 중 하나만 하자고 주장했다. 단체복은 비싸건 싸건 나중에 안 입게 되는데다, 올해는 세월호 일로 체육대회도 약식으로 하니 그 뜻을 살릴 겸 돈을 덜 들이자는 게 이유였다. 공교롭게도 그쪽에 작년 2반 아이들이 많았다. 그런데 완전히 합의가 되기 전에 '8인' 쪽이 전화로 의류업체와 교섭을 끝마쳤다. 결국 업자에게 구두 약속을 했다는 이유로, 내키지 않아 하는 쪽을 제대로 설득하지 못한 채 상하의를 다 구입하게 되었고, 그게 불만을 샀다.

단체복 때문에 아직 속앓이를 하는 중인데, 학급 사진 문제가 불거졌다. 체육대회를 모두 마친 후, 여고시절 마지막을 사진으로 남기자는 의견이 나왔는데 '8인'이 그 중심에 있었다. 작년에 2반이었던 몇 아이가 선약이 있다고 했다. 다른 반으로 흩어진 작년 2반 아이들까지 모두 모여 사진을 찍기로 했는데, 그 약속을 먼저 했다고 한 것이다. '8인'은 분개했다. 작년 반만 중요하고 지금 학급은 아무것도 아니란 말이냐, 작년 너희 반만 우정이 깊은 줄 아느냐, 학급의 단결을 깨는 원흉이 바로 너희 같은 애들이라는 등 직, 간접으로 비꼬며 거친 말과 욕설을 쏟아 댔다.

'8인'이 처음부터 작년 2반을 겨냥했던 건 아니었다. 지난 봄, 어떤 오해에서 시작된 것이다. 4월 초순 어느 날, '8인' 가운데 서너 명을 교무실로 불러 나무란 적이 있다. 야간 자율학습시간에 그 중 일부가 무리를 지어 이야기꽃을 피우는 현장이 잇달아 몇 번 내 눈에 띄었다. 한 번 뭉치면 1~20분이 넘도록 흩어지지 않았다. 낄낄대며 이야기에 빠져, 내가 신호를 주느라 복도를 오가도 알아차리지 못했다. 결국 작정하고 한 사람씩 불러 주의를 준 것이다. 그런데 무슨 이유에선지 '8인'은 작년 2반이 고자질을 했다고 확신했다. 부실장이 작년 2반이어서인지도 모른다. 나의 경우, 아이를 야단치려고 교무실로 부르는 일은 거의 없다. 그런 내게 교무실로 불려왔으니 자존감이 크게 뭉개졌을 것이다. '8인'은 틈만 나면 "우리만 떠든 게 아니다, 왜 우리만 가지고 그러느냐"고 억울해 했다. 그리고 모든 걸 '덮어씌운' 작년 2반을 특정하여 유난히 거칠게 굴기 시작한 것이다.

작년 2반은 단체복에 이어 사진 일로 또 다시 공격을 당하자 '횡포'를 부리는 아이들과 웃는 얼굴로 단결의 포즈를 취할 수 없다고 생각했다. 작년과 금년 학급 사진을 차례로 찍을 수 있게 조정하면 될 일이었다. 그런데 '8인'은 "금년 학급 사진을 찍자는 말이 있기 전부터 작년 2반끼리 모이기로 얘기가 오간 것이다. 그리고 그것도 확정된 건 아니다."라는 2반의 말을 믿지 않았다. '8인'의 공격이 잇달았다. 2반은 아예 입을 닫고, 몇이서 뒤에 모여 수군거리며 '8인의 행태'를 비난했다.

그런데 건드리면 안 되는 걸 건드렸다. 집단 따돌림 문제로 전학 온 아이의 비화 내지는 소문을 작년 2반 아이 하나가 다른 친구에게 옮긴 것이다. '8인' 중 하나가 그 현장을 우연히 보고 듣게 되었고, 그걸 당사자에게 전달하면서 일이 심각해졌다.

2학년 초에 전학을 와 1년이 넘었어도, 그 아이는 이전 학교 교복 입은 아이만 봐도 심장이 떨리고 일상생활의 리듬이 깨진다고 한다. 그런데 그쪽 학교에서 있었던 일이 이쪽 학교 아이들의 입에 오르내리는 현장을 전해 듣게 된 것이다. 게다가 자신의 소문을 옮긴 아이가 문제의 작년 2반 중 하나였으니, '경기驚氣'를 하며 울분을 터뜨리는 건 당연했다. 체육대회 전부터 소문을 옮긴 주인공과 몇 차례 시비를 가리는 입싸움을 해왔는데, 불행히도 사태가 더 꼬였다. 그 때문에 전학 온 아이를 중심으로 나머지 '7인'은 더욱 뭉치게 되었고, 어떤 식으로든 상대방을 '응징'하고자 했다. 저러다가 신체적 폭력이 오갈 수도 있겠다 싶을 만큼 격앙되어 있었다.

사실 전학 온 아이가 다니던 이전 학교와 우리 학교는 2km 정도밖에 떨어져 있지 않다. 학군이 좁다 보니 유치원부터 고등학교까지 같은 학교, 같은 반을 공유한 친구들이 한둘이 아니다. 이전 학교에서 누구와 무슨 일이 있었는지 전학 올 때 이미 '소문'이 다 퍼졌다는 뜻이다. 그런데 전학 온 아이를 포함한 '8인'은 소문을 나쁘게 퍼뜨린 게 작년 2반이라고 주장했다. 2반 아이 하나가 시립도서관에서 공부하다가 누구를 만나는 장면을 보고, 그것도 자신의 소문을 퍼뜨린 것이라고 '믿었다.' 한 마디로 관계가 꼬일 대로 꼬인 것이다.

수업을 작파하고 학급 모두를 모이게 했다. 분초를 아껴 공부를 해도 모자랄 판에 엉뚱한 일에 힘을 뺀다고, 누군가는 달가워하지 않았다. 하지만 학교폭력 문제로 전학까지 온 아이가 또 다시 나쁜 일에 얽히게 할 수는 없었다. 이 '증오'의 갈래를 타는 일이 공부보다 우선이었다. 단체복과 단체 사진에 관한 것부터, 문제가 되는 모든 일에 대해 서로의 입장을 얘기하라고 했다. 누군가가 말을 할 때는 끝까지 듣는 게 규칙이었다.

"'쟤가 먼저 때려서 나도 때린 것이니, 나는 잘못이 없다, 또는 잘못이 적다.'라는 식으로 굴 생각이라면 이 시간은 무의미할 것이다. 그럴 거면, 이동식 칸막이 세 개가 준비돼 있다. '작년 2반', '8인', 그리고 나머지, 그렇게 세 줄로 나눠, 앞으로 졸업할 때까지 그 칸막이 치고 구분해 앉을까?"

"비방이나 욕설을 누가 먼저 시작했는지를 가리자는 게 오늘의 가장 중요한 일은 아니다. 누가 더 잘못했는지를 가리자는 것도 아니다. 먼저 시작한 '범인'을 찾아내서 법적인 처벌이나 도덕적 심판을 하려는 게 아니고, '질 나쁜' 정치를 하려는 것도 아니니까. … 우리의 관심은 성장이다. '사람 같은' 사람으로 성장하고 성숙해지려면 어떻게 했어야 하는가 생각해 보자는 게 이 시간의 목적이다. 서로의 입장을 말해 보자. 자리 바꿔 상황을 바라보자는 것이다. 서로의 입장을 듣다 보면 서로에 대해 더 알게 되고, 알게 되면 이해가 생길 것이다. 이해하게 되면 적어도 혐오 또는 증오까지 가지는 않을 것이다."라는 말로 회의를 시작했다.

무엇보다, 전학 온 아이와 얽힌 가닥을 먼저 간추렸다. 그 아이와 나머지 7인의 '합리적인 정의감과 분개'의 불길이 확산되지 않도록 불쏘시개를 먼저 들어내야 했다. 이유가 무엇이든, 누군가의 가장 아프고 민감한 부분을 건드린 것이니까.

"어떤 소문이든 당사자가 듣기에 불쾌한 것은 옮기지 않았어야 한다. 소문을 옮기는 현장을 목격했더라도 그걸 당사자에게 전해서 일이 커지거나 악화될 것이라면 전하지 말았어야 한다. 소문을 옮기는 사람을 보았다면 그 사람에게 직접 주의를 주면서 다시 하지 않도록 하는 편이 나았다."

소문을 옮긴 아이를 전체 모임 전에 따로 불렀었는데, 다행히 그 아이는 내가 왜 불렀는지 또 자신이 뭘 잘못했는지 정확히 알고 있었다. 그래서 전체 모임에서 공개사과를 했다. 그리고 전체 모임 후 당사자끼리 만나도록 시간을 주었는데, 서로 '뒤끝' 없게 화해했다고는 한다.

그럼에도 불구하고, 전체 모임 그 자체는 뚜렷한 성과가 없었다. 다만, 그동안 담임인 나는 보지 못했던 학급의 의사결정 방식이 어땠을지 직접 목격할 수 있었다.

앞에서는 아무 말 안 하다가 뒤에서 수군대는 '비열한 애들'이라는 공격을 받으면서도 작년 2반 아이들은 입을 떼려 하지 않았다. 그러다가 그 중 하나가 마침내 어렵게 입을 열어 입장을 밝혔다. 그런데 그 애의 말이 끝나자마자 '8인'이 번갈아 목청을 돋우며 사납게 한두 마디씩 던졌다. 용어와 말투를 다듬으려 애쓰는 건 느껴졌지만, 아이들이 두려워하는 '집단 공격'이 그것이었다. 나는 그 현장을 처음 목격한 셈인데, 그렇다고 끼어들 수는 없었다. 보다 못했는지 '난 작년 2반 아니다'는 아이 하나가 '용감하게' 나서 주었다.

"지금 너희가 하고 있는 게 뭔지 생각 좀 해 봐. 아무개 하나에게 동시에 달려들고 있잖아. 그러니까 2반 애들이 말을 안 하려는 거야. 자기와 관련된 일도 아닌데 죄인 취조하듯이 돌아가면서 닦달하잖아. 너희 말투가 너무 공격적이라서 무섭다고 좀 전에 누가 그랬지. 그런데도 계속 똑같아. 평소에 너희가 그러는 게 불편해서 나도 사진 찍으러 안 간 거야. 그게 내 의사 표시였어."

'8인'은 반박했다. "우리가 어쨌게? 그렇게 말하는 네가 우리를 공격하는 거네. 솔직하게 말하기로 해서 우리 생각을 말한 건데, 그렇게 받아들이면 우리도 말 안 하겠다."고 한 것이다. 결국 세 시간 넘게 말들이 오갔어도 서로 간격을 좁히지 못한 채 끝나고 말았다.

그래서 '8인' 쪽과 '작년 2반' 쪽을 각각 만나, 전체 모임에서 못한 이야기를 하게 했다. '쪽 별 모임'은 작년 2반에게 필요한 일 같았다. 양쪽에 중재 역할을 한 후 다시 학급을 모두 모이게 했다. 이번에는 하고 싶은 말이나 못다 한 말, 느낀 점이 있으면 이름 밝히지 말고 쪽지에 써 내라고 했다. 할 말이 없어도 빈 종이라도 접어서 내게 했다. 안 내는 사람이 많으면 하고 싶은 말이 있는 아이가 부담을 가질 수도 있었다. 의견을 내고 안 내고에 대해서도 눈치를 볼만큼 분위기가 아슬아슬했던 것이다.

전체 소감문을 읽어 보니 내가 받은 느낌과 판단이 빗나가지 않았구나 싶었다.

"모든 문제는 한 쪽 때문에만 생기는 건 아니겠죠. 그렇다 해도 자기가 100퍼센트 잘못일 수 있다고 생각하면서 접근하지 않는 한, 어떤 것도 배울 수 없을 거라고 생각해요. 계속 상대방이 문제라고 생각하니까 자기 잘못이 안 보이는 거죠."

"작년 2반 아이들이 문제의 주범이라면 그 애들을 두려워해야 하는 거잖아요? 그 애들에게서는 위협감이나 두려움을 느껴본 적이 없는 걸 어떻게 생각하세요?"

"'8인' 대 '작년 2반'이 아니라 '8인' 대 '나머지'라고 하는 게 옳아요."

"2반이 어쨌다 그러는데, 그건 억지 같아요. 그냥 2반 친구들이 우연히 좀 많았던 것이라고 생각해요. 나 좋을 대로 하고 싶어서, 또는 남을 배려하지 못하는 자신을 합리화시키기 위해서 희생양이 필요했던 건 아닌가요?"

"어제 보셔서 대충 아실 테지만 지금까지 그 애들은 그랬어요. 자기와 의견이 다르면 말 막 하고 욕하고 비꼬죠. 자율학습시간에도, 심지어 수업시간에도 자기들 밖에 없는 양 행동하고… 한두 번이 아니라 이제 화도 안 나요. 포기하고 살았는데 결국 불거지고 말았네요. 선생님이 계실 때도 그 정도인데, 과연 고쳐질까요?"

"아무개(전학 온 아이)는 달라진 게 아무 것도 없어요. 초등학교, 중학교 때 같은 반이었는데 그때도 그랬어요. 자기가 다른 사람 공격한 건 생각 안 해요. 자기가 상처받았다고, 자기 상처만 크다고 해요."

"중학교 때 너를 아는 애가 그러는데 너 고등학교 와서 사람 됐대.'라는 말을 듣는 친구가 있어요. 정말 발전하고 싶다면 '왜 그 애는 여전히 그러지?'라는 말을 듣지 않게 행동했어야 한다고 봐요. 답은 자기 안에 있는 거잖아요."

"상대의 흠을 잡고 헐뜯고 공격하는 게 자기 위치를 유지하는 방법이라고 생각하는 걸까요? 그런 데서 우월감을 찾는 것 같아 안타깝네요."

"말투가 공격적이어서 불안하게 한다고 말하면, '우리 말투가 원래 그래, 나쁜 뜻은 없다'고 받아친다. 그래서 더 불쾌하다. 정말 할 말이 없다. 다른 사람이 감당하기 힘들다는데, 고칠 생각을 해야지."

"아무개 혼자 문초 받듯이 당하고 있는데, 싫은 소리를 들을 용기가 안 나서 아무 말도 하지 못한 자신에게 화가 나고 비겁하다는 생각이 들어 괴로워요."

"자기주장을 잘 못하는 아이들도 용기를 내서 솔직한 의견을 말하려고 노력해야 한다고 생각한다."

"의사 표현을 잘 못하는 아이들이 말을 할 때까지 기다려 주면 좋겠다. 그러자고 모인 건데…"

"저희 좋을 대로 몰아간 적이 많은 건 사실이에요. 우리 목소리가 크고 말도 함부로 하는 편이고요. 아무개(2반 아닌 아이) 말 들으면서 그렇다는 생각이 들더라고요."

"욕 안 하고 말도 함부로 안 하게 고쳐 볼게요. 그렇지만 솔직하게 말하자고 모여 놓고 거의 입을 열지 않은 2반도 달라지겠다고 약속하라고 해 주세요."

빈 종이로 낸 한 사람을 빼고 모두가 길게 또는 짧게 생각을 밝혔다. 그 쪽지들을 다 읽은 후 학급 전체에게 정리 겸 당부를 했다.

"직접 보고 들은 것이 아닌 일을 전하지 말자. 사실, 직접 보고 들은 일조차 미리 입장을 정해 놓고 해석해서 많은 오해를 만들었고 갈등을 키웠다. 그것이 이번 일의 핵심 중 하나다. 이제 지난 일은 지나가게 두자. 나도 이 일을 다시는 언급하지 않겠다. 그리고 이 모든 일을 다른 반 친구에게 옮기지 않아야 한다. 말은 옮기면서 달라지고 그러면서 또 오해가 생긴다."

그리고 '8인'과 작년 2반을 각각 다시 불렀다. 2반에게는 "상황을 악화시킨 책임이 있다, 같은 일이 반복되지 않게 하려면 '용기'를 배워야 한다."고 강조했다. 끝까지 묵묵부답, 또 운다!

'8인'에게는 전학 온 아이에 관한 이야기가 좋게든 나쁘게든 알려질 수밖에 없다는 현실을 납득시켰다. 어느 쪽 학교에서 누가 소문을 퍼뜨리기 시작했는지 특정할 수 없다는 것도. 무엇보다, 비슷한 일에 다시 얽히지 않으려면 어떻게 해야 하는지 이번 일을 통해 배워야 한다고. 그리고 쪽지 내용들을 거르고 요약하여 알려 주었다. 거칠고 공격적인 말투, 나오는 대로 내뱉는 말과 욕설, 제멋대로이고 다른 사람을 배려하지 않는 것, 수업시간에조차도 시끄럽게 하는 것, 그리고 특히 '8인'을 '패거리'로 느끼는 아이들이 적지 않다는 말을 전했다. 정말이냐고 되묻는다. "앞에서 의사 표현하라고 2반에게 약속받았느냐"고 다그치는 녀석도 있었다.

'8인' 가운데 "우리가 막무가내이고 세 보이지만 그런 우리도 마음을 다친다."는 쪽지를 보내온 녀석이 있었다. '편 가르기'를 한 게 오히려 자신들이었다는 걸 알게 되면서 충격을 받았다는 것이다. 그 때문에라도 '8인'의 마음을 어루만질 필요가 있었다. 이 아이들이 왜 공격적이고 거칠게 되었는지 다 알 수는 없지만, 대부분의 경우 가정환경과 어느 정도 연관되어 있는 것 같았다.

각자의 처지가 달라서 이번에는 한 사람씩 따로 만났다. 누구는 무안하고 계면쩍어 했고, 누구는 사나운 눈빛을 끝까지 거두지 않았다. 하지만 대부분은 울었다. "다른 사람도 그러는데 왜 나한테만 그래?'라고 받아치면 마음은 결코 자라지 않는다. 이게 내가 바라는 내 모습인가, 어떻게 해야 스스로가 원하는 모습으로 성장할 수 있는가를 물어야 한다."는 말에, 누구는 물었다. 제 이러이러한 성격이 어릴 때 우릴 버리고 지금까지 소식이 없는 '아버지와의 관계' 때문인 것 같으냐고, 고쳐질 수 있기는 할 것 같으냐고.

자기의 부정적인 모습을 보고 인정하게 되었다는 건 새로운 시작일 수 있기에, '8인'과의 개별 면담은 무의미하지는 않은 것 같았다. 사실, 이놈들이 오히려 마음을 아리게 했다.

생각도 행동방식도 취향도 서로 크게 달라서 낯설고, 낯설어서 꺼려지고, 그러다가 싫어지고 격렬하게 대립하게 된 아이들이니 서로 좋아하게 될 수는 없을 것이다. '휴전'이나마 유지하면 다행이다. 운이 좋아 그 중에 몇이라도 친해져서, 서로 사이에 비무장지대가 되어 줄지 모를 일이긴 하다. 수많은 '윤 일병', '임 병장'에게 무자비한

가해를 되풀이하는 '패거리들'의 참극을 막아 줄 그 무엇도 그런 비
무장지대일지도 모르니까.

15 떠나는 아이들에게

　3년 동안 같이 지내온 아이들을 보낼 때가 되었다. 햇봄에 잎눈 트듯이 하루가 다르게 꼴을 갖추며 제 모습을 만들어가는 녀석들을 볼 때마다 대견스러웠었다. 그리고 이제 때가 되어 각자 제 몫을 찾아 새로운 시작의 길을 떠나는 모습을 보니 기특하다. 그러면서 내심 허전하기도 하다. 이런저런 이유로 오랫동안 담임을 맡지 않다가 만난 때문이기도 하겠고, 또 교과담당교사로서 신입생 때부터 3년이나 함께 어울려온 녀석들이라서 그런지도 모르겠다.

　방송반 아이들이 졸업식 준비를 하면서 3년의 기록을 영상으로 정리한다고 한다. 다른 기록들은 모두 저장되어 있는 영상에서 꺼내오면 될 일이지만, 교사가 학생들에게 주는 작별인사는 새로 할 수밖에 없다. 그러니 카메라 앞에서 한 마디씩 해 달라고 선생님들을 찾아다니며 방송반 아이들이 취재를 하고 있다.

　교실에서 만나는 것 말고, 무대든 영상이든 나서는 것이 매우 쑥스럽고 불편하게 느껴지는 나는 거절한다. 이런저런 이유로 '방송

출연'을 하지 않으려는 나 같은 교사들 때문에, 방송반 아이들이 하루는 날을 잡아 교무실에 진을 쳤다. 그리고 아직 '고별사'를 안 해준 선생님들한테 부탁하러 다닌다. 그러더니 오후가 되자 끝까지 버티는 몇 선생님들에게 아예 '애걸복걸'을 한다. 그런 교사 중에 나도 끼어 있다. 포기하면 될 텐데 아이들이 끝까지 조른다. 성격 탓에 아이들을 힘들게 하는 나는 미안하기만 하다. 그래도 끝내 '방송출연'을 하지 못했다.

그날 눈이 내렸다. 동료교사와 우연히 함께 퇴근하게 되었다. 서로 자동차를 두고 온 날이라 눈을 맞으며 집으로 가는 도중 시내의 한 커피 집에 들렀다. 따뜻한 커피로 몸을 녹이며 이야기를 나누고 있는데, 낮에 교무실에서 고생하던 방송반 아이들 둘이 들어온다. 커피 집에 거의 출입을 하지 않는 나로 볼 때, 이 우연이 반갑고 고마웠다. 아이들에게 미안하다고 정식으로 말할 기회가 생겼기 때문에. 선생님들을 성가시게 해 드려서 오히려 자신들이 미안하다고 그런다. 기자로서 너희는 너희 일을 한 것이다, 자기 직분에 충실했다, 무슨 일이든 앞으로도 그렇게 해야 한다, 끈질기게, 끝까지 해야 한다, 그리한 후에 안 된다고 판단해도 늦지 않다고 진심을 전했다.

카메라 앞에서 잠깐 몇 마디 하는 게 무슨 어려운 일이라고 그렇게 뒤로 '빼느냐'고 핀잔 받을 일이겠지만, 자연스러운 '판'이 깔린 것도 아닌데 작정하고 카메라 앞에 앉아 '졸업생에게 하는 당부'를 남긴다는 일이 나로서는 어색하기 짝이 없는 일인 것이다. 그렇거니, 할 일을 안 한 찜찜한 기분으로 한참이 지났다.

내가 영 꺼리는 일을 한 번 해보도록 용기를 준 계기는 우연한 데서 왔다. 어느 날 철 지난 음반을 듣는데, 졸업식에 사용하면 딱 좋을 노래를 한 곡 만난 것이다. 그래, 이 노래를 들려주면 인사가 되겠다, 하는 마음이 들었다. 그래서 방송반 아이들에게 연락을 했다. 지금이라도 할 수 있느냐고 물으니 영상 편집이 끝나가고 있지만 아직도 '대환영'이라고 한다. 나의 '고별사'는 그렇게 해서 우리 동네 한 커피 집에서 녹화되었다. 나의 아이들을 떠나 보내는 작별의 인사로 들려준 영상편지는 이랬다.

애들아, 안녕? 이제 헤어질 시간이네. 이 영상 단체로 보는 거겠지만, 말 놓고 할 거야. 우리가 서로 친근하게 느낄 때나 허물없이 이야기할 때, 그런 때는 내가 말 놓고 하는 거 알지? 내 말이 존댓말로 시작되면 심각하고 무서운 일 생긴다면서. 하하.

내가 무대 공포증 있는 거, 아는 사람은 다 알지? 근데 나 요즘 용기 내는 것을 배우는 중이야. 그래서 용기를 내어 이렇게 '방송 출연'도 해 보기로 결심한 거야.

오늘 무슨 말을 해야 하나 생각하다가, 단어 두 개로 우리의 작별을 정리하기로 했어. 그 단어, 종이에 크게 써 왔어. 자, 첫 단어. 이거 뭐라고 읽어? 하하, 영어 단어일 줄 알았지? 한자야. 나 이 한자 쓰는데 애 좀 썼어, 열 번쯤 연습해서 이만큼 그린 거거든. 한자를 아예 쓸 일이 없었으니까.

첫 단어는, 내가 항상 좋아하던 말이야. 무등無等. 광주 무등산이냐고? 아마 광주 무등산도 그 뜻을 품고 있을 거야.

무등은 글자 그대로 등급이 없다는 말이지. 차별이 없다는 뜻이야. 어떤 이유로도 차별 받지 않고 한 사람 한 사람이 소중하게 여겨지고 존중 받는 세상, 그게 무등이 지닌 뜻일 거야. 그리고 그게 바로 내가 꿈꾸는 세상이야.

'내가 꿈꾸는 세상'이라는 말, 참 거창한 말이지. 그런 말은 살만한 세상을 만들기 위해 자기 자신을 다 바쳐 헌신한 사람들이나 감히 입에 올릴 수 있는 말이라고 생각해 왔어. 그래서 그런 세상을 만들기 위해 무언가 눈에 띠는 일을 해 본 적이 없는 나 같은 사람이 그런 말을 하려니, 여러분 표현을 빌리자면, 무지무지 오글거리네. 그런데 감히 그런 말을 입에 올려 보는 건, 오늘 여러분에게 하려는 말과 관련이 있기 때문이야.

유명하든 아니든, 훌륭하든 아니든, 성공했든 아니든, 어떤 삶을 살든 사람은 저마다 꿈꾸는 세상이 있는 게 아닐까. 우리가 사는 세상은 늘 부서지고 고장이 나 있으니까. 나는 이 부서진 세상을 고치고 바꾸는 데 무슨 기여를 한 대단한 교사는 아니지만, 교실, 곧 우리 배움과 익힘의 작은 공간에서 날마다 여러분과 얼굴 맞대고 3년이나 살아온 친구 같은 사람으로서 또는 어른으로서, 내게도 '내가 꿈꾸는 세상'이 있다는 걸 여러분에게만은 살짝 귀뜸해 줘도 괜찮지 않을까 하는 생각이 어느 날 문득 들었어. 한편으론 의무감 같은 것도 느껴졌고. 내 생각을 이렇게 직설적으로 드러내는 것은 처음 해 보는 일이야. 그래서 몹시 쑥스럽고 민망한데, 요즘 내가 용기 내는 걸 배우고 있다고 했지?

이제 본론으로 들어갈게. 내가 수업시간이나 담임으로 교실 들어가서 여러분을 부를 때 뭐라고 불렀는지 기억해? 맞아. "예쁜 애들~" 항상 그렇게 불렀지. 사실 여러분 하나하나는 나에게 다 예쁜 애들이야. 누구하나 빠짐없이 하나하나 다 소중해. 그런 내 마음을 담은 말이 바로 '예쁜 애들~'이라는 호칭이야. 내가 꿈꾸는 세상에 대한 작은 실천의 의지가 그 속에 담겨 있는 거지.

지 맘에 안 들면 아무에게나 욕하고 아무 때나 미운 말 해대는 희지도, 지가 뭘 잘못했는지 조근조근 얘기하면 알겠다고, 다시는 안 그러겠다고 씩씩하게 대답해서 예쁘지. 지 생각이 뭔지 묻고 물어야 겨우 입을 뗄까 말까하는, 보통 때는 아예 입도 안 여는 지원이, 그래서 답답하다가도 지가 해야 되는 일이 뭔지 분명히 알고 확실하게 해내니 과묵해서 이쁘지. 남들 모두 집에 돌아갔는데 혼자 남아서 다른 애들이 산 같이 버리고 간 쓰레기를 몇 시간씩 말없이 정리하고 치우는 시원이, 어떻게 안 이쁘겠어? 뭐, 이렇게 일일이 짚다가는 끝이 없고, 주어진 시간은 길지 않잖아. 그러니 줄여 말할게.

내가 공부 잘하는 애들한테만, 또는 학교에 한 번이라도 찾아오실 형편이 되는 부모를 둔 애들한테만 '예쁜 애들~' 그렇게 부른다면 여러분을 대하는 내 마음, 여러분과 배우고 익히는 이 공간은 '무등'한 게 아니겠지. 누구는 건강이 나빠 자주 결석해야 했고, 누구는 수업료를 제 때 낼 수 없어 3년 내내 힘들었고, 누구는 아무리 눈에 불을 켜고 책과 씨름해도 한계에 부닥쳐 공부의 끝자리를 못 벗어나고… 나에게는 모두 안타깝고 아픈 손가락들이야. 그래서 더욱 '예쁜 애들'이었지.

요즘에 '갑질'한다는 말 유행하고 있지. 온 나라를 떠들썩하게 만든 '땅콩 리턴', 대형백화점 쇼핑 센터 주차장에서 생긴 '무릎 꿇어' 같은 어이없고 마음 아픈 일들이 일어나는 바람에 너나 할 것 없이, 우리 사는 세상이 일부 몰지각한 '가진' 사람들의 '갑질'에 얼마나 부서지고 찢어져 있는지 더욱 분명하게 알게 되었어. 그런데 사실, 교사와 학생 사이도 어떤 면에서는 갑과 을의 관계라고 할 수 있어.

물론 학교란 학생이 교사에게 일방적으로 배우는 그런 공간만은 아니야. 지식으로야 학생이 배우는 입장이지. 하지만 학생과 교사가 사람 대 사람으로 만나는 것이라는 기본적인 점을 생각하면, 서로가 서로에게서 배우고 익히는 관계라고 할 수 있어. 그런 면에서 보면 학생과 교사 사이는 근본적으로 서로 대등한 관계지. 그렇지만 성적을 산출해야 하거나 생활기록부에 여러분을 평가하는 말들을 써야 하는 역할을 생각해 봐. 또 수업 현장을 생각해 봐. 교사가 학생에 대해 완전히 주도권을 쥐고 있는 거지. 그러니 여러분들이 학교생활을 하는 동안 많은 면에서 교사는 갑의 위치에 있는 거지.

내가 여러분을 "예쁜 애들"이라고 부르는 것 속에는, 교사로서 갑인 위치에 있어야만 하는 상황에서도 여러분 하나하나가 나에게는 똑같이 소중한 사람으로 받들어지고 있다는 것을, 은연중에라도 여러분이 알아듣기를 바라는 마음이 담겨 있어. 그리고 무엇보다, 여러분이 한 사람으로서 나와 동등한 위치에 있다는 것을 나 자신에게 항상 잊지 않게 하려는 뜻도 들어 있고.

여러분도 이제 대학생이 될 거고, 그 다음에는 일을 하는 어른이 되겠지. 빠르면 대학생활을 하면서 여러분은 이미 갑과 을이라는 관계의 쓴맛을 본격적으로 맛보기 시작할 거야. 특히 아르바이트 같은 걸 하다 보면, 우선은 을의 위치에 있을 일이 더 많겠지. 그렇지만 어떤 상황에서는 갑이 되기도 할 거야. 간단한 예로, 음식점에 밥을 먹으러 갔을 때를 상상해 봐. '고객님이 왕'인 이 시대에 여러분은 막강한 갑인 거지.

하여튼 세상에 나가 살 때, 특히 여러분이 갑의 위치에 있을 때, 내가 항상 여러분을 부를 때 쓰는 "예쁜 애들"이라는 말을 생각해 줘. 그 속에 담긴 뜻을 기억해 주면 좋겠어. 사람다운 사람이 지니는 품격, 그러한 품격을 갖추려고 애쓰는 사람들이 만들어가는 무등한 세상, 그것에 대한 희망과 존중을 담아 여러분을 부르던 말, "예쁜 애들"이라는 말, 그 말을 이따금씩이라도 기억해 주기를 바래. 어떤 일을 하며 살든 갑과 을이라는 권력 관계가 아니라, 사람과 사람 사이라는 기본자세가 여러분 삶의 출발이자 목적이 되기를 바래. 이게 내가 여러분에게 주는 첫 고별사야.

아, 참. 황수현! 너 김선기 선생님 제일 많이 좋아하고 그 다음으로 많이 나 좋아하는 거 전교생이 다 알잖아. 그거 안 돼! 3년 동안 나랑 있으면서 뭐 배운 거야! 하하.

두 번째 단어는 이거야. 내가 요즘 좋아하게 된 말이지. 果敢, 과감! 첫 단어보다 생긴 게 살짝 더 어렵지?

나무에 꽃이 피고 열매가 맺히고 그 열매가 알알이 충실하게 여물면 그 다음은 뭐지? 맞아. 툭! 하고 떨어져야지. 잘 익은 과실이 아무 망설임 없이 단숨에 툭 떨어지는 거, 그게 과감이래. 여러분에게 두 번째 당부하고 싶은 건, '과감하라'는 거야.

꼭 해야 할 일, 하지 않고 피하면 부끄럽거나 미안하거나, 또는 두고두고 남아 문득 돌아볼 때마다 후회하게 될 일이라고 판단이 서는 일이면, 물러서거나 망설이지 말고 과감하게 행동에 옮기라고 말하고 싶어.

작년 8월 말에 여러분이 "12:30에 밥 먹자"고 대자보 붙이고, 그 말을 이름표처럼 만들어 가슴에 붙이고 다닌 사건 있었지. 그 일이 하나의 좋은 예가 되겠네. 2014년 2학기가 시작되면서 전국적으로 몇 군데에서 등교시간을 늦추게 되었지. 그래서 우리 학교도 하루 일과시간을 새로 조정해야 했었고. 근데 중학교랑 식당을 같이 사용하는 우리 학교 형편상, 너희가 13시 20분에 점심을 먹어야 하게 생겼지. 아침을 먹든 못 먹든 7시가 되기 전에 하루 일과를 시작하는 너희에게 그 시간에 점심을 먹으라는 건, 과장한다면 반쯤 살인적인 일이지. 학교 안에 매점이 있는 것도 아니고. 예상대로 여러분이 몹시 반발했지. 그러면서도 나는 여러분이 그런 고통스런 일정을 평소처럼 그냥 받아들이고 말 거라고 생각했어.

새 일과 시간표를 발표하고 다음날 등교할 때, 학교 식당 앞에 붙은 무언가를 많은 학생들이 모여 읽고 있을 때만 해도 너희가 어떤 '과감'한 행동을 했는지 상상도 하지 못했어. 식당 앞의 대자보가, 그 전날 학교 축제 프로그램 중, 매운 것 먹기 대회에서 캡사이신을 너무 많이 바른 햄버거 때문에 한꺼번에 8명이나 응급실에 실려 갔다 온 일에 대해, 학생회측에서 사과하는 글을 붙여 놓은 거라고 생각했었지.

그런데 현관 출입구에서 알게 되었어. 대자보는 식당 앞에만 붙은 게 아니었어. 세 개의 현관 출입구, 네 개의 교무실, 화장실, 행정실, 교장실 앞 등 곳곳에 붙어 있었지. 지금까지 중학생에게 양보하느라고 항상 13시 10분에 점심을 먹은 것도 힘들기 짝이 없는 일이었는데, 거기서 10분을 더 늦게 먹으라는 것은 더 이상 참을 수 없다, 말이 10분이지 그 시간대에 10분 더 기다려야 하는 건 점심시간 직전의 수업을 포기하라는 거나 같다는, 그리고 제 때를 놓친 식사는 청소년 건강을 유해하게 한다는 '부당함'을 절절히 호소한 대자보 내용을 읽었어.

떠올리기도 너무 힘이 드는, 입에 올리기는 더욱 싫은 세월호 학습효과인가? 피식 헛웃음이 나오기도 했어. 하지만 기특했지. 대놓고 응원할 수는 없었지만 말이야. 교실에 들어가니 여러분 중 상당수가 "12:30분에 밥 먹자"라고 쓴 조그만 대자보를 가슴에 달고 있었지. 말없이 그 '가슴 대자보'를 달고 다니는 학생들이 상당히 많다는 걸 하루 종일 확인할 수 있었어.

결론이 난 것도 아닌 일을 가지고 독재시대나 전제 왕정시대에서 할 법한 방식으로 행동하느냐고 야단을 치는 선생님들도 있었지. 밥 먹는 시간을 제대로 조정해 주지 못해서 겨우 이런 일로 대자보를 붙이게 만든 우리 교사들이 부끄러워하고 반성해야 할 일이라고 너희가 없는 데서는 목소리를 높였지만, 너희 앞에서는 아무 말도 하지 못했어. 미안하다는 말밖에. 어쨌든 우여곡절 끝에 너희는 12시 10분에 점심을 먹게 되었지.

선생님들의 지시를 항상 따르기만 하던 너희들이 어디에서 그런 용기를 냈는지, 참 대견했어. 그런데 내 두 번째 고별사의 요점이 여기에 있어. 난 여러분에게 바라는 게 조금 더 있어. 거기에서 한 걸음만 더 나아가 주면 좋겠다는 게 내 바람이야. 무슨 말이냐면, 자기하고 직접적인 이해관계가 얽혀 있는 일이 아니더라도 그 일이 누군가에게 꼭 필요한 일, 꼭 그렇게 되어야 할 일이라고 판단되는 상황에 맞닥뜨리면, 용기를 내어 '과감'해야 한다는 거야.

누군가 단 하나라도 동등하게 대접 받지 못하는 사람이 있다면 그건 '무등'한 세상이 아니겠지. 우린 모두 동등하게 존중 받길 원해. 그런데 슬프게도, 동등한 존중은 그냥 주어지지 않는 게 현실이야. 힘이 있는 사람, '갑들'이 특권을 다 누리지. 게다가 약한 사람들을 깨부수면서 말이야.

이제 오늘 여러분은 고등학교를 마치는 거지만, 또한 세상에 나가는 첫걸음을 떼는 것이기도 해. 좀 더 복잡한 세상 속으로 들어가는 여러분이 앞으로 어떤 기쁜 일, 어떤 설레는 일을 만날지 기대도 되지만, 얼마나 많은 어려움을 겪을지 걱정이 되는 것도 사실이야. 물론 고통과 슬픔을 통해서만이 진정한 사람이 된다고는 하더라만, 그리고 나도 거기에 동의하긴 하지만, 청년들이 더욱 살기 힘들어지는 오늘

날의 상황을 잘 알기에 여러분의 앞날을 생각하면 마음이 무거워.

자기 자신을 챙기며 살기에도 빠듯한, 무슨 세상을 꿈꾼다는 생각 자체를 가지지 못하게 만드는 게 오늘의 현실이라는 것을 나도 모르지 않아. 하지만 그래도 난 여러분이 혼자가 아니면 좋겠어. 옆 사람을 한번쯤 찬찬히 돌아보는 여유를 잃지 않으면 좋겠어. 그래서 무등하지 않은 일을 볼 때, 그것이 나에게 직접 이익을 가져다 주는 일이 아닌 것처럼 보이더라도, 다시 한 번 생각해볼 줄 아는 그런 사람이 되면 좋겠어. 정말 그런가, 저 부당한 일이 저 사람에게서 끝나는 걸까, 그 일이 결국 내 일이 아닐까 하고 한 번 더 생각해 보는 사람으로 성장해 주면 좋겠어. "나의 예쁜 애들"이라고 부르던 내 말과, 그 속에 담긴 뜻을 한 번쯤 기억해 주면서, '과감'하게 '행동'하는 사람이 되면 좋겠다는 게 내 두 번째 당부야. 그건 물론 쉬운 일이 절대 아니야. 그래서 과감하라고 하면서도 내 마음은 갈등에 빠져. 그래도 그래야 해. 내가 바뀌면 세상이 바뀌는 거라고 그러더라고. 그러니 힘들어도 그래야 하는 거라면 그래야지.

우리 모두는 예쁜 사람이지. 각자 소중한 존재들이야. 그렇게 대접받을 자격이 있어.

사랑하는 예쁜 애들아, 3년 동안 내 예쁜 애들 해줘서 고마웠어. 앞으로도 너희는 항상 예쁜 애들이야. 내 작별 인사는 여기까지야. 안녕.

아, 참. 사족 하나.

너희들 시시때때로 선생님, 사랑해요, 그 말 많이 했었지? 그래서 말인데, 앞으로 10년 또는 15년쯤 후면 아마 내 눈은 아주 침침해지 겠지? 그때쯤 되어 우리 집에 찾아와 나한테 책 읽어 줄 사람 있어? 사랑은 구체적인 거야~.

지금 나의 이 영상이 끝나고 나면, 좀 오래된 노래 한 곡이 나갈 거야. 여러분에게 주는 나의 작별 노래야. 이 대목에서 기타 치면서 그 노래를 내 목소리로 들려줄 수 있다면 얼마나 멋지겠냐? 내가 음치인 게 안타까울 뿐이다. 그럼 이제 정말 안녕. 잘 가.

세상 가장 밝은 곳에서 가장 빛나는 목소리로

푸르던 잎새 자취를 감추고
찬바람 불어 또 한 해가 가네
교정을 들어서는 길가엔
말없이 내 꿈들이 늘어서 있다
지표 없는 방황도 때로는 했었고
끝없는 삶의 벽에 부딪쳐도 봤지
커다란 내 바람이 꿈으로 남아도
이룰 수 있는 건 그 꿈 속에도 있어
다신 올 수 없는 지금의 우리 모습들이여
다들 그런 것처럼 헤어짐은 우릴 기다리네

진리를 믿으며 순수를 지키려는

우리 소중한 꿈들을 이루게 하소서

세상 가장 빛나는 목소리로

우리 헤어짐을 노래하게 하소서

세상 가장 밝은 곳에서

우리 다시 만남을 노래하게 하소서

– 노래 유익종

5 부

16 징검다리 사랑

징검다리, 그것은 내가 좋아하는 말 중 하나이다. 아니, 징검다리가 가지는 은유의 의미를 좋아한다고 해야 옳겠다. OECD 십 몇 위에 든다는 대한민국의 위상(?)에 걸맞게도, 이제 징검다리는 작은 개울에서도 더 이상 보기 힘들어진 풍물 중 하나가 되었다. 발을 적시지 않고 저쪽 켠으로 건너갈 수 있도록 다소곳이 그리고 단순하게 자기의 온통을 내주는 징검다리를 마주하면, 쌩 하니 차를 달려 다리를 건널 때는 알지 못하는 어떤 뭉클함이 있다.

어릴 적 내가 살던 곳은 탁 트인 평야였다. 산이라고는 서쪽 멀리에 나지막하게 엎드린 모습 말고는 도대체 그런 것이 존재하는지조차 모를 지형이었다. 집 앞에 펼쳐진 넓디넓은 들판 너머로 뉘엿뉘엿 저무는 붉은 해는 언제 보아도 마음을 잡아끄는 매혹이었다. 몇 분의 일초마다구나 싶을 만큼 순간순간 색조가 달라지다 이윽고 어두워지고 마는 노을을 향해 서 있노라면, 구슬프고 쓸쓸하면서도 뭔지 모를 것이 어린 마음에 가득 차오르곤 했다.

그런 하늘을 배경으로 시작도 끝도 안 보이는 시내 하나가 구부정하니 흐르고 있었다. 가물 때면 물을 대주고 큰물이 지면 그 큰물을 받아 안는 금강의 한 지류였다. 실핏줄 같은 관개용 시내였으나 어릴 적 나에게는 너르디너른 강으로 보였다. 그건 계절 없이 빨래터였고, 겨울이면 헌 판자 조각을 이어댄 썰매용 놀이터였다. 한물이 든 끝이나 한겨울 얼음을 깨고 물고기를 잡기도 했고 밤 맛이 나는 마름을 따기도 했으니 먹을거리 귀하던 때의 간식 조달처이기도 했다.

초등학교 6학년 여름, 그 해도 거르지 않고 큰물이 났다. 며칠씩 쏟아지는 장맛비에 오래된 다리가 무너졌다. 그 다리를 건너야 학교를 갈 수 있던 마을 아이들이 죄다 발이 묶였다. 널따란 들판은 벌건 황토빛 급물살로 변해 날뛰며 군데군데 둑을 삼키고 넘실대고 있었다. 신작로에서 비탈길을 조금만 내려가면 양쪽 둑을 잇는 수문용 다리가 있었는데 거기를 건너면 학교에 갈 수 있었다. 그런데 수문으로 가는 둑의 일부를 물꼬로 쓰려고 터놓은 데가 문제였다. 그 물꼬에 양 다리를 걸치고 서서 징검다리 노릇을 해 줄 사람이 있어야 했다. 끊긴 부분으로 몰려드는 물살은 더 드세고 거칠었다. 우리들은 그저 발을 동동 구를 수밖에 없었다.

그때 아저씨 한 분이 나섰다. 아저씨는 끊긴 부분에 서서 우리를 하나씩 안아 둑 위로 내려놓았다. 발밑에서 출렁거리는 벌건 파도는 무서웠다. 언제 덮칠지 모르는 사나운 물살과 싸우며 혼자서 적지 않은 아이들을 건네주느라 아저씨는 지쳐 갔다. 그리고 마지막 차례인 나를 안아 올리는 찰나 갑자기 급물살 더미가 아저씨와 나를 덮쳤다. 중심을 잃은 아저씨는 나를 놓쳤고 나는 둥둥 떠내려가고 말았다. 어떻게 구조되었는지는 모른다. 깨어 보니 집이었다. 다른 어른들이 뛰어들어 떠내려가는 아저씨와 나를 붙잡았다고 했던 것 같다.

그것이 내가 처음 겪은 '징검다리 사건'이다. 그 아저씨는 어린 우리들을 학교에 보내려고 몸소 '징검다리'가 되어 주셨다. 목숨까지 잃을 뻔하면서. 물론 그때는 그것의 의미를 제대로 깨닫지 못했지만.

꽤 오래 전 어느 날, 직장으로 뜻밖의 전화가 왔다.

"정경애 선생님이십니까?"

"그렇습니다. 실례지만… 누구세요?"

"나 누군지 모르겠어?"

"… 글쎄요, 누구신지…"

"경애야, 나 ◇◇◇ 선생님이다!"

"네에? ◇◇◇ 선생님이시라고요? … 아니, 선생님, 어쩐 일이세요? 그리고 제가 여기 근무하는 것은 어떻게 아셨구요?"

30년도 더 넘은 세월이 흘렀으니, 중학교 3학년 때의 수학 선생님을 목소리만 듣고 어떻게 기억할 수 있었겠는가. 말할 수 없이 반갑고 기쁜 목소리였음에도, 그리고 언젠가 꼭 한 번 뵙고 싶은, 아니 뵈어야 할 분 중 하나였음에도.

직장에서의 통화인지라 긴 이야기는 나누지 못했다. 내가 중학교를 졸업한 얼마 후, 어떤 화학회사로 옮겨 근무하시다가 이제 은퇴해서 수원에 살고 계신다는 신상에 관한 몇 마디를 주고받을 때만해도 선생님이 다음에 무슨 말씀을 하실지 전혀 예상하지 못했다.

"내가 왜 전화했는지 아니?"

"아니, 선생님, 하실 말씀이 있으셨던 거였어요?"

"… 너에게 꼭 할 말이 있어서…"

"무슨 말씀이신데요?"

"… 미안해! … 이 말을 너에게 꼭 해야 할 것 같았어…"

차마 입이 떨어지지 않는다는 듯 망설이시며 낮은 목소리로 한 자씩 꼭꼭 눌러 박아 건네시는 "미안"하다는 선생님의 말씀에 나는 놀라 말을 잇지 못했다. 선생님으로부터 그런 말을 들을 줄은, 아니 선생님의 가슴에 '나의 일'이 그토록 긴 세월 동안 응어리져 있었으리라곤 상상도 하지 못했다. 가슴 어딘가가 콱 막히며 어린 날의 한 장면이 의식 저 편에서 싸아 하니 밀고 올라왔다.

내가 초등학교를 다니던 때부터 우리 집 형편은 말이 아니었다. 인민군과 국군 사이에 끼어 두들겨 맞아 오래 앓다 돌아가신 아버지의 병원비로 논밭을 다 팔아넘기고도 못 다 갚은 빚더미가 어머니의 키를 넘었다. 중학교 일학년 때 아버지가 세상을 뜨시고 내 첫 학업 중단 위기가 왔지만 아슬아슬하게 중학교를 마쳤다. 그런데 고등학교 진학이 문제였다.

다행인지 불행인지 그 무렵 내가 다니던 사립 중학교 재단이 상업계 여자고등학교를 신설하고, 신입생 모집 홍보에 열을 올리고 있었다. 친구들 가운데 소위 시내의 인문계 고등학교로 진학할 실력과 형편을 갖춘 아이들은 예닐곱도 채 안 되었다. 그렇다 해도 신설 여상으로 진학하겠다고 선뜻 나서는 친구들은 별로 없었다.

그럭저럭 공부를 좀 했던 내가 선생님들의 표적이 된 것 같다. 선생님들은 나를 장학생으로 '사서' 다른 학생들과 학부모에게 홍보용으로 내세울 생각이었나 보다. 시내의 인문계 고교에 진학할 형편이 못 되는 나는 입시철 한 달 가량을 신입생 유치 활동을 하러 가정방문을 다니는 선생님들을 따라다니며(끌려 다니며), 걸어 다니는 '홍보 전단지'가 되었다.

"얘가 우리 여중 ×등 짜린데요, 애도 우리 여상에 진학해요. 아무개도 보내세요….."

선생님이 그렇게 학부모를 설득하는 동안 나는 방문한 친구네 마루 귀퉁이에 고개를 처박고 앉아 그 시절 우리 사이에 유행하던 이런저런 연애소설을 읽곤 했다.

선생님들을 따라 이집 저집으로 '끌려 다니는' 것보다 싫었던 건, 수업시간마다 들어야 했던 직간접적인 '공격'이었다. 시내로 진학해 봤자 너는 따라가지도 못할 거라느니, 무슨 돈으로 시내에 있는 인문계 학교를 다닐 거냐느니, 빙 돌려 한 마디씩 쏘는 말 총탄에 맞으며 선생님들을 향한 반감과 증오심이 부글부글 끓어올랐다. 어떤 선생님은 교무실로 호출하여 어깨를 툭툭 치며 "네가 시내로 진학한다고?" 하면서 아예 내놓고 비아냥을 놓았다. 눈물만 뚝뚝 떨구며 아무 대꾸도 못하고 돌아온 날은 혼자 더욱 분하였고 심사가 꼬여 갔다.

어머니는 내 고등학교 진학에 관심을 보이실 처지가 못 되었다. 답답함과 서러움을 혼자 삭여야 했다. 선생님들을 향한 불신과 분노는 내 말투나 시선을 퉁명스럽고 사납고 거칠게 만들어갔다. 그러던 어느 날, 학교 우물가에서 수학 선생님과 마주쳤다. 선생님은 눈을 동그랗게 뜨고 나를 빤히 들여다보셨다. 그리고 조용한 말투로 한마디 하셨다.

"정경애, 너 왜 이렇게 못 쓰게 돼 가냐?"

'제가 뭐 어떻기에요?'라고나 하듯 뻣뻣이 고개를 들고 선생님 시선을 맞받았다. 하지만 내가 뭘 잘못하고 있구나, 하는 생각에 간이 오그라들고 얼굴이 화끈거리는 기분이었다.

"5분까지는 괜찮은데 10분 넘게 같이 있으려면 인내심이 필요했어. 함께 이야기를 하다 보면 온갖 사람, 온갖 것에 대해 공격적이고 부정적인 말을 험하게 쏟아 내서 힘들었거든." 이웃집에서 같이 자란 동갑내기 사촌이 오랜 세월이 흐른 후 그때의 나를 그렇게 회상하는 걸 들은 적이 있다.

수학 선생님은 그런 나를 정확하게 파악하고 있었던 것이다. 그렇다고 내 태도나 말투, 심사가 곧바로 달라지진 않았다. 어쩌면 더 이지러져 갔을 것이다. 정수리에 날아온 선생님의 스트레이트 한 방, 그 충격은 잠시뿐이었다. 그 통증이 이따금 불쑥불쑥 둔하게 되

살아나긴 했지만.

입시철을 혐오 속에 보내고, 난 병설 여상에 입학원서를 냈다. 그랬으면서도 승복이 되질 않았다. 어린 생각에, 신설 여상을 다니면 내 인생의 '미래'는 끝난 거나 다름없어 보였다. 게다가 나를 '핍박'했던 선생님들을 가까이에서 다시 봐야 하는데, 그건 생각만 해도 끔찍했다.

어머니를 설득했다. 언니와 주고받은 편지를 보여드리며 언니에게 보내 달라고 졸랐다. 스무 살도 채 안 된 언니의 직장살이라 해봤자 어련했겠지만, 어린 나에겐 언니가 구세주였다. 공부를 더 하고 싶다는 동생의, 딸의 고집에 언니도, 어머니도 져줄 수밖에 없었다. 눈물이 번진 언니의 답장을 지니고 다니며 나는 조용히 '반역'을 계획했다.

실행에 옮기기까지는 시간이 좀 필요했다. 입학시험을 보기 전에 결석하면 선생님들에게 의심을 살 것이다. 그러면 발각될지도 모른다. 그래서 시험 하루 전인 예비소집 날까지 기다리기로 했다.

수험표를 받으러 갔을 때 수학 선생님이 그날 밤 학교 당직을 서신다는 것을 알게 되었다. 학교는 역에서 아주 가까웠다. 그래서 밤기차를 타기 전 역에 짐을 맡겨 두고 학교로 갔다.

"선생님, 저요, 이 상업학교 도저히 못 다니겠어요. 그냥 도망갈래요. 선생님께는 말씀드려야 할 것 같아서요. 담임 선생님이랑 학교에는 알리지 말아 주세요. 인천으로 가서 일하면서 공부할게요. 대학교 합격 통지서 받을 때까지 안 내려올 거예요. 집에 내려오는 날 선생님 다시 찾아올게요. 언니랑 엄마만 아는 일이에요."

내 말을 들으시는 동안 내내 선생님은 아무 말씀도 하지 않으셨다. 평소에 영리하고 친절하게 반짝반짝 빛나던 선생님의 눈동자에 눈물이 고이는 것을 보았던 것 같다.

나는 근로 연령 미달이라 취업할 수 없었다. 인천으로 가기 전 그걸 알고 있었다. 사촌 언니의 이름과 주민등록을 빌려 두었는데, 경제개발 5개년 계획 어쩌고 하던 때라 엄청난 산업인력이 필요해서 그랬는지, 별 시비 없이 어느 유명 방직회사에 들어갔다. 쉽지 않은 취업에 성공했으나 한 달도 채우지 못한 그 생활은 만만치 않았다.

3교대 근무조직에 따라 어떤 때는 새벽 두 시에 일어나 네 시까지 작업 현장에 도착해야 했다. 탈의실에서 반팔 작업복으로 갈아입고 작업 현장까지 걸어가는 2-3분 동안의 한겨울 칼바람은, 지금도 생생할 만큼 뼛속까지 아렸다. 처음 해보는 육체노동도 버거웠다. 작업장의 자욱한 면사綿絲 먼지도 견디기가 쉽지 않았다. 게다가 순진한 나는 시골의 선생님들이 나를 잡으러 올 거라는 피해망상에 시달리며 거의 잠을 이루지 못했다. 벽시계소리가 천둥소리처럼 들렸고, 잠깐 잠들었다가도 그 소리에 소스라쳐 깨곤 했다. 결국 한 달이 못 되어 나는 의식을 잃고 쓰러졌고, 회사로 돌아가지 못하고 서울로 옮겼다.

도망칠 때의 결심과 달리, 서울 생활 일 년쯤 후 어찌어찌하다가 난 반강제로 고향에 내려오게 되었다. 그리고 미리 짜 둔 오빠의 '계략'에 말려 서울로 돌아갈 수 없게 되었다. 공부를 하려면 별 수 없이 고향에서 고등학교에 진학해야 했다. 중학교를 내 발로 찾아가야만 하는 상황이 된 것이다.

수학 선생님은 학교를 떠나 뵐 수 없었다. 3학년 때의 담임 선생님은 나를 보자마자 벼락같이 소리를 지르시며 두어 대 뺨을 맵게 올려 부치셨다. '도망친 죄'를 그렇게 물으신 것이다. 그렇거니, 일 년 사이에 입시 일정이 바뀌어 모든 고교의 입시가 종료된 상태였다. 다시 집을 떠나 어디로 갈 형편이 못 되었기에 낙심이 꽤 컸다. 그때 어느 선생님이 시내에 야간 고등학교가 새로 생겼다고 알려 주셨다.

일 년의 공백이 있었지만 그곳에 극적으로 진학하게 되었다. 그리고 어찌어찌한 인연이 닿아 주간 고등학교로 옮기는 복을 받았다. 더하여 대학까지 다니는 행운을 누리게 되었고, 운명처럼 교사가 되고 말았다.

"선생님, 저 잘 있어요. 그런데 가방 들고 학교 가는 애들 보면, 힘들어요…" 하며 투정하듯 수학 선생님께 이따금 쓰던 편지와 가슴 설레며 받아든 몇 통의 답장은, 인천과 서울에서의 외롭고 암담했던 일 년을 견디게 해 준 힘이었다. 고향의 선생님들이 나를 잡으려고 뒤를 캐고 있을 거라는 망상에 시달릴 정도로 순진했던 그 시절의 내게 수학 선생님은, 나를 세상과 이어 주는 거의 유일한 다리였다. 사실, 아무도 몰래 보따리를 싸던 그 밤, 서울로 가겠다는 말을 하려고 굳이 선생님을 찾아간 것은 내 골방의 창 하나를 열러 간 것이 아니었겠는가.

쉬쉬하며 객지에서 몰래 수학 선생님께 보내던 편지, 그 편지를 받아 줄 사람이 있어 어린 날의 억센 강물을 무사히 건너지 않았겠나. 무엇보다, '왜 그렇게 못쓰게 되어 가냐?'는 선생님의 '결정적인 한 마디'는 선생님들과 어른들에 대한 불신과 증오감에 사로잡혀 황폐의 늪으로 곤두박질칠 뻔했던 내 어린 날을 괴어준 디딤돌이었다.

시내의 인문계 고등학교로 진학하고 싶어 하는 걸 알면서도 그 아이를 도와줄 수 없었던 선생님, 친구들 앞에서 가난을 이유로 다른 선생님들에게 모욕과 수치를 당하는 아이를 보면서도 손 써 줄 수 없었던 선생님, 열여섯 어린애가 서울로 '도망치겠다'고 했을 때 말릴 수도 가랄 수도 없어 속수무책으로 눈물만 그렁했던 선생님, 그 선생님이 삼십 년도 더 넘게 그로 인한 마음의 짐을 내려놓지 못하고 계셨던 것이다. 캄캄했던 나의 정신의 지평에 따뜻하고 밝은 햇살이 되어 주시고도, '미안하다'고 하시려고 어렸던 한 아이의 행방을 물어물어 찾아내신 것이다.

"선생님, 미안하시다니요… 제 어린 날, 그 억센 물살 하나를 젖지 않고 건널 수 있었던 건, 선생님이 계셨기 때문이었어요. 제가 먼저 선생님을 찾으려고 하지 못해 죄송해요. 오히려 저를 용서해 주셔야죠."

신학비평을 통해 학생들과 얽힌 나의 이야기들 몇몇을 부끄러움을 무릅쓰고 펼쳐 놓게 된 구실을 굳이 찾자면, 수학 선생님의 역할을 빼놓기 어려울 것이다. 선생님이 내게 보여 주신 만큼은 못되더라도, 날과 달이, 달과 해가 수없이 지나도록 물살에 젖은 채 눕혀 둘 수 있는 만큼은 아니더라도, 어느 한 아이에게라도 때로 징검다리나마 되어 주는 것, '교단일지'라는 이름으로 나가는 나의 글들은 그 바람이 그린 무늬들이다.

물론 바람대로, 또는 누군가의 당부대로 살지만은 못하더란 것을 굳이 덧붙이지 않아도, 인생살이 얼마만큼 살아온 분들은 모두 다 아실 테지 하며 민망함을 접어둔다.

17 끝내 살아 있을 그들

10남매 중 여덟 번째 딸인 한 친구가 있었다. 아들을 보려고 낳고 낳다가 그리 되었으니 '덤딸'인 셈이다. 그리고 이 덤딸이 '효도'를 다 해 드디어 아홉째와 열째가 아들이었다.

이 친구의 아버지는 성실하고 부지런하셨다. 날마다 새벽부터 밤 늦게까지 지업사 일에 매달리시며 10남매 모두를 성실하고 부지런 하고 바르다는 평을 듣는 사람들로 키워 내셨다. 그 자녀들이 세상 에서 가장 존경하는 분을 꼽을 때 언제나 영순위로 드는 분은 바로 그들의 아버지였다. 그런 그분이 80이 다 되실 무렵 암에 걸리셨고, 암 판정을 받은 후 일 년가량 투병하시다가 돌아가셨다.

그런데 그 자녀들 대부분이, 70년대 산업화와 함께 들불처럼 번 지던 예수교의 강력한 영향권에 든 사람들이었던지라, 그토록 사랑 하고 존경하는 아버지가 '예수를 모른 채' 돌아가셔서 '지옥불에 떨 어지게' 할 수가 없었다. 여덟 딸들은 아버지가 임종 세례나마 받으 시게 하려고 온갖 설득과 애원을 했다. 아버지는 삼강오륜이 평생의 호흡이고 밥이라고 해도 과언이 아닐 만큼 유교적 윤리대로 살아오신 '꼬장꼬장한' 분이셨고, 사시는 동안 '예수쟁이들의 소란함'을 아주 싫어하셨던 분이었다. 그런 아버지인지라 돌아가며 애원하는 딸들의 호소에 묵묵부답, 꿈쩍도 하지 않으셨다.

그러던 그분이 투병 6개월째 될 무렵, 자녀들을 모두 불러 모으셨다. 그리고 진지하게 물으셨다.

"야들아, 예수를 믿는다고만 허믄 정말로 천당에 가는 거여?"

"그렇대요, 아버지."

"그럼…. 천당에는 뭐든지 다 있는 거여?"

"… 그렇다네요, 아버지."

"그러믄…"

"예, 아버지. 뭔데요?"

"천당에 가믄…. 청국장도 있다냐?"

"에? … 아, 예에, 아버지… 있겠지요…"

"갈비도 아니고 불고기도 아니고 청국장이 뭐니, 청국장이… " 하면서 연신 웃음을 터뜨리던 그 친구 희정이의 눈가는 젖어있었다. '청국장' 확인을 하신 얼마 후 임종세례를 받고 마지막 몇 달을 신기하게도 별 통증 없이 지내시다 소천하셨다는 말을 덧붙이던 친구 아버지의 이야기를 듣는 동안 내게는 알 수 없는 향수와 슬픔과 따뜻함과 감동이 밀려 왔다.

'청국장도 있느냐'라는 희정이 아버지의 그 마지막 물음은 소박하고 꾸밈없는, 주어진 여건에 따라 우직하고 충실하게 자신의 길을 걸어온 어느 아버지가 자신의 일생에 대해 남긴 하나의 증언 같다. 희정이가 들려준 그 '증언'은 평생 땅밖에 모르고 살아온 농부가 대처로 나간 아들에게 삐뚤빼뚤하게 꾹꾹 눌러쓴 글씨로 보낸 단 한 통의 편지처럼, 다시 읽어도 뭉클하고 숙연하게 오랫동안 남아 있다.

지난 4월 24일 세월호 참극 아흐레째, 10년 넘게 서로 연락이 없었던 한 친구에게서 전화가 왔다.

"이런 비보가 어디 있니…"

"어, 그러게…"

나는 교사인 내가 세월호 일에 충격을 받고 있을 거라 생각하여 건네는 인사라고 받아들였다. 그리고 어떻게 이 친구가 나를 '위로'할 마음을 냈을까 하여 황망한 중에도 고마웠다.

"글쎄, 나도 어제 알았다. 희정이 그것이 아무한테도 알리지 말라고, 동생들한테 마지막까지 입단속을 시켰대."

"희정이? 희정이가 뭘?"

"희정이가 갔어. 암이었대."

서울에서 피아노 가르치던 본업을 생각 끝에 접고 고향에 내려와, 집과 아버지가 남기신 지업사 사이를 오가며 남동생과 함께 연로하신 어머니를 돌보던 친구 희정이가 한동안 소식이 뜸했어도 잘 지내고 있으려니 여겼었다. 지난겨울 어머니가 돌아가신 후 시름시름하는 걸, 평생 모시던 어머니로 인한 상실감이겠거니 했다는 것이다. 암세포가 온몸을 점령해 버린 뒤에야 자기의 상태를 알게 된 그 친구는 곧 앞도 볼 수 없게 되었고, 그 모습을 누구에게도 보이기 싫어하여 평소의 성품대로 혼자서 모든 걸 감당하고 정리해 버린 것 같았다. 두세 달 동안 이 모든 일이 일어났다.

생활반경이 정해져 있으니 휴대전화 같은 건 필요하지 않다던, 자기 같은 사람이 휴대전화 사용하는 건 전파 낭비라던 그런 친구였다. 혼자서도 그릇 모양, 음식 종류와 색깔까지 맞추고 수저 젓가락 가지런히 놓은 단정한 상차림을 한 후에야 밥을 먹던 친구였다. 집안 구석구석 향취 나는 꾸밈새로 '몸에 밴 격조'를 잃지 않던 친구였다.

나의 불안정하고 격하고 엉뚱했던 고교시절 모습을 가장 많이 기억하던 그 친구의 갑작스런 부음을 들으며 마음이 후들거렸다. 그런데 울 수가 없었다. 남은 친구끼리 희정이 소식을 나누면서도 "아까워 어쩌냐"라는 말조차 서로 제대로 하지 못했다. 2014년 4월 16일 8시 52분, 대한민국의 모든 시계가 멈춰 버렸기에.

어떤 말로도 다 할 수 없는, 오로지 눈물과 분노와 절망이 범벅이 된 나날이다. 세월호 여객선 사고 나던 날 오전, 인터넷에서 '전원 구조'라는 발표를 본 후 동료들끼리 농담했던 것까지 두고두고 심장을 후빈다.

"이번에도 북한이 한 짓이겠지? 국정원 조작사건 침몰시켰네. 북한이 못 하는 게 뭐야? 육해공 만능이잖아. 대한민국에 중2 있어도 남북한 게임 이미 끝난 거네."

나는 아직 우리 아이들하고 이 참극을 제대로 나누지 못하고 있다. 입을 떼기가 차마 두렵다. 무엇을 어떻게 처절하게 돌아보고 짚어 봐야 하는지, 앞으로 무엇을 어떻게 생각하고 행동해야 하는지, 상상조차 못해 본 이 분노와 절망을 어떻게 지키고 다스려야 하는지, 그리고 무엇을 어떻게 '가르쳐야' 하는지…

여전히 수업 중 아이들의 시선을 마주할 때면 "나도 이 아이들 다 죽이겠구나." 싶어 문득 정신이 아득하고 숨이 막힌다. 운동장에서 뛰는 아이들을 바라보다가도, 아침 인사를 건네는 아이들의 낭랑한 목소리를 듣다가도, 복도를 뛰어가는 어느 아이의 뒷모습을 보다가도… 울컥 눈물이 솟고 숨이 막힌다. 무심한 시간이 흐를수록 드러나는 용서받지 못할 사고 관련자들, '구조' 관련자들에 대한 보도들, 무엇보다, 배 안의 아이들이 최후의 순간까지 구조될 걸로 '굳게' 믿고 있었음을 보여 주는 동영상들과 사진들을 접할 때 여전히 온몸이 굳고 숨이 멎을 것 같다.

그리고… 순식간에 덮쳐오는 차가운 바다에서 끝까지 아이들을 지키고자 자기를 던져 버린 안산 단원고등학교 선생님들을 생각할 때, 여전히 심장이 조이고 숨이 막힌다. 눈물이 흐른다.

그래서 희정이에게 나는 아직 마지막 인사를 못했다. 하여 부음을 듣던 날 밤, 그 친구에게 보냈던 그의 아버지에 대한 글을 찾아보았다. 그 글 끝에 우리가 고등학생 시절 함께 읽었던 시가 있었다.

하이네의 애절한 사랑의 시였다. 그런데, 철없던 때 함께 꾼 사랑의 꿈을 담은 그 시가 기이하게도 단원고 선생님들이 피로 써 보낸 절규의 편지처럼 읽혔다. 최후의 순간까지 아이들을 향해 품었을 목숨 건 사랑의 편지, 그 나이면 누구나 그렇듯 불멸의 사랑도 꿈꾸었을 아이들의 잡은 손을 놓치면서 온몸으로 외쳤을 선생님들의 절박한 피울음 같이 들렸다.

또 다시 먹먹하고 울컥하게 만드는 울부짖음 같은 그 시를 읽으며 비통하고 참담한 중에 문득 단원고 선생님들이 하나의 '증언'이 되었구나 하는 생각이 들었다.

오늘, 사고 스무 나흘째, 여전히 실종자 구조 "0"명. 사고 자체뿐 아니라 사고의 직간접 배경, '구조'의 처음부터 지금까지, 모든 과정을 알면 알수록 어디 한군데 믿을 구석이라곤 없는 정부기관들과, '미안하다'는 한 마디조차 제때에 제대로 하지 못하는 그 수장, 추모의 촛불모임마저 '정치적'이라고 몰아가며 '협박'하는 추악한 정치인들과 관련 기관들, 그리고 진실을 감추고 덮어주고 뒤트는 꼼수에 능한 언론의 작태, 열거하기조차 진이 다하는 이 모든 사악과 패륜에 온 나라사람들이 경악과 울분과 비탄에 빠져 어떤 희망적인 전망도 품을 수 없는 지경이다. 그런데 희정이와 함께 읽던 그 시를 다시 읽노라니, 태양은 떠오르되 오로지 캄캄할 뿐인 이 하늘에 단원고 선생님들이 환하게 박혀, 영원히 활활 타오를 어떤 '증언'을 써내려 가고 있는 것만 같다.

'기레기(기자 + 쓰레기)'를 목격하고 '기자의 꿈'을 접은 학생, '외

교관을 꿈꿨으나 이제 이민이 꿈'이 된 학생, 모든 걸 접고 이 땅을 떠날 수밖에 없는 선택지를 앞에 둔 사람들, '선생님 말 잘 들어, 어른들 말 잘 들어.'라고 집을 나서는 아이에게 다시는 그렇게만 말할 수 없게 된 사람들, '가만히 있으라'는 '어른들 말 들어봤자 돌아오는 게 뭔지' 알고 난 후 처절한 울분과 절망과 혼란에 떨고 있는 청소년들, '나라면 어떻게 했을까'에 시달리며 자다가도 벌떡 일어나는 이 땅의 교사들과 어른들 그 모두에게, 단원고 선생님들 자신이 "불에 적신 거대한 붓으로" 하늘에 쓰인 증언이 되어 타오르고 있는 것만 같다. 우리가 어디에 믿음을 두고 다시 시작해야 하는지, 어떻게 견디고 다시 일어나 '기반'을 닦고 '사람'을 세우고 지킬 것들을 지켜가야 하는지, 어두운 하늘에서 목숨을 다 해 단원고 선생님들이 뜨겁게 외치고 있는 것만 같다.

오래 전 한 독일인의 입을 빌어 그분들이 외치는 간절하고 절박한 사랑의 고백, "깊은 슬픔과 탄식"을 넘어선 그들의 증언, 그「선언」은 이렇다.

선언

저녁 어둠 다가오고
물결은 더욱 사납게 울부짖는데
나는 해변에 앉아
파도의 하얀 춤을 바라보고 있었다.

그러자 내 가슴은 바다처럼 부풀고
너를 그리워하는 깊은 슬픔이
내 마음을 사로잡았다. 사랑스런 너의 모습,
그 모습 어디를 가나 나의 주변을 떠돌고,
어디를 가나 나를 부른다.
어디서든지, 어디서든지
바람소리 속에서도, 바닷소리 속에서도,
그리고 내 가슴의 탄식 속에서도.

가느다란 갈대를 꺾어 나는 모래에 썼다.
"아그네스, 나는 너를 사랑한다!"
그러나 심술궂은 파도들
이 달콤한 고백 위로 몰려와
흔적도 없이 지워 버렸다.

가녀린 갈대여, 흩어지는 모래여,
흘러가 버리는 파도여, 나는 이제 너희들을 믿지 않는다!
하늘은 더욱 어두워 오고, 내 마음은 더욱 사나워진다.
그리하여 나는 억센 손으로, 노르웨이의 삼림에서도
가장 큰 전나무를 뽑아
에트나 화산의
타오르는 심연에 넣어

불에 적신 거대한 붓으로
캄캄한 하늘에 쓴다.
"아그네스, 나는 너를 사랑한다!

그러고 나면 밤마다 그곳 하늘에
영원한 불의 글씨가 타올라
후대의 자손들이 두고두고
환성을 올리며 하늘에 적힌 말을 읽을 것이다.
"아그네스, 나는 너를 사랑한다!

"타오르는 심연"에 적셔 "영원한 불의 글씨"로 "나는 너희를 사랑한다! 사랑한다!"고 하늘에 새겨둔 단원고의 선생님들, 그리고 그 불의 글씨를 읽는 모든 이의 마음속에 끝끝내 살아 있을, 생각만으로도 아직은 눈물과 분노인 푸르디푸르게 싹 트던 봄 같은 이들이여, 안녕. 평안하시기를.
"바람소리 속에서, 바닷소리 속에서, 그리고 모든 가슴의 탄식 속에서" 듣게 되는 증언, 끝내 사위지 못할 그 당부를 '흩어져 없어지지 않게', '흔적도 없이 흘러가 버리지 않게' 지킴으로써만 남은 자들이 비로소 다시 입을 열 수 있게 되기를. 각자 제 몫을 제대로 잘 감당하고, 오로지 그리함으로써만 남은 자들이 결국 평안을 얻을 수 있기를.